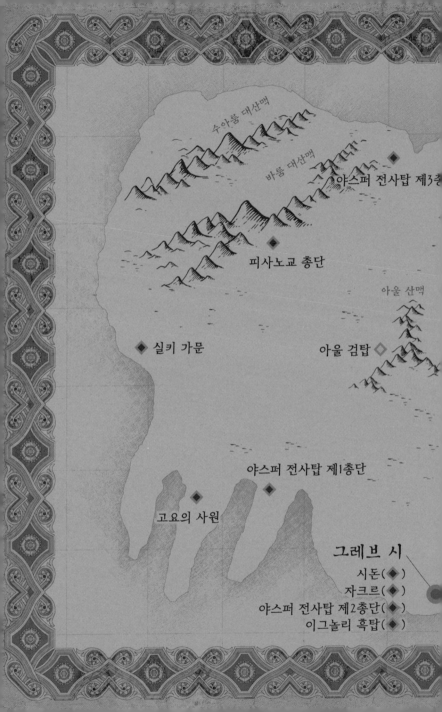

수아룸 대산맥

바룸 대산맥

야스퍼 전사탑 제3총

피사노교 총단

아울 산맥

실키 가문

아울 검탑

야스퍼 전사탑 제1총단

고요의 사원

그레브 시
시돈(◆)
자크르(◆)
야스퍼 전사탑 제2총단(◆)
이그놀리 흑탑(◆)

E의탄
T
A
N

ORIGINAL FANTASY STORY & ADVENTURE

쥬논 판타지 장편소설

dream
books
드림북스

이탄 5 시시퍼 마탑의 도제생

초판 1쇄 인쇄 2021년 1월 21일
초판 1쇄 발행 2021년 2월 4일

지은이 쥬논
발행인 오영배
편집 편집부
일러스트 필연
표지 · 본문 디자인 오정인
제작 조하늬

펴낸 곳 (주)삼양출판사 · 드림북스
주소 서울시 강북구 도봉로 173
대표 전화 02-980-2112 **팩스** 02-983-0660
편집부 전화 02-987-9393 **팩스** 02-980-2115
블로그 blog.naver.com/dreambookss
출판등록 1999년 3월 11일 제9-00046호

ⓒ 쥬논, 2021

ISBN 979-11-283-9995-4 (04810) / 979-11-283-9990-9 (세트)

드림북스는 (주)삼양출판사의 판타지 · 무협 문학 브랜드입니다.

목차

사대신수

『성혈의 바하문트』

—신수: 날개 달린 사자

—상징: 공포

—속성: 흙(土), 피(血)

『불과 어둠의 지배자 샤피로』

—신수: 광기의 매

—상징: 탐욕

—속성: 불(火), 어둠(暗), 나무(木)

『포식자 하라간』

—신수: 투명 마수

—상징: 타락, 나태

—속성: 얼음(氷), 균(菌), 물(水)

『둠 블러드 이탄』

—신수: 냉혹의 뱀

—상징: 파멸

—속성: 금속(金), 빛(光)

발췌문

까마득한 옛날 지하 세상에 사악한 도마뱀 한 마리가 살아 온 숲을 파괴하고 나무를 불태우며 사람을 녹였다.

그 도마뱀이 지상으로 기어 올라와 온갖 포악을 부리매, 하늘은 붉게 물들고, 대지는 화염에 휩싸이며, 강이 있던 자리엔 용암이 대신 흘렀다.

공기는 유황으로 변하고, 사람과 동물은 유황에 질식해 죽거나 혹은 부글부글 녹아 한 덩어리의 뼈만 남겼다.

도마뱀의 포악함을 견디다 못한 사람들이 간절한 마음으로 신에게 제사를 올렸다. 신께서 강림하시어 도마뱀을 지하 깊은 지옥에 묻어버리시니, 비로소 맑은 공기가 돌아오고 세상이 되살아났다.

—간용음이 수집한 고대의 전설과 신화 중에서 발췌

제1화

아이스 프린세스 아나스타샤

Chapter 1

파츠츠, 빠지직! 빠지직! 빠카카카캉!

스노우 드래곤(Snow Dragon)이 방출한 수천 발, 수만 발의 얼음벼락이 온 세상을 뒤덮었다.

이탄은 그 엄청난 벼락을 맨몸으로 얻어맞고도 거뜬히 몸을 움직였다. 아니, 단순히 몸만 움직이는 정도가 아니라, 어쓰퀘이크로 반격하여 블라디보스톡 전체를 박살 냈다.

"아으으, 말도 안 돼."

"어떻게 된 게야? 이게 대체 어떻게 된 게냐고?"

아이스 프린세스를 섬기는 두 노파가 턱을 덜덜덜 떨었다.

더 놀랄 일은 그 후에 벌어졌다. 이탄의 몸 주변에 달라붙었던 살얼음이 후두둑 깨져나갔다. 이윽고 그 속에서 붉은 노을과 같은 기운이 창연하게 솟구쳤다.

두 노파가 목격한 것은 바로 여기까지였다.

이탄의 몸에서 일어나는 붉은 노을, 즉 적양갑주의 반탄 권능이 스노우 드래곤의 얼음벼락을 고스란히 튕겨내었다.

그것도 온 사방으로 힘을 분산한 것이 아니라 오로지 두 노파와 스노우 드래곤을 향해서만 집중적으로 퓨욱! 퓨욱! 퓨우욱! 쏘았다.

세 가닥의 새하얀 번개가 번쩍 지상을 갈랐다.

"커헉!"

"켁."

두 노파는 작살을 맞은 듯 바르르 전율했다. 이어서 두 노파의 온몸이 꽝꽝 얼어붙었다가 세포 단위로 박살나면서 사방으로 흩었다.

두 노파가 박살날 때 스노우 드래곤도 함께 허물어졌다.

[꾸허어어엉―.]

마법의 산물인 스노우 드래곤이 허무하게 흩어지면서 허공에 공허한 포효 한 마디를 남겼다.

두 노파에 이어서 스노우 드래곤까지 무너지자 아이스 프린세스 아나스타샤가 깜짝 놀랐다.

"아아앗?"

순간 이탄의 눈이 번쩍 빛을 토했다. 이탄은 두 노파의 숨이 끊기는 바로 그 순간, 노파의 등에 어렸던 하얀 빛이 다시 포물선을 그리며 뒤로 날아가 아나스타샤의 스태프 속으로 회수되는 장면을 놓치지 않았다.

'혹시?'

이탄의 머릿속에 한 가지 가설이 떠올랐다.

물론 두 노파는 실력이 뛰어난 마법사가 분명했다. 비록 그녀들이 외부에 명성을 떨친 인물들은 아니었지만, 빙제 알렉세이가 아나스타샤의 곁에 붙여준 사람들이니 실력이 부족할 리 없었다.

그렇다고 해서 이들 노파들이 스노우 드래곤을 구현할 정도로 뛰어난 마법사일까?

'그건 아니야. 그럴 가능성은 없어.'

이탄은 부정적으로 생각했다.

'만약 두 노파가 빙제 알렉세이에 필적할 정도로 강력한 마법사였다면 코로니 군벌 내에서 이미 높은 자리를 꿰차고 있었겠지. 고작 아나스타샤의 호위 노릇이나 하고 있었겠어?'

그렇다면 두 노파는 어떻게 그렇게 갑자기 실력이 늘어난 것일까? 어떻게 빙계 최강의 마법 가운데 하나인 스노우 드래곤을 구현한 것일까?

이탄은 '아나스타샤에게 뭔가 비밀이 있는 것 같다.'고 추측했다.

'혹시 그녀가 두 노파의 마법 능력을 증폭시켜 준 것 아닐까?'

이것이 이탄의 추측이었다.

가능성은 충분했다. 아나스타샤가 비록 보기 드문 미녀인 것은 사실이지만, 단순히 미모만으로 그녀가 빙제 알렉세이의 총애를 한 몸에 받는다는 점은 무언가 이상했다. 그렇다고 아나스타샤가 알렉세이의 혈육인 것도 아니었다.

'아나스타샤를 죽이면 안 되겠다. 반드시 사로잡아서 비밀을 캐내야 해.'

이탄의 눈이 번쩍 빛을 토했다.

탐욕.

아나스타샤를 생포해서 그 비밀을 손에 넣고야 말겠다는 집착.

이런 감정이 이탄을 사로잡았다. 물론 이탄은 자신의 탐욕을 정당화시킬 구실도 마련해놓았다.

'내가 블라디보스톡을 치기 위해서 동원한 수송기와 전투기, 초계기, 미사일들, 기름값, 인건비, 병기 수선비. 이런 것들을 시시콜콜하게 따져보면 마땅히 아나스타샤 정도는 내가 가질 권리가 있지. 그래야 손해를 보지 않잖아?'

이탄은 어느새 모레툼 교단의 셈법을 이번 작전에 적용한 것이다.

이제 이 전쟁은 이탄의 초기 의도를 벗어났다. 처음에 이탄은 '코로니 놈들의 기선을 제압하여 분혼을 편하게 만들어 주겠다.'는 생각으로 블라디보스톡에 쳐들어왔다.

지금은 생각이 바뀌었다.

'아나스타샤를 손에 넣어야겠어. 그래야만 투자 대비 수익 관점에서 수지타산이 맞아.'

이탄이 입꼬리를 비스듬히 비틀었다. 이탄의 오른손이 아나스타샤를 향해 뻗어졌다.

콰르르르르—.

성탑 지붕 일대에 저주마법이 발동했다. 체력과 생명력을 갈취하는 저주마법이었다. 아나스타샤를 중심으로 직경 10미터 크기의 마법진이 구현되면서 그 진법 내부가 시커멓고 불길한 기운으로 가득 찼다. 저주마법진 테두리에는 황금빛 문자가 으스스하게 돋아나서 빙글빙글 회전했다.

"아아악."

아나스타샤는 이탄의 저주마법진에 체력과 생명력을 갈취당한 채, 실 끊어진 꼭두각시 인형처럼 털썩 무릎을 꿇었다.

"쳇. 너무 약하군. 고작 2초도 버티지 못해?"

이탄이 혀를 찼다.

아이스 프린세스 아나스타샤에게 어떤 비밀이 숨겨져 있는지는 모르겠지만, 직접적인 무력만큼은 정말 별 볼 일이 없었다.

축 늘어진 아나스타샤를 이탄이 안아들 즈음, 블라디보스톡 시내에서는 젠―201호 98기가 무차별 공격을 퍼붓는 중이었다. 아나스타샤의 성에 투입된 2기를 제외하면 젠―201은 모두 멀쩡한 셈이었다.

강한 지진이 블라디보스톡의 도심을 뒤틀어버리고, 뒤이어 쓰나미가 해안가를 덮치면서 상당히 큰 피해를 안겨주었다.

젠―201호는 그 엄혹한 자연재해 속에서도 거뜬히 버텨냈다. 그 다음 지진에 망가진 도심으로 뛰쳐나와 마구 로켓포를 쏘았다.

피융―. 피융―. 피융―. 피유우웅―.

곡선을 그리며 발사된 로켓 다발이 코로니 군단의 장갑차를 박살 냈다. 포탑을 망가뜨렸다.

혼이 쏙 빠진 코로니 병사들은 우왕좌왕하기만 할 뿐 제대로 대항하지 못했다.

게다가 지진 때문에라도 대응이 어려울 수밖에 없었다. 블라디보스톡의 시내는 무너진 건물 잔해와 뒤틀린 도로로 인해 탱크와 장갑차의 진입이 거의 불가능했다. 하지만 인간형 로봇 병기인 젠—201호는 그 폐허 현장을 잘도 돌아다니며 적들을 소탕했다.

다리가 끊긴 점도 문제였다. 코로니의 주력 장갑부대가 끊어진 다리 앞에서 발만 동동 굴렀다. 길이 끊겼으니 장갑부대가 도심으로 진입하기란 불가능했다.

"마법사는? 젠장. 이럴 때 마법사들은 다 어디로 간 거야? 마법사 부대가 엄호사격을 해주고 길을 만들어 줘야 우리 보병부대와 장갑부대가 진입할 수 있잖아."

코로니의 지휘관이 무전기를 신경질적으로 내팽개쳤다.

코로니의 부관은 또 다른 사령부와 통신을 연결하여 목청을 높였다.

"극동지역 공군사령부. 공군사령부 나와라. 아, 씨. 왜 소리가 잘 들리지 않지? 거기서 내 목소리가 들리나? 아우, 썅."

통신망은 완전히 먹통이었다.

Chapter 2

적들이 우왕좌왕하는 사이, 백호부대원들은 젠—201호

를 기동하여 블라디보스톡의 주요 군사시설들을 차례로 파괴했다.

블라디보스톡은 코로니 군벌의 함대가 주둔하는 지역으로도 유명했다.

하지만 해군부대는 굳이 신경 쓸 필요조차 없었다. 지진에 이은 쓰나미로 인해 코로니의 함선 대부분이 파괴된 까닭이었다. 출렁거리는 바다 위에는 부서진 함대의 파편이 어지럽게 떠다녔다.

서원평이 해군용 오일 탱크를 가리켰다.

"이제 마무리를 지을 차례다. 다들 저 오일 탱크부터 박살 내라."

"넵."

백호부대원들이 적 해군부대 영내에 설치된 비축유 탱크에 로켓을 난사했다.

퍼어어엉!

거대한 오일 탱크가 로켓에 박살 나면서 불이 붙었다. 화염을 동반한 기름이 터져 나오면서 화르르르륵 온 사방을 휩쓸었다.

퍼엉! 펑! 펑! 펑!

주변의 오일 탱크들이 연쇄 폭발을 일으켰다. 인근의 대기 온도가 어마어마한 고열로 치솟았다.

"이곳은 끝났다. 다른 구역으로 넘어가자."

서원평이 무전을 때렸다.

"알겠습니다. 대주님."

백호대원들이 철컥 철컥 젠—201호를 기동하여 해군부대에서 철수했다.

이제 블라디보스톡 시내에는 더 이상 코로니 잔당들이 남아 있지 않았다. 끊어진 다리 건너편에는 코로니 장갑부대가 주둔 중이지만, 굳이 그들과 포격을 주고받을 이유는 없었다.

"철수하라."

이탄의 명이 떨어지기 무섭게 젠—201호는 블라디보스톡 남서쪽 비행장에 집결했다. 서원평이 번호를 매겨 부하들의 수를 세었다.

놀랍게도 100기의 젠—201호 전체가 멀쩡했다. 백호부대원들 중에는 다친 사람이 한 명도 없었다.

"의장님, 백호부대 전원 이상 없습니다. 모두 집결하였습니다."

서원평이 기쁜 목소리로 아뢰었다.

"좋아. 다들 수고했다."

이탄이 고개를 끄덕여 보고를 받았다.

그러는 사이 간씨 세가의 전투헬기 부대가 날아와 지상

착륙을 완료했다. 이탄을 비롯한 백호부대원 일부는 헬기에 탑승하여 먼저 철수했다.

이어서 거대한 수송기가 활주로에 내렸다. 나머지 백호부대원들이 젠—201호를 수송기에 차례로 실었다.

하늘에서는 전투기와 전투헬기가 연신 선회비행을 하며 간씨 세가 무력의 안전한 철수를 도왔다. 구름 위에서는 무인초계기가 안테나를 곤두세우고 코로니 공군 병력의 접근 여부를 감시했다.

초반에 투하한 대형 폭탄 덕분인지, 아니면 이엠피 쇼크 덕분인지, 그것도 아니면 블라드보스톡 상공을 뒤덮은 시커먼 연기와 화염 탓인지, 코로니 공군은 그때까지도 모습을 보이지 않았다.

이탄은 헬기 안에서 생지옥으로 변한 블라드보스톡의 전경을 내려다보았다.

"훗."

무표정하던 이탄의 입가에 가느다란 선이 하나 그어졌다. 이탄의 옆자리에는 아이스 프린세스 아나스타샤가 축 늘어져 있었다.

이틀 뒤인 11월 12일.

이탄은 간씨 세가의 외관 건물 3층 응접실에서 안톤과

면담했다. 굳이 이탄이 면담에 응할 필요는 없었으나, 이탄은 상대를 회피하지 않았다.

코로니 군벌에서 파견한 특사 안톤이 이탄을 고리눈으로 노려보았다.

이탄은 무심한 눈빛으로 안톤을 마주했다. 이탄의 눈은 일체의 감정이 배제되었으며, 무저갱처럼 어둡고 깊었다.

"으으음."

결국 기세에서 눌린 안톤이 먼저 시선을 내리깔았다.

이탄이 심드렁하게 물었다.

"그래서, 코로니의 특사가 이 먼 곳까지 무슨 일인가?"

"블라디보스톡 침공 말입니다. 어찌하시렵니까?"

안톤이 다짜고짜 핵심으로 파고들었다.

"블라디보스톡? 아아아, 엊그제 그곳에서 지진과 해일이 발생했다지? 나도 보고는 받았네."

이탄이 남의 일 말하듯이 시치미를 떼었다.

안톤이 집요하게 물고 늘어졌다.

"단순한 지진과 해일이 아니라는 점이 문제지요. 대지의 소서러께서 그 정도의 대지진을 일으키셔서 수많은 민간인들의 목숨을 앗아가실 줄은 몰랐습니다. 해일이야 지진의 여파로 발생한 것이고요."

안톤은 무고한 민간인들의 희생을 집중적으로 강조했다.

이탄은 끝까지 시치미를 떼었다.

"지진을 내가 일으켰다고? 허어어. 내가 왜 그런 참담한 짓을 저지르겠나?"

이틀 전인 11월 10일, 이탄은 이엠피 쇼크를 터뜨린 다음 블라디보스톡에 병력을 진입시켰다. 따라서 적들의 감시카메라에 영상이 제대로 녹화되었을 리 없었다.

물론 마법으로 촬영한 영상까지 이엠피 쇼크가 막을 수는 없겠지만, 마법 영상은 얼마든지 사후조작이 가능하여 제대로 된 증거가 될 수 없었다. 이탄은 그 점을 믿고 배짱을 부렸다.

안톤이 폐부 깊숙한 곳에서 끓어오르는 목소리로 따져 물었다.

"크허허험. 대지의 소서러가 아니라면 누가 그런 대규모 지진을 일으킬 수 있겠습니까? 또한 누가 감히 민간인들이 사는 도심에 대형 폭탄을 퍼붓고 대인병기를 동원하여 살육을 자행하겠습니까?"

이건 안톤이 너무 나갔다.

탕!

이탄이 손바닥으로 의자 팔걸이를 내리쳤다. 무시무시한 기세가 이탄의 등 뒤로부터 뻗어 나와 응접실 전체를 무겁게 짓눌렀다.

"으흡!"

순간적으로 안톤의 안색이 하얗게 질렸다.

이탄의 뒤에 서 있던 비서 3실장 주소연도, 안톤이 데려온 통역도 안색이 질리기는 마찬가지였다.

이탄이 낮게 으르렁거렸다.

"이봐. 안톤 특사. 내 앞에서 소설을 쓰지 말고 팩트만 말하게. 빼도 박도 못하는 증거, 오로지 팩트에 기반한 증거를 제시하란 말이야."

Chapter 3

안톤이 이탄의 말을 받아쳤다.

"으으윽. 대지의 소서러께서 하신 말씀의 속뜻이 무엇입니까? 증거를 제시할 수 없으면 무조건 팩트가 아니란 말씀입니까?"

"뚜렷하게 증거가 있어야 팩트지. 증거도 없이 특사의 머릿속에서만 만들어낸 것은 팩트가 아니라 소설 아닌가?"

"여기 이것 좀 보십시오."

안톤이 탁 소리 나게 크리스탈 조각을 내밀었다. 안톤이 크리스탈에 마나를 불어넣자 허공에 홀로그램과 같은 영상이 떠올랐다. 이틀 전 블라디보스톡의 시내 모습을 담은 마법 영상이었다.

안톤이 제시한 영상 속에서는 거대한 폭음과 함께 시가지가 불타는 모습이 찍혀 있었다. 젠—201호가 쿵쿵 시가지를 활보하는 모습도 흐릿하게 찍혔다. 젠—201호의 오른쪽 어깨 위에서 다연발 로켓보가 발사될 때마다 화면이 화악 밝아졌다가 어두워지기를 반복했다.

이탄이 심드렁하게 되물었다.

"이게 뭔가?"

"뭐라니요? 대지의 소서러께서 더 잘 알고 계실 것 아닙니까? 이것은 이틀 전 블라디보스톡이 피습을 받아 불타는 장면입니다. 여기 희끗희끗하게 보이는 로봇형 무기가 보이지 않습니까?"

"보이는군. 마치 마법으로 전쟁영화를 촬영한 장면 같구먼. 그런데 뭐? 이 장면 어디에서 내가 등장하는가? 조금 전 특사가 감히 나에게 따져 물었지? 블라디보스톡의 대지진이 내가 일으킨 것 아니냐고. 그런데 화면 어디에 내가 나오던가?"

"으윽."

안톤이 꿀 먹은 벙어리가 되었다. 솔직히 그 어떤 영상에도 이탄, 아니 간철호의 얼굴은 찍히지 않았다.

이탄이 안톤을 윽박질렀다.

"이딴 마법 영상 따위를 내게 증거라고 들이민 것인가? 그렇다면 나도 얼마든지 반박 영상을 제시할 수 있다네. 이틀 전에 내가 블라디보스톡에 가지 않고, 항주에서 뱃놀이를 했다는 마법 영상 말일세."

"크윽."

"게다가 로봇형 무기라고? 영상의 화질이 구려서 내 눈에는 뭐가 뭔지 잘 보이지는 않는다마는, 특사가 말하는 그 로봇형 무기가 우리 간씨 세가에는 없다네. 도대체 이 흐린 영상 속의 전투로봇이 우리 간씨 세가의 것이라는 증거는 어디에 있나?"

"크으윽."

안톤이 입을 열지 못했다. 심증으로는 간씨 세가의 짓이 분명한데, 명확한 물증은 없는 탓이었다. 심지어 안톤은 젠—201호가 간씨 세가의 신무기라는 증거도 제시할 수 없었다.

상대가 꼼짝을 못하자 이탄이 소파 깊숙이 등을 파묻고 깍지를 꼈다. 응접실에 잠시 침묵이 흘렀다.

한참 만에 안톤이 다시 입을 열었다.

"돌려주십시오."

"뭐?"

이탄이 깍지 낀 손가락 위로 시선을 두어 안톤을 노려보았다.

그 눈빛이 섬뜩하여 안톤이 눈을 내리깔며 요청했다.

"공주님 말입니다. 돌려주십시오."

"뭐어?"

이탄이 살짝 언성을 높였다.

안톤이 탁자 밑에서 주먹을 부들부들 떨다가 결국 이곳을 방문한 목적을 거론했다.

"공주님만 돌려주신다면 블라디보스톡에서의 일은 덮겠습니다. 이것은 우리 코로니 군벌 최상층부의 결심입니다. 제발 공주님을 돌려주십시오."

안톤이 말하는 공주님이란, 다름 아닌 아이스 프린세스 아나스타샤였다.

"뜬금없이 이게 무슨 소리야?"

이탄이 영문을 모르겠다는 듯 어깨를 으쓱했다.

안톤은 '이자의 가증스러운 얼굴에 주먹을 한 방 날려주고 싶구나.' 라고 생각했으나, 그런 속마음을 겉으로 드러내지는 못했다.

"돌려주십시오."

안톤이 잇새로 신음을 토하듯이 외쳤다.

타앙!

이탄이 손바닥으로 한 번 더 의자 팔걸이를 내리쳤다. 이번엔 힘이 살짝 실려서 팔걸이가 파스슥 부서져 버렸다.

"이봐. 특사라고 봐주는 것은 여기까지야. 코로니 군벌이 누구에게 뺨을 맞았는지는 모르겠네만, 더 이상 우리 간씨 세가를 도발하지는 말게. 그렇지 않아도 내 아들이 사경을 헤매고 있는 중이라 내 신경이 날카롭거든."

이탄이 간영수를 입에 담았다.

"헙!"

안톤이 흠칫했다.

이탄이 안톤에게 얼굴을 가까이 들이밀고 으르렁거렸다.

"자네가 말한 그 이틀 전 새벽, 내 아들이 정체불명의 개자식들에게 습격을 받아 목숨이 위태로워졌어. 우리 간씨 세가의 힐러들이 갖은 애를 쓰고 있지만 목숨을 장담하지 못하고 오늘 내일 하는 중이란 말일세."

"으으윽."

안톤이 상체를 뒤로 뺐다.

이탄은 그만큼 더 다가가서 안톤을 윽박질렀다.

"그런데 범인이 어떤 놈들인지 증거가 없어. 심증은 분명히 있는데, 그래서 그 심증만 믿고 한바탕 세상을 뒤집어

엎어버리고 싶은데, 안타깝게도 뚜렷한 물증이 없단 말일세. 하여 내가 지금 꾹 참는 중이야. 속에서 울화가 치밀어 올라도 그걸 꾹 억누르고 있거든."

"으으으윽."

"그러니까 특사는 내게 이상한 말을 지껄여서 나의 심기를 어지럽히지 말게. 블라디보스톡에서 발생한 자연재해를 내게 뒤집어씌울 생각일랑 말고, 이상한 마법 영상으로 우리 간씨 세가를 엮을 생각도 말고, 시베리아로 돌아가서 곰곰이 생각해 보게. 누가 우리 간씨 세가의 성골을 피습하여 사경을 헤매게 만들었는가? 누가 블라디보스톡에서 난리를 피웠는가? 우리 간씨 세가와 코로니 군벌 사이를 이간질하는 작자들이 세상에 존재하지는 않는가? 혹시라도 이간질을 할 만한 자들이 없다고 100퍼센트 자신할 수 있는가? 코로니 군벌에서는 이 질문들을 골똘히 되새겨봐야 할 거야."

이탄은 '이간질'이라는 단어 하나로 안톤의 표정을 변하게 만들었다.

'설마 혹시?'

안톤의 마음속에서 의구심이 일어났다.

Chapter 4

'진짜로 제3의 세력이 우리 코로니와 간씨 세가 사이에 전쟁을 붙이려고 작업을 했나? 간철호의 아들 간영수를 노린 것은 우리가 맞는데. 사실 우리가 간영수를 공격한 이유는 표트르 님과 키셀로비치 님의 실종사건 때문이잖아? 그런데 만약 우리가 제3세력의 작업에 걸려든 것이라면 어떻게 하지? 대지의 소서러와 우리 사이를 이간질시키려는 자들이 작전을 펼친 것이라면 말이야.'

안톤은 이탄의 표정을 세심하게 관찰했다.

이탄의 얼굴에서 읽을 수 있는 것은 아무것도 없었다. 제3세력의 이간질 작전에 코로니 군벌이 속은 것인지, 아니면 이탄에게 안톤이 속고 있는 것인지 영 모호했다.

"하면, 대지의 소서러께서는 공주님과 무관하다는 말씀이십니까?"

안톤이 확인하듯이 이탄을 떠봤다.

이탄이 눈을 찌푸렸다.

"대체 그 공주가 누구야? 코로니 군벌의 빙제나 염제가 딸을 잃었나? 물론 그들도 여러 명의 딸을 두었겠지만, 그 딸내미가 지금 사경을 헤매고 있는 내 아들보다 중요하다는 뜻은 아니겠지? 엉?"

"으으음."

안톤은 입을 열지 못했다. 이 상황에서 아나스타샤를 언급할 수는 없었다.

솔직히 말해서 아이스 프린세스가 블라디보스톡에 내려온 이유가 무엇이던가?

함정을 파기 위해서였다. 간씨 세가의 무력부대를 블라디보스톡으로 끌어들인 다음 한꺼번에 섬멸하기 위한 것.

이것이 바로 아나스타샤의 진짜 남하 이유였다.

안톤은 이탄 앞에서 아나스타샤가 주도했던 군사작전을 주저리주저리 털어놓을 수는 없었다. 하여 곤혹스러움에 입을 꾹 다물었다.

이탄이 손을 휘휘 저었다.

"더 할 말이 없으면 그만 나가보게. 그리고 더 이상 내 신경을 건드리지 말게. 코로니 군벌이 진짜로 우리 간씨 세가와 전면전을 벌일 생각이 아니라면 말일세. 이 이상 수가 틀리면 나도 참을 수 없어. 나중에 나머지 세 군벌에게 갈가리 찢기건 말건, 무조건 코로니만 물어뜯을 거야."

마지막 축객령을 내뱉으면서 이탄이 오른손 손가락을 구부려 갈고리 모양으로 만들어 보였다.

"히익!"

이탄의 사나운 기세에 눌려 안톤은 오줌을 쌀 뻔했다. 안톤이 데려온 통역은 이미 바지에 오줌을 지렸다.

코로니의 특사 일행이 도망치듯 돌아간 뒤, 이탄이 소리 내어 웃었다.

"후후훗."

주소연은 황망한 눈으로 이탄을 바라보았다.

간씨 세가의 본관 빌딩들 가운데 북쪽 세 번째 건물은 최신식 시설을 갖춘 의료원이었다. 그런데 이 의료원 맨 꼭대기 층에서는 특별한 손님만 받았다. 서양식 의사와 동양식 한의사, 그리고 마법학적 힐러를 모두 고용한 다음 오로지 간씨 세가의 성골들만 전담하여 치료하는 곳이 바로 의료원 최상층이었다.

최근 이틀 사이, 이곳의 모든 의사와 한의사, 힐러들이 축 늘어진 중년인 한 명에게 달라붙었다.

치료 대상자는 간철호의 셋째 아들인 간영수였다.

간영수는 지금 입과 코에 호흡기를 착용하고 무균실에 안치된 상태였는데, 간씨 세가의 힐러들이 무균실 안에 들어가서 간영수에게 생명력을 연신 불어넣었다. 간영수의 팔뚝에는 다섯 종류의 해독제가 주사바늘을 통해 공급되는 중이었다. 또한 그의 온몸에는 내상과 외상을 회복시키기 위한 침이 빽빽하게 꽂혀 있었다.

의료원의 원장 겸 간씨 세가 의약당 당주가 이탄에게 고했다.

"피습으로 인한 외상과 얼음마법에 의한 동상은 대부분 치료가 되었습니다. 그런데 문제는 독입니다."

"독?"

"그렇습니다. 코로니 놈들이 셋째 도련님에게 뿌린 맹독이 총 다섯 종류나 됩니다. 이 다섯 종의 독들이 서로 상승작용을 하는 바람에 한꺼번에 해독을 해야 합니다."

이것이 의약당 당주의 의견이었다.

당대 의약당 당주는 남씨 가문의 남희군이 맡고 있었다. 남희군은 원로원주 남충주의 아들이자 이탄의 첫 번째 부인인 남서윤의 막냇동생이었다.

닷새 전 식사 자리에서 이탄에게 경고를 받은 뒤, 남서윤은 라이벌인 남궁현화에 대한 견제를 중단했다. 그뿐만이 아니었다. 남서윤은 남궁현화의 아들인 간영수가 코로니 군벌의 피습을 받아 사경을 헤매게 되자 즉시 막냇동생을 통해 온갖 귀한 약재를 보내주고 또 치료에 최선을 다하라고 부탁했다.

남궁현화도 처음에는 남서윤의 행동을 의심했으나, 지금은 마음속으로 조금은 고마워하게 되었다.

"그래서, 지금 영수의 상태가 어떤가? 언제쯤 일어나겠나?"

이탄이 남희군을 다그쳤다.

"제발……."

이탄의 옆에서 남궁현화가 두 손을 꼭 모으고 남희군의 입술만 바라보았다.

다행히 남희군의 대답은 긍정적이었다.

"일단 해독약이 듣기 시작했습니다. 그러니까 더 이상 셋째 도련님의 목숨이 위태로울 일은 없습니다."

"으흐흑. 고맙습니다."

남궁현화가 손으로 입을 막고 오열했다.

이탄이 냉정하게 그 다음을 물었다.

"일단 목숨을 건졌다면, 영수가 완전히 정상으로 돌아오기까지는 얼마나 걸리겠나?"

"힐러들을 통해서 도련님의 생명력을 계속 채우고 있습니다만, 완벽한 회복 시점은 아직 불분명합니다. 그래도 한 달 안에는 도련님께서 깨어나실 것 같습니다. 물론 정신이 돌아오신 이후에도 재활훈련을 꾸준히 해야 예전 모습으로 회복하실 수 있습……."

"한 달이면 너무 길어. 회복 기간을 더 줄이게."

이탄이 남희군의 말을 잘랐다.

"네."

남희군이 땀을 닦으며 대답했다.

"의장님."

남궁현화는 감격한 듯 이탄을 올려다보았다.

오랜 세월 동안 남궁현화는 이탄에게 부부의 정을 느끼지 못했다. 남궁현화에게 이탄이란 그저 두려움과 공경의 대상일 뿐이었다.

그런데 아들이 피습을 당한 이후 이탄이 보여준 태도가 남궁현화의 가슴 속에 진한 파문을 만들었다.

이탄은 간영수가 쓰러졌다는 소식을 듣기 무섭게 손수 블라디보스톡으로 날아가 도시 전체를 폐허로 만들어 버렸다. 그 다음 의약당 당주까지 총동원하여 아들을 회복시키려고 최선을 다했다.

이건 마치 책임감이 강한 수사자가 무리를 지키기 위해 거칠게 싸우는 모습 같았다. 겉으로는 냉랭하고 흉포하지만, 가족들을 생각하는 마음만큼은 지극한 수사자의 향기가 남궁현화를 아찔하게 만들었다.

남궁현화는 이탄의 듬직한 모습을 옆에서 힐끗힐끗 훔쳐보았다. 주책없게도 그녀의 가슴이 두방망이질 쳤다.

또 한 가지.

남궁현화는 요새 남편이 좀 바뀐 것 같다고 느꼈다. 분명 동일인이기는 한데, 마치 낯선 남자를 만난 것처럼 새롭게 다가온다고나 할까.

'이런 미친년 같으니. 아들이 사경을 헤매는데 내가 지금 어디다 정신을 팔고 있는 게야? 정신 차려.'

남궁현화가 고개를 좌우로 흔들어 잡념을 털어내었다. 그때 이미 남궁현화는 목덜미까지 발갛게 물들어 있었다.

광정(光精)과 적양갑주의 조합

Chapter 1

이 세상과는 동떨어진 특별한 공간.

간철호가 즐겨 찾는 이 공간은, 역대 간씨 세가의 가주들이 무술을 가다듬고 마법을 연마하는 비밀스러운 장소였다.

이 특별한 공간에 들어올 수 있는 방법은 단 하나뿐이었다. 간씨 세가의 수호룡인 알리어스가 공간의 문을 열어주어야 비로소 입장이 가능했다.

그러니까 지금 이곳에 드나들 수 있는 유일한 사람이 바로 간철호, 즉 이탄이었다. 간철호에게 수호룡을 물려준 —사실은 빼앗긴— 이후부터는 간성주도 더는 이 공간에 접근하지 못했다.

이 독특한 연무 공간은 온통 백색으로 점철되었다.

하늘과 땅의 구별도 없이 온통 새하얀 세상.

그 순백의 공간 안에서 이탄이 바른 자세로 앉아 양손을 가슴께로 모았다. 이탄의 두 손바닥이 정확하게 10센티미터 떨어진 위치에서 서로를 마주 보았다.

지잉—!

이탄의 손바닥 사이에서 조그만 빛알갱이가 하나 형성되었다.

이탄은 체내의 마나를 잔뜩 끌어올린 다음, 그 힘을 빛알갱이 속으로 주입했다. 좁쌀 반쪽 크기의 빛알갱이를 형성하기 위해서 이탄이 투입한 마나의 총량은 어마어마했다. 간철호가 보유한 마나가 기겁할 수준이 아니었다면 감히 이 빛알갱이를 시도해볼 엄두도 내지 못했을 것이다.

다행히 간철호의 마나 보유량은 정말 남부럽지 않을 정도로 막대했다. 이탄은 그 마나를 모조리 끌어모아 빛알갱이에 투입했다.

츠츠츠춧.

에너지가 한 점에 모이고 또 모였다. 막대한 양의 마나가 조그만 한 점에 응축되고 또 응축되었다. 그렇게 집중된 힘이 고스란히 빛알갱이에 농축되었다.

이 빛알갱이의 정체는 광정(光精).

오대군벌이 세상을 지배하기 전, 무려 천 년이 넘게 세상을 단독으로 통치했던 쥬신 대제국의 황가비법 가운데 하나이다.

그 옛날 쥬신 대제국 시절에 이 광정을 구현할 수 있는 황족은 극소수에 불과했다. 그러다 쥬신의 말기에 이르러서는 이 비법이 세상에서 완전히 사라진 것으로 알려졌다.

간철호는 이 무시무시한 힘을 쥬신 황가의 옛 황릉에서 우연히 손에 넣었다. 그 후 간철호는 세상 그 누구에게도 알리지 않고 남몰래 광정을 연마했다. 이후 광정은 자연스럽게 이탄의 손에 흘러들어 왔다.

이탄이 눈꺼풀을 살짝 열고 순백의 공간 한구석을 응시했다. 그곳에는 1,890이라는 숫자가 찍혀 있었다.

이 수가 의미하는 바는, 빛알갱이, 즉 광정에 농축된 역도가 1,890이라는 의미였다.

이 숫자의 단위가 무엇인지는 알 수 없었다. 다만 이 순백의 연무 공간은 이탄이 구현하는 모든 종류의 마법과 무술을 숫자로 변환하여 보여주었다.

예를 들어서 이탄이 흙 속성의 마법 가운데 하나인 어쓰핸드(Earth Hand: 대지의 손)를 구현하면 277이라는 숫자가 찍히고, 어쓰퀘이크(Earthquake: 지진)를 구현하면 705가 표시되는 식이었다.

당연한 말이지만, 이 숫자들은 그때 그때마다 값이 바뀌었다. 똑같이 어쓰퀘이크를 구현해도 이탄이 전력을 다할 경우는 800에 육박하는 숫자가 나오기도 했다. 거꾸로 이 탄이 대충 마법을 펼치면 600대로 값이 추락했다.

이탄은 이 숫자를 통해 간철호의 마법들 가운데 우선순위를 매겼다.

그 가운데 단연 압도적인 것이 바로 빛의 마법, 광정이었다. 놀랍게도 그 조그만 빛알갱이 하나에 담긴 힘은 도시 하나를 파괴할 수 있는 어쓰퀘이크의 두 배가 넘었다.

'1,890이면 아직 부족해.'

이탄이 입술을 지그시 깨물었다. 1,800대의 숫자는 과거의 간철호도 해냈던 경지였다. 이탄은 여기서 만족하지 않았다. 간철호보다 한 발 더 나갔다.

콰르르르르—.

이탄의 (진)마력순환로 깊은 곳에서 꽈배기 모양의 읽을 수 없는 문자, 즉 만자비문의 음습한 힘이 튀어나왔다.

이탄은 그 힘까지 모두 끌어올려 빛알갱이에 투입해보았다. (진)마력순환로 속에서 튀어나온 만자비문이 쥐어짜지 듯 응축되어 광정 속으로 흡수되었다. 빛알갱이 주변에 만자비문이 아스라하게 맴돌다가 푸스스 부서져서 빛알갱이와 하나가 되었다.

이윽고 변화가 일어났다.

지이잉!

좁쌀 반쪽 크기이던 광정이 두 배로 커진 것이다. 이탄은 그렇게 부풀려진 광정을 강제로 억눌러서 다시 좁쌀 반 개 크기로 압축했다.

비좁은 부피 안에 감당할 수 없는 막대한 에너지를 쏟아붓다 보니 콰득! 콰득! 공간이 마구 찌부러졌다. 주변이 엿가락처럼 왜곡되었다. 이탄의 몸이 길쭉하게 늘어났다가 옆으로 부풀었다 변화하는 착시현상이 발현되었다.

광정 주변에는 아지랑이 같은 기류가 퍼져나갔다. 이탄의 이마에도 어느새 송글송글 땀방울이 맺혔다.

공간 저편에 찍힌 숫자는 어느새 2,000을 넘어서 2,100을 가리켰다. 이 정도면 어쓰퀘이크의 세 배에 육박하는 수치였다. 좁쌀 반쪽 크기의 광정 안에 담긴 힘이 블라디보스톡만 한 도시를 3개쯤 박살 낼 수 있다는 의미이기도 했다.

그래도 이탄은 도전을 멈추지 않았다.

'크으윽. 어디까지 숫자가 올라가는지 한번 보자.'

이탄은 (진)마력순환로를 빠르게 순환시켜서 마나를 계속 쥐어짰다. 그 다음 그 마나들을 광정 속으로 끊임없이 욱여넣었다.

마나가 유입되고 또 유입되면서 광정이 다시 커졌고, 그렇게 커진 광정이 이탄의 억압에 의해 다시 부피가 줄어들었다.

이 과정이 반복되면서 이탄이 만들어낸 광정은 점점 더 강렬한 광채를 뿌렸다. 이탄의 손바닥을 중심으로 공간이 일그러지는 현상도 한층 심화되었다. 허공에 찍힌 숫자는 이제 2,450을 가리켰다.

콰득!

마침내 응축된 에너지가 포화점을 넘어서 한계에 도달했다. 이 이상 에너지를 주입하면 광정이 그대로 폭발할 상황이었다.

이탄은 그제야 손바닥을 열었다.

사아악—.

마치 잡았던 나비를 놓아주는 듯이 살포시.

그 부드러운 손놀림에 걸맞게 광정도 부드럽게 반응했다. 좁쌀 반쪽 크기의 광정이 이탄의 손바닥 위로 살포시 떠올라 이탄의 몸 주변을 포로롱 선회하더니, 어느 한순간 이탄의 마음이 가리킨 곳을 향해 번쩍! 날아갔다.

이탄의 손을 떠난 광정이 순백의 공간 끝까지 날아갔다가 다시 돌아왔다. 그리곤 이탄의 몸 주변을 나선형으로 빙글빙글 선회하다가 다시 이탄의 손바닥 위로 내려앉았다. 빛이 한 번 번쩍 터진 순간 안에 이 모든 일이 이루어졌다.

Chapter 2

이탄이 빈 공간을 슬쩍 곁눈질했다.

그곳에 찍힌 숫자는 여전히 2,450이었다.

'멀리 날아갔다 돌아와도 숫자가 줄지 않았어. 다시 말해서 광정 안에 담긴 힘이 그대로 유지되었다는 뜻이야.'

이탄이 응축된 빛, 즉 광정을 가만히 쓰다듬었다. 광정이 이탄의 손바닥 위에서 기분 좋게 일렁였다.

과거 간철호는 광정을 한 번 방출하면 기진맥진하여 그 자리에 쓰러지곤 했다. 체내의 모든 마나를 광정에 쏟아부어 적을 공격했으니, 그 다음은 탈진하는 것이 정한 이치였다.

이탄은 달랐다. 간철호는 광정으로 아주 무시무시한 일격을 날린 후 곧바로 탈진해버렸지만, 이탄은 만자비문을 통해 광정을 자유롭게 컨트롤했다.

적을 향해 광정을 날리고, 그 광정을 다시 회수하고, 위성처럼 몸 주변을 공전하도록 만들기도 하고.

이렇게 세밀하게 광정을 컨트롤하면서도 이탄은 지치지 않았다.

이탄의 눈이 백색의 공간 저 끝자락, 수평선에 해당하는 지점을 훑었다.

번쩍!

그 즉시 광정이 수평선 끝까지 날아갔다가 다시 이탄에게 돌아왔다.

이탄이 오른쪽 수평선으로 마음을 돌렸다.

번쩍!

이탄의 손끝을 떠난 광정이 오른쪽 수평선으로 날아갔다가 다시 180도 반대쪽인 왼쪽 끝까지 반원을 그리며 훑고 돌아왔다.

광정의 속성은 빛이기에 공기와 마찰을 일으키지도 않았다. 이동할 때 소리도 없고 제약도 없었다. 그저 어마어마한 에너지를 내부에 담은 채 이탄이 마음먹은 곳으로 날아갔다가 되돌아올 뿐이었다.

'만약 이 광정을 적의 심장 속으로 이동시켰다가 에너지를 쾅! 폭발시킨다면 어떻게 될까?'

'만약 이 광정을 톱날처럼 지그재그로 움직여서 적을 난자한다면 어떻게 될까?'

'만약 이 광정을 창끝처럼 활용하여 적의 마법진을 뚫는다면?'

이탄의 머릿속에서 광정을 활용한 무수한 공격법들이 떠올랐다가 다시 의식의 수면 아래로 가라앉았다.

이탄은 그 생각들을 정리하고 또 가다듬었다.

이어서 이탄은 한 단계 더 나갔다.

'나타나라.'

이탄이 속으로 주문을 외우자마자 이탄의 눈앞에 한 사
내가 홀로그램처럼 스르륵 등장했다. 눈빛이 형형하고 수
염을 가슴까지 길게 기른 아시아계 사내였다.

사내의 이름은 이정암.

현재는 존재하지 않는, 72년 전에 죽어서 없어진 이정암
이 이탄의 앞에 환상처럼 일어나 이탄을 무섭게 노려보았
다.

'이정암.'

간철호의 기억을 다 뒤져보아도 이보다 더 강렬한 이름
은 몇 되지 않을 것이다. 그도 그럴 것이, 이정암은 쥬신 제
국의 마지막 기둥이라 불리던 사내였다. 72년 전 이정암이
어찌나 막강했던지 오대군벌의 다섯 가주와 주요 무신들이
총출동하여 이정암 한 명을 요격했다. 간철호의 할아버지
인 간승남과 아버지인 간성주도 당시 이정암을 포위 공격
하는 데 앞장섰다.

그 치열한 전투에서 간승남은 이정암으로부터 치명타를
입고 죽었다. 덕분에 간성주는 젊은 나이에 가주의 자리를
물려받아 간씨 세가의 주인이 되었다.

다른 군벌들의 처지도 간씨 세가와 다를 바 없었다. 당시

이정암은 오대군벌의 가주들 가운데 무려 4명을 단신으로 격살했으며, 나머지 한 명에게도 치명상을 입혀 놓았다.

물론 그 과정에서 이정암도 무사하지 못했다. 수백 명의 늑대들에게 둘러싸인 이정암은 결국 30개가 넘는 무기를 온몸에 꽂은 채, 두 팔과 두 다리가 잘린 상태에서 마지막 숨을 거두었다.

이것이 타락해버린 쥬신 황가에서 유일하게 황족다웠던 거물 이정암의 최후였다.

이정암이 쓰러지자 쥬신 황가는 오래 버티지 못했다. 쥬신의 마지막 황제이자 이정암의 조카인 이윤은 결국 2년 뒤 오대군벌의 핍박을 견디지 못하고 황궁 안에서 비단끈에 목을 매서 자살한다.

하지만 세상 그 누구도 마지막 황제의 비참한 최후를 불쌍히 여기지 않았다. 당시 오대군벌이 이정암을 요격할 수 있었던 것은, 어리석은 황제 이윤이 숙부인 이정암을 질투하고 두려워하여 오대군벌에게 이정암을 내던져 주었기 때문이었다. 결국 황제 이윤은 스스로 쥬신 황가의 마지막 기둥을 꺾어버린 셈이었다.

어쨌거나 그 무시무시한 존재가 이탄의 앞에 나타났다. 이정암의 머리 위에는 파란 글씨로 2,800이라는 숫자가 찍혀 있었다.

'저 숫자가 이정암의 방어력을 나타낸단 말이지? 과거 오대군벌을 벌벌 떨게 만들었다는 무신의 방어력을 수치화하다니, 간씨 세가의 능력이 보통이 아니야.'

이탄은 이정암의 방어력이 어마어마하게 높다는 점보다도, 그 방어력을 숫자로 표현해낸 간씨 세가의 능력을 더 높이 평가했다.

적의 무력을 수치화할 수 있다는 것은, 곧 그 적을 거꾸러 뜨릴 방법을 찾아낼 수 있다는 점을 의미하기 때문이었다.

'72년 전에도 그런 확신이 있었으니까 이정암을 요격했 겠지. 오대군벌이 힘을 합치면 2,800의 방어력을 깎아서 결국 0으로 만들 자신이 있었던 거야.'

이탄이 눈앞의 이정암을 향해 광정을 날렸다.

풋!

이탄의 마음이 일어남과 동시에 광정은 이정암의 심장 부위를 관통해버렸다. 그와 함께 이정암의 머리 위에 찍힌 2,800이라는 숫자가 350으로 뚝 떨어졌다. 대신 이탄이 날린 광정도 사라져 버렸다.

광정에 담긴 힘이 2,450.

이정암의 방어력이 2,800.

그러니까 광정이 이정암의 방어력을 2,450만큼 깎고 소멸한 셈이었다.

과거 오대군벌의 다섯 가주들이 정예부대 수백 명을 동원하고서야 겨우 상대가 가능했던 괴물이 바로 이정암이었다.

이탄은 광정 한 방에 그 이정암의 방어력 대부분을 날려 버렸다.

이건 무척 놀라운 일이었지만, 이탄은 만족하지 못했다.

'쳇. 만자비문의 힘까지 총동원하였건만 이정암을 한 방에 거꾸러뜨리지 못했잖아?'

이탄이 속으로 투덜거리면서 광정을 하나 더 만들었다.

지이잉!

이탄의 손바닥 위에서 눈부신 빛알갱이가 형성되었다.

간철호라면 절대 불가능한 일이었다. 간철호는 광정을 하나 만들어서 날리는 것만으로도 거의 폐인 상태에 빠지곤 했다.

이탄은 달랐다. (진)마력순환로를 통해서 음차원의 마나를 끌어올리자 곧바로 광정이 하나 더 형성되었다.

이번 광정에 담긴 힘은 1,800.

첫 번째 광정보다는 약하지만, 이 정도만 되어도 이정암의 나머지 방어력을 부수기에는 충분한 수치였다.

Chapter 3

풋!

이탄의 손을 떠난 광정이 이정암의 심장을 한 번 더 꿰뚫
었다.

그때 놀라운 일이 발생했다. 이정암의 다리 아래쪽에서
정령으로 이루어진 말, 즉 붉은색의 정령마가 환상처럼 일
어나더니 이정암에게 750의 방어력을 더해주었다. 또한 이
정암의 몸 위에 붉은 갑주가 돋아나면서 750의 방어력을
더 높여주었다.

350까지 떨어졌던 이정암의 방어력이 다시 1,850까지
증가한 셈이었다.

그런데 이탄이 만들어낸 두 번째 광정이 이정암의 심장 부
위를 관통하면서 방어력을 1,850에서 50으로 뚝 떨어뜨렸다.

이는 광정의 공격력이 1,800이기에 벌어진 현상이었다.

여하튼 이정암은 두 번의 광정을 맞고도 죽지 않았다. 방
어력이 아직 50이나 남았다. 붉은 갑주를 입고, 붉은 갈기
를 휘날리는 정령마 위에 앉아서 이탄을 굽어보는 이정암
은 실로 위압적이었다.

'어럽쇼? 이것 봐라? 당시 이정암에게 이런 비장의 수단
이 있었구나. 아마도 72년 전 오대군벌의 가주들은 정령마

와 붉은 갑주의 존재를 몰랐을 거야. 그래서 승리를 자신하고 이정암을 공격한 것이겠지. 그러다 예상치 못하게 정령마와 붉은 갑주가 등장하자 오대군벌의 계획이 틀어졌고, 결국 군벌의 가주들이 대부분 죽게 된 거야.'

이탄의 추측은 정확했다.

과거 이정암은 붉은 정령마와 붉은 갑주의 존재를 아무에게도 알리지 않았다. 그 상태에서 오대군벌의 포위공격을 받았고, 결국 처참하게 죽었다.

하지만 이정암은 결코 혼자 죽지는 않았다. 당시 이정암이 오대군벌의 가주들에게 치명타를 날릴 수 있었던 근본적인 비결은 바로 정령마와 붉은 갑주의 존재였다.

'다시 말해서 이정암의 진짜 방어력은 2,800이 아니라 4,300이었던 것이구나.'

이탄이 머릿속으로 계산을 다시 했다.

'내가 광정의 힘을 최대로 농축하면 2,450까지 올릴 수 있어. 하지만 이것으로 4,300이나 되는 이정암의 방어력을 깎아도 2,050이나 남는단 말이야. 쯧쯧쯧.'

이탄이 속으로 혀를 찼다.

'쳇. 두 번째 광정을 2,050이 넘게 농축하려면 시간이 꽤 걸리는데, 이 점이 문제네. 첫 번째 공격은 광정을 미리 준비해두었다가 기습적으로 선방을 날린다고 치지만, 치열

한 전투 중에 2,050이 넘는 광정을 언제 만들고 있겠어? 그동안 이정암은 놀고만 있겠느냐고?'

이탄은 은근히 기분이 상했다. 물론 이탄에게는 적양갑주의 권능이 있으니까 72년 전의 이정암이 되살아온다고 해도 패하지는 않을 것이다. 그래도 이정암을 꺾지 못한다는 점이 내심 못마땅했다.

'기분 나빠.'

이탄은 손을 휘휘 저어서 이정암을 없애버렸다. 그리곤 다른 생각에 사로잡혔다.

'그나저나 내 방어력은 수치화가 되지 않네? 내 방어력이 얼마나 되는지 알면 좋겠구먼.'

이탄은 이리저리 고민을 해보다가 결국 한 가지 방법을 떠올렸다.

'그래. 광정을 내게 쏴보자. 그럼 적양갑주의 방어력이 2,450이 넘는지 알 수 있겠지.'

다소 무식한 방법이지만, 이 순백의 공간 안에서 이탄은 아무리 공격을 받아도 무사하니까 한번 해볼 만하다고 생각했다.

이탄이 다시 시간을 들여 광정을 만들었다. 마나가 농축되고 또 농축되면서 광정의 공격력이 점점 더 올라가더니 결국 한계치인 2,450에 도달했다.

'에잇!'

이탄은 마치 자살이라도 하는 심정으로 그 광정을 자신의 복부에 쑤셔 박았다.

후와앙!

그 즉시 이탄의 몸에서 붉은 노을과 같은 기운이 거창하게 일어났다. 바로 적양갑주의 권능이었다.

콰창!

이탄의 적양갑주는 광정의 막강한 공격력을 간단하게 차단했을 뿐 아니라, 그 힘을 그대로 반사시켜 버렸다.

여기까지는 이탄도 짐작했던 바였다. 적양갑주에 의해 튕겨나간 광정이 수평선 저 끝까지 날아가면서 순백의 공간에 찍힌 숫자가 찍혔다.

4,876.

'응? 이게 뭐지?'

이탄이 눈을 비비고 다시 숫자를 확인했다. 4,876이라는 숫자가 이탄의 동공에 똑똑히 맺혔다.

'허억? 이게 뭐야? 광정의 공격력이 갑자기 왜 두 배 가까이 늘어났지?'

가능성은 한 가지였다. 받은 데미지의 99퍼센트를 반사시켜 버리는 적양갑주의 놀라운 권능이 광정에 더해진 것. 이게 아니라면 갑자기 4,800이 넘는 어마어마한 수치가 떠오를 리 없었다.

'혹시 적양갑주가 두 배의 반탄력을 발휘하나? 100의 공격을 받으면 200을 되쏘나?'

이탄은 흙 속성의 공격마법 가운데 하나인 어쓰 핸드를 만들었다. 이탄의 눈앞에 흙으로 빚어진 거대한 손이 형성되었다.

이번 어쓰 핸드의 공격력은 276이었다. 이탄은 그 힘을 총동원하여 스스로의 몸을 후려쳤다.

콰앙!

거대한 손이 이탄을 짓뭉개버릴 듯 강타했다.

그 즉시 이탄의 몸에서 붉은 노을이 일어나 어쓰 핸드를 막았다. 방어와 동시에 어쓰 핸드 공격력의 99퍼센트 이상을 튕겨내기도 하였다.

적양갑주의 반탄력 때문에 이탄을 공격했던 어쓰 핸드가 와르르 허물어졌다. 이때 허공에 찍힌 수치가 274.

'역시 적양갑주가 99퍼센트 이상의 힘을 반사시키는 것이 맞아. 276의 공격을 받자마자 그 공격을 해소한 다음, 274를 반사시켰잖아?'

그렇다면 왜 광정은 두 배에 가까운 4,876의 힘을 반사시켰을까? 2450을 반사한 것이 아니라 왜 4,800이 넘는 반탄력을 내보냈을까?

이탄은 이 점을 골똘히 고민했다.

'아!'

깊은 사색 끝에 그럴 듯한 답이 도출되었다.

'광정은 빛의 마법, 즉 빛 에너지를 사용하지. 그런데 이 빛 에너지는 사방으로 퍼져나가니까 절반은 손실을 볼 수밖에 없어. 다시 말해서 공격 대상에게만 빛을 쏘는 것이 아니라 후방으로 방출되는 빛 에너지도 있는 거지.'

광정으로 이정암을 공격한다고 치자. 이때 광정의 에너지 가운데 절반은 전면부의 이정암을 향해 쏘아져 나가지만, 나머지 절반은 이정암의 반대편, 즉 후방을 향해 방출되어 버린다.

그런데 만약 적양갑주가 후방으로 방출되는 빛 에너지까지 모두 모아서 전면으로 날려준다면?

Chapter 4

'우리가 일상생활에서 전등을 사용할 때 반사갓을 씌우잖아? 전구 뒤편에 거울을 놓으면, 그 거울이 후방으로 방출되는 빛까지 모조리 모아서 앞으로 보내주거든. 그 결과 전구에서 방출되는 빛의 강도가 두 배로 늘어난 것처럼 느

꺼지는 거지.'

이탄은 '적양갑주도 이와 비슷한 역할을 해주는 것이 아닐까?' 라고 추측했다. 마치 적양갑주가 램프의 반사갓과 유사한 역할을 한다는 추정이었다. 이게 아니라면 광정의 공격력이 갑자기 두 배 가까이 급증하는 이유를 설명할 길이 없었다.

적양갑주는 결국 붉은 금속으로부터 비롯되었으며, 금속은 빛을 반사시키는 데 특화되어 있으므로, 적양갑주와 광정을 잘 조합하면 광정의 힘을 거의 두 배로 끌어올릴 수 있다는 것이 이탄의 결론이었다.

물론 이것은 적양갑주니까 가능한 일이었다. 일반 금속은 반사갓으로 사용하는 것이 불가능했다. 광정과 충돌하는 즉시 금속에 구멍이 뻥 뚫려버릴 테니까 말이다.

'하하하. 이거 내가 우연치도 않게 놀라운 조합을 만들어내었구나. 어디 한번 테스트를 해보자.'

따악!

이탄이 손가락을 튕겼다.

이탄의 눈앞에 붉은 정령마에 올라탄 이정암이 스르륵 등장했다. 이정암의 머리 위에 찍힌 숫자는 4,300이었다.

이탄이 손바닥을 살짝 벌려 그 사이에 빛의 씨앗을 만들었다. 그 씨앗이 이탄의 마나를 하염없이 받아먹으면서 무럭무럭 힘을 키웠다. 농축되고 또 응축된 힘이 마침내 극한, 즉 2,450에 달했을 때, 이탄은 그 광정을 자신의 복부에 때려박았다.

후왕! 번쩍.

이탄의 몸에서 붉은 노을이 창대하게 일어났다. 동시에 이탄의 복부 부위에서 튕겨져 나간 광정이 빛의 속도로 공간을 돌파하더니 이정암의 심장 부위를 관통했다.

이때 허공에 찍힌 공격력 수치가 4,876.

이는 이정암의 총 방어력을 훌쩍 뛰어넘는 수준이었다. 광정의 공격을 받은 직후, 이정암과 붉은 정령마가 와르르 허물어졌다.

대신 이정암을 요격한 뒤 광정의 힘은 576까지 줄어들었다.

휘이익—.

이탄이 손가락을 빙글 돌리자 수평선 저 끝까지 날아갔던 광정이 크게 한 바퀴 선회하여 이탄의 손가락 끝으로 되돌아왔다.

576이면 결코 낮은 수치가 아니었다. 블라디보스톡을 뒤틀어버린 흙 속성의 절대마법 어쓰퀘이크가 600에서 800 사이니까, 576이면 대충 도시 하나를 파괴할 수 있는 엄청난 에너지였다.

오늘 이탄에 의해서 업그레이드된 광정은 72년 전의 절대자 이정암을 단숨에 고꾸라뜨린 이후에도 이만큼의 역도가 남은 셈이었다.

'훌륭하구나. 정말 마음에 들어.'

이탄은 진심으로 감탄했다.

'그렇다면 과연 이 업그레이드된 광정이 이정암 외에 다른 역사적인 인물들에게 얼마나 통할까?'

이탄은 탑에서 배운 역사적인 인물들을 떠올려 보았다. 가장 먼저 세 사람의 이름이 이탄의 머릿속에 떠올랐다.

천 년 전, 복잡하던 세상을 통일하고 쥬신 제국을 처음 세운 건국황 이관.

쥬신을 대제국의 반열에 올려놓으며 천 년 제국의 기틀을 튼튼하게 다진 4대 황제 패황 이군억.

300년 전 온 세상을 공포로 몰아넣었던 미치광이 황제 광황 이충.

이상 3명의 황제야말로 당대에 적수를 만나지 못했다는 전설 중의 전설이었다. 이 3명의 황제가 다스리던 시기에는 감히 오대군벌의 선조들도 황제 앞에서 고개 한 번 제대로 들지 못하였다.

'건국황, 패황, 광황. 이런 전설들은 과연 어떤 수준의 무력을 지녔을까? 이정암보다는 확실히 강하겠지? 과연 얼

마나 강할까? 그런 전설들과 내가 싸운다면 나는 어느 정
도나 버틸 수 있지?'

다양한 생각들이 꼬리에 꼬리를 물고 이어졌다.

한편 이탄은 쥬신 황가 외부로도 눈을 돌렸다. 쥬신 황가
의 직계 혈통들이 압도적으로 강했던 것은 사실이지만, 황
가 외부에도 뛰어난 강자들은 존재했다.

당장 간씨 세가의 13대조인 간무벽만 하더라도 쥬신의
황제가 두려워할 정도로 막강했던 인물이었다.

기록에 따르면 간무벽은 무려 199개의 망령목 가지를 소
유했다고 한다. 지금 간철호, 즉 이탄이 지닌 망령목의 나
뭇가지가 총 56개. 그런데 간무벽은 놀랍게도 이탄보다 네
배는 더 많은 수량을 확보했던 것이다.

'간무벽과 이정암을 비교하면 누가 더 강할까? 객관적인
기록만 따지면 간무벽이 한 수 위인 것 같은데.'

이탄이 손가락을 튕겼다.

따악!

순백의 공간 한복판에 환상처럼 노인 한 명이 등장했다.
시커먼 수염을 사타구니까지 풍성하게 늘어뜨리고 오른손
에 검 한 자루를 꽉 움켜쥔 이 노인이 바로 간씨 세가의 13
대조이자 세가 역사상 최강자라 불리는 검성(劍聖) 간무벽
이었다.

놀랍게도 간씨 세가에서는 이 순백의 공간 안에 이정암과 같은 외부인뿐만 아니라 간씨 세가 선조들의 정보도 몽땅 입력해 두었다. 덕분에 이탄은 무수히 많은 역사적 인물들의 정보를 서로 비교할 수 있었다.

이탄이 눈앞의 간무벽을 위아래로 훑어보았다.

간무벽의 머리 위에 떠오른 숫자는 4,500.

반면 이정암의 방어력은 4,300이었다. 그것도 이정암이 붉은 정령마에 올라타고 붉은 갑옷을 걸친 뒤에나 4,300이 나왔다.

단순히 이 수치만 보아도 간무벽이 이정암보다 방어력 측면에서 200이나 더 뛰어났다.

'그런데 단순히 방어력만 놓고 비교해서는 안 될 것 같단 말이지. 간철호의 지식에 따르면, 이정암은 적이 공격하고 또 공격해도 무너지지 않는 철벽방어로 유명했다지만, 검성 간무벽의 경우는 방어력보다는 공격력이 더 무시무시했다던데?'

아쉽게도 간무벽의 공격력 수치는 제공되지 않았다. 간무벽의 경지에 대한 정확한 데이터가 부족한 탓이었다.

'어디 한번 시험해 볼까?'

이탄이 손끝으로 간무벽을 가리켰다.

풋!

이탄의 손끝을 떠난 광정이 간무벽의 심장 부위를 꿰뚫었다.

아니, 꿰뚫는 것처럼 보였다. 광정이 심장을 뚫기 직전, 간무벽의 검이 빛의 속도로 움직여 광정을 베었다.

콰—창!

간무벽의 검과 이탄의 광정이 충돌하면서 간무벽이 뒤로 20미터쯤 튕겨나갔다. 간무벽의 머리 위에 적힌 숫자도 4,500에서 2,830으로 줄었다.

'엉?'

이탄이 깜짝 놀랐다.

Chapter 5

조금 전 이정암은 빛의 속도로 날아가는 광정에 반응하지 못하였다.

한데 간무벽은 빛의 속도로 검을 휘둘러서 광정의 공격을 3분의 2가량 흘려버리는 데 성공하였다. 덕분에 간무벽은 4,876이나 되는 광정의 공격을 받고도 1,670만큼만 피해를 입었다.

검을 비스듬히 세운 간무벽이 시커먼 동공으로 이탄을

노려보았다.

'헉.'

순간적으로 이탄은 목덜미가 서늘해지는 듯한 느낌을 받았다.

'만약 이것이 실제 전투였다면, 첫 번째 광정이 실패한 순간 간무벽의 검이 내 목덜미를 내리쳤을 것이다.'

물론 적양갑주 덕분에 이탄도 쉽게 죽지는 않았겠지. 하지만 만약 이탄에게 적양갑주가 없었다면 단숨에 목이 잘렸을 것은 자명했다.

'어휴우, 산 넘어 산이구먼.'

이탄이 머리카락을 벅벅 긁었다.

그 후로 이탄은 몇 차례 더 간무벽을 공격했다.

그때마다 간무벽은 눈에 보이지 않는 속도로 검을 휘둘러 광정을 베었다. 아니, 간무벽은 단순히 광정을 베어내는 것에 그치지 않고 연속동작을 펼쳐 검끝을 이탄에게 겨눴다. 물론 실제로 간무벽이 이탄을 공격하지는 않았으나, 이탄은 상대의 검이 자신에게 날아드는 듯한 섬뜩함을 느꼈다.

'아직은 내가 부족하구나.'

이탄의 이마가 땀으로 흥건해졌다.

'검성을 넘어서기엔 확실히 실력 부족이야.'

이탄이 입술을 지그시 깨물었다.

딱!

손가락을 튕겨서 간무벽을 없앤 다음, 이탄은 이 신비로운 공간에 내장된 다른 기능들도 점검해 보았다.

간씨 세가의 선조들은 다른 군벌들보다 한발 앞선 마도 공학 기술을 총 집약하여 이 신비로운 공간 안에 방대한 지식을 축적해 놓았다.

이정암이나 간무벽과 같은 전설적 인물들의 방어력을 수치화하여 공간 안에 재구성한 것도 그 가운데 하나였다. 이 밖에도 뛰어난 기능이 몇 가지 더 있었는데, 이탄은 그 하나하나를 세심히 살폈다.

"어디 보자. 가상의 적과 대결하는 모드가 있었지?"

따닥!

이탄이 두 번 연달아 손가락을 튕겼다.

그러자 하얀 바닥에서 8명의 무사가 솟구치듯 뛰어나와 이탄을 빙 둘러쌌다. 이 8명의 무사는 쥬신 제국 시절 황제의 친위병 차림이었다.

순백의 공간 내부에 친위병들이 뿜어내는 살기가 휘몰아쳤다. 친위병들은 각자 다른 자세로 검을 세우고 이탄을 압박했다.

그 즉시 친위병의 머리 위에 숫자가 떠올랐다.

이탄의 정면을 막아선 친위병의 머리 위에는 240. 나머지 친위병들은 100에서 120 사이의 숫자를 보유했다. 아마도 정면의 친위병이 이 위병들의 분대장인 것 같았다.

'머리 위의 저 숫자가 바로 이들의 공격력이다.'

이탄은 간철호의 기억을 뒤져 숫자의 의미를 파악했다.

간씨 세가에서는 이정암이나 검성 간무벽의 방어력을 수치화하는 데 성공했으나, 그들의 공격 수법이나 스킬, 그리고 공격력은 정확하게 파악하지 못했다. 왜냐하면 이정암이나 간무벽과 직접 싸운 사람들 대부분이 그 자리에서 죽었기 때문이었다.

데이터가 부족하다 보니 간씨 세가의 뛰어난 마도공학 기술로도 이정암이나 간무벽의 공격을 재현하지 못하였다.

반면 쥬신 제국 친위병들의 공격 수법이나 공격력은 이순백의 공간 안에 비교적 정확하게 재현해 놓았다.

'쥬신 제국 말기, 간씨 세가에서 황제의 친위대와 수도 방위군을 거의 장악하다시피 했다지? 그러니까 이렇게 생생하게 재현해냈겠지.'

자신의 주위를 빙 둘러싼 친위병들을 둘러보면서 이탄은 고개를 끄덕였다.

그게 신호라도 된 듯 친위병들이 동시에 이탄을 향해 달려들었다.

번쩍!

정면의 친위대 분대장이 검을 위로 치켜들었다가 벼락처럼 떨어뜨렸다. 그 속도나 기세가 언노운 월드 회귀병의 '벼락 떨구기'보다 더 뛰어났다. 게다가 중간에 궤적을 두 번이나 비틀어 버리는 바람에 상대하기 훨씬 더 까다로웠다.

그뿐만이 아니었다. 분대장의 공격과 발을 맞춰 이탄의 양 옆구리로 검날 2개가 파고들었다. 이탄의 등과 발목을 향해서도 2개의 검이 날아왔다. 나머지 3개의 검은 이탄의 양팔과 허벅지를 노렸다.

오러를 짙게 머금은 검이 8개.

각각의 공격력은 100에서 240 사이.

한편 이탄의 방어수단 가운데 소일 월(Soil Wall: 흙의 벽)의 방어력은 40 안팎이었다.

소일 쉴드(Soil Shield: 흙의 방패)의 방어력은 20.

소일 아머(Soil Armor: 흙의 갑옷)의 방어력은 30.

정면에서 치고 들어온 친위대 분대장의 순간 공격력이 240이니 소일 쉴드를 최소한 12개는 소환해야 겨우 방어가 가능했다.

후웅! 후웅! 후웅!

이탄은 일단 정면에 소일 쉴드 12개, 양쪽 측면에 각각 8개, 후면에도 8개를 소환했다.

콰콰콰—.

친위병들의 검날에 어린 오러가 흙의 방패를 단숨에 갈랐다. 사방으로 흙먼지가 튀었다.

그 사이 이탄은 허공으로 풀쩍 뛰어올라 친위병 한 명의 어깨를 발로 박차더니, 그대로 주변 중력을 조종했다.

투우웅—.

둔중한 충격과 함께 친위병들이 휘청거렸다.

이탄은 그 짧은 틈새를 놓치지 않고 적들 사이에 교묘하게 떨어져 내렸다. 그 다음 적 분대장의 목덜미를 잡아 뒤로 휙 집어던졌다.

이탄의 무지막지한 악력이라면 당장 분대장의 목뼈가 부러지고 몸뚱어리는 수십 미터 밖으로 날아가 처박혀야 정상이었다.

한데 친위대 분대장은 어깨를 비틀어 몸부림을 한 번 친 것만으로 이탄의 손아귀에서 빠져나갔다.

'엉?'

이탄이 순간 당황했다.

금속도 종잇장처럼 찢는 것이 이탄의 손가락이었다. 그 손에 한번 목이 붙잡히면 도저히 빠져나갈 수 없었다.

그런데 적 분대장은 너무나도 손쉽게 이탄의 손에서 벗어났다.

Chapter 6

단지 그것만이 아니었다. 적 분대장은 이탄의 손을 떨쳐 냄과 동시에 무너지듯 자세를 낮추었다.

슈각!

친위대장의 검이 수평으로 공간을 갈랐다.

평소의 이탄이라면 능숙하게 방어를 했을 테지만, 지금 이탄은 적이 손아귀에서 손쉽게 빠져나간 것에 놀라서 그만 반응이 한발 늦었다.

서걱 소리와 함께 적 분대장의 검이 이탄의 정강이를 깊게 베고 지나갔다.

삐익—.

이탄의 정강이 부위에서 날카로운 경고음이 터졌다. 싸이렌이라도 울리는 것처럼 붉은 빛이 번쩍번쩍 뛰놀았다.

"뭐야?"

이탄이 얼굴을 구겼다.

이 순백의 공간은 가상현실을 정교하게 구현한 것이라

적의 공격을 허용했다고 해서 이탄이 실제로 상처를 입는 것은 아니었다. 그래도 상대의 검에 정강이가 베인 것은 기분이 불쾌했다.

또 한 가지.

적 분대장의 검이 이탄의 정강이를 벨 때 분명 적양갑주가 반응했다. 붉은 노을과 같은 기운이 이탄의 정강이 부위로부터 창연하게 일어나면서 적 분대장의 공격력 태반을 그대로 튕겨내었다.

덕분에 적 분대장은 그 자리에서 허물어지듯 쓰러졌다.

반면 이탄은 멀쩡해야 정상이었다. 그런데도 이탄의 정강이에서는 연신 경고음이 울리며 빨간 불빛이 번쩍번쩍 뛰놀았다.

"오류구나. 간씨 세가에서 만든 이 순백의 공간이 적양갑주의 방어력을 제대로 계산하지 못하고 내가 정강이에 상처를 입은 것으로 처리했어."

이탄이 상처를 입자 나머지 7명의 친위병들이 더욱 신속하게 달려들었다.

이탄은 적양갑주에 의존하지 않고 소일 아머로 적의 공격을 막았다. 그 다음 손으로 상대의 얼굴을 짓뭉갰다.

이탄의 악력이라면 손가락에 걸리는 즉시 친위병의 두개골이 으스러져야 마땅했다.

한데 순백의 공간은 이 악력도 제대로 읽지 못했다. 적들은 그저 얼굴에 할퀸 상처만 입고 끝났다. 친위병들이 더욱 매섭게 검을 휘둘렀다.

이탄은 연신 백스텝을 밟아 적의 공격을 피했다.

"이런. 이 연무 공간 안에서는 내가 페널티를 안고 싸우는 셈이구나."

이탄은 표범처럼 날렵하게 적의 공격을 피하다가 한 번씩 툼(Tomb: 무덤) 마법으로 적들을 땅속에 처박아 버렸다.

그렇게 하나하나 적들을 상대하다 보니 8명의 친위병들을 모두 처리하기까지는 꽤나 긴 시간이 걸렸다.

"그래도 한바탕 땀을 흘리고 나니 시원하군."

가상의 적들을 모두 해치운 뒤, 이탄이 손바닥을 탁탁 털었다.

이제 이 공간에 마련된 또 다른 기능을 확인할 차례였다.

"간씨 세가의 선조들이 이 순백의 공간을 만들면서 이 안에 쥬신 제국 보고에서 탈취한 고대의 보물 몇 가지를 숨겨두었다고 했는데? 그것들이 어디 있더라?"

이 순백의 연무 공간은 그 자체가 하나의 아공간이나 마찬가지였다. 이탄이 양손의 엄지와 검지를 직각으로 만들어 쭈욱 잡아당기는 시늉을 하자 순백의 공간 안에 놋쇠로 만든 문이 하나 생겼다.

스르릉.

이탄이 의지를 일으키자 놋쇠 문이 좌우로 열렸다.

문 안에는 선반이 있었고, 그 선반 위에 두 가지 물건이 나란히 자리했다. 이탄은 간철호의 기억을 더듬었다.

"원래는 이 문 안에 여러 가지 보물들이 들어 있었군, 그런데 그동안 간씨 세가의 가주들이 하나씩 꺼내서 사용한 거야."

간씨 세가의 선조들이 쥬신 제국의 황실 보고에서 빼돌린 보물들 가운데는 신검이라 불릴 만한 무기도 있었고, 오래된 마법책도 있었으며, 정체불명의 도자기들도 존재했다. 이것들의 대부분은 지금도 간씨 세가에서 유용하게 사용 중이었다.

한데 오로지 두 가지 기물만은 그 용도를 알 수 없어 아직까지 이 아공간 속에 보관 중이었다.

선반 오른쪽.

놋쇠로 만든 열쇠가 하나 덩그러니 놓여 있었다. 열쇠의 용처는 알 길이 없었다. 열쇠가 만들어진 시기도 불명확했다.

이탄은 놋쇠 열쇠로부터 시선을 거둬 선반 왼쪽으로 시선을 돌렸다.

"어라? 어떻게 이 물건이 여기에 와있지?"

이탄의 두 눈이 휘둥그레졌다.

깜짝 놀랄 만도 한 것이, 선반 왼쪽에 곱게 모셔진 물건은 다름 아닌 아조브였다. 가로, 세로, 높이의 길이가 10센티미터인 정육면체 큐브, 아조브.

언노운 월드에서 이탄은 이 아조브를 얻었다.

'그런데 그와 똑같이 생긴 큐브가 이곳 차원에서도 존재했다니!'

이탄이 떨리는 손으로 아조브를 움켜쥐었다.

촤라라락.

정육면체 큐브는 이탄의 손이 닿자마자 스스로 모양을 바꿔가며 해체와 조립을 반복했다. 그렇게 큐브가 해체될 때 그 속에서 얼핏얼핏 꽈배기 모양의 문자, 즉 만자비문이 드러났다가 다시 사라졌다.

이에 호응이라도 하듯이 이탄의 (진)마력순환로 속을 흐르던 만자비문이 피부를 뚫고 툭툭 튀어나왔다. 생동감 넘치게 튀어나온 꽈배기 모양의 문자들이 정육면체 큐브 속으로 속속 빨려 들어갔다.

마침내 아조브가 이탄의 마나로 가득 충전되었다.

투확!

그 즉시 아조브의 형태가 변했다. 큐브 모양이던 아조브가 저절로 변형하여 낫의 형태를 갖추었다.

울퉁불퉁해 보이는 손잡이와 1.2 미터가 넘는 기다란 날.

날의 아래 부분에는 9개의 고리가 매달려 있었고, 날의 표면엔 꽈배기 모양의 문자 몇 개가 음각으로 아로새겨졌다.

아조브는 마치 죽음의 신이 즐겨 사용하는 사이드(Scythe: 대형 낫)의 형태로 변해 이탄의 손아귀에 안착했다.

"언노운 월드에서는 수백 개의 무기 모양으로 변하더니, 여기서는 단번에 내가 원하는 형태를 취하네? 역시 기물은 기물이구나. 그런데 참 희한도 하다. 저쪽 차원의 물건이 어떻게 이쪽 차원에도 존재하지? 혹시 너는 답을 알고 있냐?"

이탄이 아조브에게 물었다.

아조브는 이탄의 손 안에서 웅웅웅 울기만 할 뿐 답은 없었다.

"에효. 그러면 그렇지. 한낱 무기 따위가 뭘 알겠어."

우우우우우웅.

이탄의 빈정거림이 기분 나빴는지 아조브는 더욱 세게 울었다.

"아우. 알았어. 알았어. 그만 좀 징징거려라."

이탄은 아조브를 놋쇠 문 안에서 꺼내어 자신의 아공간 속에 옮겨 넣었다.

"이것도 혹시 모르니까 챙겨둬야지."

이탄은 용도를 알 수 없는 놋쇠 열쇠도 일단 아공간에 넣어두기로 했다.

제3화

열하고성일지

Chapter 1

순백의 연무 공간에서 빠져나온 뒤, 이탄은 서재부터 찾았다. 이탄의 침실 옆에 딸린 서재였다.

이곳엔 역대 간씨 세가 가주들이 모아 놓은 고서들로 가득했다. 최근 이탄은 이 서재 안에 '열하고성일지'라는 희귀서적의 번역본을 추가해놓았는데, 드디어 오늘 시간을 내어 그 책을 읽어볼 요량이었다.

열하고성일지는 원래 간용음이라는 간씨 세가의 선조가 중앙아시아의 사막에 유배를 갔을 때 집필한 일기였다.

어찌 보면 간용음은 무척이나 불우한 인물이었다. 그는 검성 간무벽의 아들로 태어나 부친의 그늘에 평생을 짓눌려 살았으며, 쥬신 대제국의 황제와 신하들로부터 끊임없는 견제를 받아야 했다. 간용음이 중앙아시아의 사막으로 유배를 가게 된 것도 모두 다 이 견제 때문이었다.

오랜 유배 기간 동안 간용음은 무료하였다.

그렇다고 무공이나 마법에 매달리지는 않았다. 자신을 이곳으로 유배 보낸 황제와 대신들, 그리고 자신을 보호해 주지 않은 부친에 대한 원망 때문에 간용음은 사막의 고성에서 그냥 허송세월하였다.

그러다 지쳐서 책을 한 권 쓰기 시작했다.

마침 간용음은 기억력이 비상했기에, 어린 시절부터 주워들은 옛이야기들을 똑똑히 기억하고 있었다. 간용음은 하루하루 되새긴 옛이야기들에 살을 덧붙여서 일기 형식으로 책을 엮었다.

이 책이 바로 열하고성일지였다.

이탄은 6개월쯤 전, 간씨 세가의 가주인 간성주를 협박하여 이 일지를 받아내었다.

이탄이 열하고성일지를 손에 넣은 이유는 단순했다. 이 책 안에 세계의 파편에 대한 설명이 적혀 있다고 해서 반강제로 빼앗은 것이다.

그런데 웬걸? 열하고성일지는 쥬신 제국 이전의 고대문자로 적혀 있는 터라 해석이 쉽지 않았다.

결국 이탄은 비서 3실에 열하고성일지의 사본을 넘겨주고는 번역을 해오라고 지시했다.

그러니까 지금 이탄이 손에 잡힌 열하고성일지는, 간용음이 집필한 원본이 아니라 주소연이 최근 이탄에게 제출한 번역본이었다.

"번역에 6개월이나 걸린다기에 혼을 좀 냈었는데, 이제 보니 그 정도가 걸릴 만하군. 원본의 문장 하나마다 이렇게 다양한 해석이 붙어야 하는 줄은 몰랐네."

이탄은 원본보다 다섯 배는 두꺼워진 번역본을 쓰다듬으며 미안한 표정을 지었다.

하지만 미안함은 곧 잊었다. 이탄은 열하고성일지를 펼쳐서 세계의 파편과 관련된 내용부터 찾아보았다.

"어디 보자. 여기 이 페이지구나."

이탄이 책의 중간쯤을 펼쳐들었다.

7월 둘째 주 세 번째 날.

날씨는 오늘도 우라지게 더움.

오늘 내 머릿속에 떠오른 옛이야기는 바로 '세계의 파편'이라는 기물(?) 혹은 생명체(?)이다.

세계의 파편이라는 명칭이 언제부터 유래되었는지는 알 길이 없다. 다만 내가 짐작하기로는, 쥬신

대제국의 기원도 이 세계의 파편에 맞닿아 있다는
점이다. 쥬신의 건국황 이관은 아가리에서 화염을
뿜어내는 수호룡을 타고 전쟁터를 누비었다는데,
나는 건국황의 수호룡이 세계의 파편 가운데 하나
일 것이라고 추정한다.

내가 쥬신 제국의 서고에서 해독한 고문서에 따
르면, 세계의 파편은 마치 새의 알처럼 생겼다고
한다. 그러니까 어쩌면 수호룡은 알 속에서 탄생하
는 것일지도 모르겠다.

또 한 가지 특기할 만한 점은, 세계의 파편이 하
나가 아닐 수도 있다는 것이다.

쥬신 제국 이전의 역사를 살펴보면, 당시에 대륙
각처에서 다수의 왕국들과 부족들이 활개를 치고
있었으며, 이 가운데는 '수호룡'이나 '드래곤'의
전설을 가진 곳들이 많았다고 한다.

예를 들어서 아가리에서 냉랭한 한기를 뿜어내
는 드래곤.

온몸에 돋아난 뿔로부터 벼락을 내리치는 드래
곤.

눈부신 광휘에 휩싸인 드래곤.

이러한 전설들은 아직까지도 사람들 입에 회자

되곤 한다. 어쩌면 이 드래곤들도 건국황 이관의 수호룡처럼 세계의 파편 가운데 하나가 아닐까?

나는 오늘 머릿속에 떠오르는 대로 내가 어릴 적에 들은 옛날이야기들을 되새겨 본다.

태초의 세상을 연구했던 마법사들은 원시세상이 빛과 어둠으로 갈라졌으며, 그 후 빛과 어둠 속에서 물과 불과 흙과 바람이 탄생했다고 전한다. 그리고 이 네 가지 원소, 즉 물과 불과 흙과 바람이 서로 결합하고 분화하여 얼음과 벼락을 만들어 내었다고 일컫는다.

이것이 바로 '4대 기초 원소설'과 '6대 원소설'의 기원이다.

만약 마법사들의 말이 사실이라면, 세계의 탄생은 빛과 어둠, 그리고 6개의 원소로부터 비롯되었으므로 세계의 파편도 이에 맞춰서 8개가 존재하는 것 아닐까? 이를 테면 빛의 파편, 어둠의 파편, 물의 파편, 불의 파편, 흙의 파편, 바람의 파편, 얼음의 파편, 번개의 파편. 이렇게 8개 말이다.

그런데 이 이론은 무언가 이상하다.

지금 내 곁에서 시중을 들어주고 있는 흑인 노파의 말에 따르면, 그녀의 고향에는 나무를 닮은 수호룡이 밀림 속에 살고 있다는 전설이 있다던데?

그럼 혹시 수목의 파편도 존재하는 것일까? 세계의 파편이 8개가 아니라 그보다 더 많은 것은 아닐까?

모래먼지만 잔뜩 날리는 열하의 고성 속에 갇힌 채 나는 오늘도 허송세월하며 아무짝에도 쓸데없는 잡설들을 떠올려 본다.

제기랄.

이상이 열하고성일지에 적힌 세계의 파편 대목이었다. 이탄이 손가락으로 턱을 조몰락거렸다.

"흐으음. 이 간용음이라는 사람도 참으로 보통 인물은 아니구나. 그 오랜 옛날에 이미 세계의 파편이 8개보다 더 많을 수도 있다고 간파했으니 말이다."

이탄은 간용음을 높이 평가했다.

Chapter 2

"게다가 간용음이 추측한 속성들도 잘 들어맞는 것 같아. 간씨 세가와 계약한 대지의 수호룡이 바로 흙 속성의 파편이겠지? 그리고 에디아니 군벌의 수호룡은 물 속성이라고 했어. 그런데 쥬신 대제국의 건국황이 불 속성의 수호룡과 계약했다는 이야기는 처음 듣는데? 왜 이 사실이 널리 알려지지 않았지? 쥬신 제국에서 건국황의 수호룡을 숨길 이유가 있었나?"

건국황의 수호룡은 왜 기록에서 빠졌을까? 이탄은 강한 의문을 느꼈다.

하지만 이에 대한 대답을 당장 알 수 있는 것은 아니었다. 이탄은 다른 점에 신경을 돌렸다.

"그건 그렇다고 치고. 흑인 노파의 고향에 수목의 수호룡이 살고 있다고 했지? 흑인 노파라고 하니까 아무래도 아프리카가 떠오르는구나. 어쩌면 아프리카의 군벌 카르발이 수목의 수호룡과 계약했을 가능성이 있겠어."

이탄은 벽에 걸린 지도 속에서 아프리카 지역을 잠시 바라보았다. 그 다음 자물쇠로 단단히 잠긴 함을 열어 황금색 알을 하나 꺼냈다.

찬란하게 빛나는 알은, 마치 살아 숨 쉬는 생명체처럼 빛을 토했다 거둬들였다를 반복했다. 이 알은 이탄이 최근 천산산맥에서 얻은 세계의 파편이었다. 그것도 기존에 알려진 8개의 파편이 아니라, 세상에 새로 등장한 아홉 번째 보물이었다.

"너는 과연 무슨 속성이냐? 대체 어떤 속성이기에 색이 황금빛이지?"

이탄은 세계의 파편에게 말을 걸듯이 물었다.

황금빛 알은 대답이 없었다.

"하아. 내가 지금 뭘 하고 있는 거냐?"

긴 한숨을 내쉰 뒤, 이탄은 황금빛 알을 내버려 둔 채 열하고성일지를 처음부터 다시 읽었다.

열하고성일지는 고대의 전설과 옛이야기들을 잘 정리한 책이라 재미있게 술술 읽혔다. 처음에 시큰둥하게 책장을 넘기던 이탄도 어느새 자세를 바로잡고 책 속 내용에 푹 빠져들었다.

특히 다음 몇 가지 전설을 읽었을 때는 소스라치게 놀라서 책 내용을 몇 번이고 반복해서 탐독했다.

4월 넷째 주 마지막 날.

날씨는 더움. 아주 더움.

오래 전에 멸망한 부족들 가운데 '콘'이라는 곳이 있다. 남부에 터전을 잡은 부족인데, 무척 호전적이라 늘 이웃 부족들과 전쟁을 벌였다고 전한다.

호전적이라는 말에서 알 수 있듯이, 콘의 전사들은 용맹하고 전투력도 높아서 적과 싸우면 주로 이기는 편이었다.

전쟁에서 승리한 뒤 콘의 전사들은 적 포로를 둘로 가르는데, 부녀자는 노예로 삼아서 전사들이 나눠 갖고, 성인남성은 목을 잘라 그 머리통을 동네 어귀 나뭇가지에 매다는 풍습이 있었다고 한다.

콘의 이웃 부족들은 사람의 머리통을 주렁주렁 매다는 콘 부족을 지옥 보듯이 두려워했다고 한다.

나는 오늘 콘 부족의 특이한 풍습이 어디로부터 유래되었는지는 궁금하다.

내가 이 풍습의 유래를 궁금해하는 이유를, 몇몇 사람들은 잘 알 것이다. 그 사람들은 내가 쓸데없는 말을 마구 늘어놓는다고 눈살을 찌푸릴지도 모르겠다.

그러나 어쩌겠는가.

위대한 이의 아들로 태어나 이 먼 사막에 갇혀 사는 나의 처지에 세 치 혀라도 마음껏 놀리지 못한다면 복장이 터져서 죽게 생겼는데.

그리고 나의 이 하찮은 일지를 또 누가 보겠는가? 아마도 나의 이 잡스러운 수다는 사막의 모래 속에 파묻혀 영원히 사람들의 눈에 띄지 않을 것이다. 그러니까 나는 내 마음이 내키는 대로 한껏 하고 싶은 이야기들을 남길 테다.

어쨌거나 콘 부족의 풍습은 어느 순간 자취를 감추었다. 건국황이 쥬신 대제국을 세우기도 이전, 악마적 취미에 몰두하던 콘 부족은 이웃 부족들의 대대적인 협공을 받아서 완전히 멸망하였다.

그 후로 콘 부족의 풍습도 중단되었다. (혹은 중단된 것처럼 알려졌다. 히히. 아마도 우리 가문 사람들이 내 일지를 보게 되면 잔뜩 긴장할 거다. 이히히.)

그런데 아주 오래 전 폐허로 변한 유적지의 청동향로에 적힌 전설 하나가 갑자기 떠오른다. 그 청동향로에는 다음과 같은 글귀가 남아 있었다.

<태초 이전, 빛과 어둠이 탄생하기도 전 혼돈의 시기, 3명의 초월자와 2명의 신수가 이 세상에 내려왔으니 그들은 각각 알리어스와 뭔, 콘, 그리고 투명 신수와 붉은 신수라 불렸다.

이 가운데 초월자 뭔과 투명 신수는 아주 먼 곳으로 가버렸고, 나머지 두 초월자 알리어스와 콘이 이 세상을 만들었다.

세상에 남은 두 초월자 가운데 한 명이 빛과 어둠, 물과 불과 흙과 바람, 그리고 얼음과 번개 등을 창조하였으니, 이 초월자의 이름이 알리어스다.

사람들은 그를 본명 대신 '세계'라고 부르며 신으로 떠받들었다.

나머지 또 한 명의 초월자 콘은 영혼과 에너지를 창조하였다.

하지만 사람들은 콘을 기억하지 못하고 오로지 남부 밀림의 조그만 부족만이 콘을 신으로 섬기었다.>

이상이 내가 청동향로로부터 해석한 내용이다.

청동향로의 전설에 따르면, 태초의 두 초월자가 세상을 빚었는데, 그중 한 명은 세계라 불리며 신이 되었고, 나머지 한 명은 남부 밀림의 조그만 부족에게만 섬김을 받았다니, 어딘지 모르게 씁쓸하다.

그렇다면 과연 초월자 알리어스는 아직까지 이 세상에 남아서 세상의 운명을 주재하는가?

또 다른 초월자 콘은 어쩌다가 초라하게 잊히게 되었는가?

두 초월자가 세상을 창조할 동안 붉은 신수는 무엇을 하였는가?

이상 셋은 그렇다고 치자. 태초 이전에 아주 멀리 가버렸다는 초월자 원과 투명 신수는 과연 어떤 존재들이며 어디로 갔는가?

이들 다섯 존재는 어디서부터 비롯되었으며, 그들이 이 세상에 내려온 목적은 무엇인가?

아무런 쓸모없이 비루한 나는 오늘도 질문만 던질 뿐 답을 내지는 못한다. 모래먼지만 뿌옇게 날리는 열하의 고성 속에 갇힌 채 나는 오늘도 허송세월하며 아무짝에도 쓸데없는 잡설들만 늘어놓는다.

망할.

위 내용을 읽은 뒤 이탄은 망치로 뒤통수를 한 대 얻어맞은 기분이었다. 이 페이지 상단부에 적힌 내용은 분명 망령목에 대한 기술이었다.

"열하고성일지의 저자인 간용음은 검성 간무벽의 아들이고, 당시 간무벽은 이미 망령목을 사용하고 있었으니 간용음도 분명히 망령목의 존재를 알고 있었을 거야. 그런데 그 망령목이 고대의 콘 부족으로부터 유래되었나 보구나."

이탄이 새로 깨달은 점은 그것만이 아니었다.

초월자 알리어스.

그런데 간씨 세가와 계약한 수호룡의 이름 또한 알리어스였다.

"앞뒤 정황으로 보건대, 간용음이 살던 시절에는 간씨 세가가 대지의 수호룡과 계약하기 이전이야. 그런데 태초 이전에 세상을 창조한 초월자의 이름이 알리어스라고? 그리고 그 초월자가 빛과 어둠, 물, 불, 흙, 바람, 번개, 얼음과 같은 속성들을 창조했더란 말이지?"

초월자 알리어스와 그가 창조했다는 속성들, 그리고 그 속성들과 매치되는 세계의 파편들, 그리고 그 파편으로부터 말미암은 수호룡 등이 이탄의 머릿속에서 어지럽게 뒤엉켰다.

Chapter 3

"으으음. 간용음이 청동향로에서 읽었다는 전설은 단순히 옛이야기로 치부할 게 아니야. 그 내용이 세상에 실제로 존재한단 말이다. 이를 테면 세계의 파편이라던가, 망령목이라든가, 붉은 신수라든가……."

이탄이 말꼬리를 흐렸다. 이탄의 머릿속에서 일련의 조각난 정보들이 퍼즐이 맞춰지는 것처럼 서로 연결되는 느낌이었다. 이탄은 머릿속에 무작위로 떠오른 단서들을 세 줄의 표로 정리했다.

초월자 알리어스 — 수호룡 알리어스 — 세계
의 파편.

영혼과 에너지를 창조한 초월자 콘 — 콘을 섬
기는 부족의 풍습 — 간씨 세가의 망령목

청동향로에 기술된 붉은 신수 — 이탄의 영혼
에 각인된 붉은 금속.

이상과 같이 정리하고 보니 짙은 안개 속처럼 모호하던
것들이 좀 더 명확해졌다.

"흐음."

이탄은 표를 손에 쥐고 곰곰이 들여다보았다.

이 표의 첫 번째와 두 번째 행은 각각 3개의 항목이 적혀
있었는데, 이 항목들 사이의 연관성은 비교적 명확했다.

예를 들어서 초월자와 수호룡은 이름이 같았고, 수호룡
과 세계의 파편은 동질성을 지니고 있었다. 초월자 콘과 남
부 고대 부족이 섬기던 신의 경우도 이름이 서로 같았고,
남부 부족의 풍습과 간씨 세가의 망령목 사이에도 연관성
이 뚜렷하게 보였다.

이에 비해서 세 번째 행에 적힌 두 항목 간 연결성은 상대적으로 근거가 미약했다. 이탄이 결합한 붉은 금속이 청동향로에 기술된 붉은 신수일 가능성? 아직까지 이를 뒷받침할 만한 증거는 전무했다.

그럼에도 불구하고 이탄은 어쩐지 '내가 결합한 신비로운 붉은 금속이 청동향로에 기술된 붉은 신수가 아닐까?'라는 직감을 느꼈다.

이탄은 직감을 믿는 편이었다.

'그건 그렇다고 치고. 붉은 신수 말고 투명 신수는 또 무엇일까?'

이탄은 이 점에도 주목했다.

"만약 붉은 금속이 신수라면, 어딘가에 투명 신수도 존재한다는 것 아냐? 투명 신수의 권능은 과연 무엇일까? 그는 어떤 힘을 가지고 있지?"

희한하게도 이탄은 3명의 초월자들보다 투명 신수가 더 신경 쓰였다. 왜 더 신경이 쓰이는지는 알 수 없으나 느낌이 그러했다.

"혹시 이 책 안에 신수나 초월자에 대한 정보가 더 적혀 있을지 몰라."

이탄은 서둘러서 열하고성일지의 페이지들을 넘겼다.

그러다 또 다른 단서들이 눈에 띄었다. 이탄은 간용음이

12월 초에 작성한 일지 내용을 주목했다.

12월 첫째 주 세 번째 날.

날씨가 조금 선선해져서 살 만함.

아싸. 더도 말고 덜도 말고 12월만 같아라.

어려서부터 나는 책에 몰두하였다. 아버님은 어린 나의 손에 검을 쥐여주려 하였으나 나는 아버님의 눈을 피해 책을 손에 쥐거나 고문서를 탐독하곤 했다. 혹은 가문의 원로들 무릎에 앉아 옛날이야기를 듣는 것이 그렇게 좋았더랬다.

오늘 아침 고성의 뻥 뚫린 천장을 통해 하늘을 보니 개기일식이 진행 중이었다. 달에 잠식되어 일그러진 태양을 보자 파편처럼 흩어져 있던 기억 두 가지가 한꺼번에 나의 의식 세계로 치고 올라왔다.

첫 번째 기억은, 어린 시절 가문의 원로에게 들었던 옛날이야기였다.

이 원로는 태양 한복판의 외딴 섬 출신인데, 그 섬에는 다음과 같은 신화가 전해져 내려온다고 한다.

[까마득한 태고에 2명의 신이 다른 세상으로부

터 이 땅에 내려왔다. 그중 한 명의 신은 백성들에게 영혼과 에너지를 선물하였다. 다른 한 명의 신은 백성들에게 불과 물을 다루는 법을 가르쳤다.

두 신이 내려오기 전, 세상에는 목숨이 9개인 고양이가 살았다.

고양이는 목숨을 무려 9개나 가질 정도로 집착이 강하고 탐욕스러운 존재였다. 고양이는 이글거리는 태양과 깜깜한 밤을 자유롭게 넘나들었으되, 그 힘을 백성들에게 나눠주지 않았다.

조금 전에 말했다시피 고양이는 무척 탐욕스러운 존재였기 때문에 자신 것을 나누기 싫었던 것이다. 그는 그저 마음이 내키면 깜깜한 밤을 동원하여 태양을 집어삼켰고, 다시 변덕을 부려 먹었던 태양을 다시 토해놓곤 했다.

당시의 백성들은 태양이 어둠에 잡아먹히는 현상을 보며 무척 두려워하였다. 고양이는 그런 백성들을 조롱하며 깔깔거리고 웃었다.

그런데 2명의 신이 외지로부터 이 땅에 내려와 어리석은 백성들에게 불과 물을 나눠주고 영혼과 에너지를 선물하였다.

탐욕스러운 고양이가 이를 질투한 것은 어쩌면

당연한 일이었다.

고양이는 강한 존재였으나 2명의 신을 동시에 상대할 정도는 아니었다. 천성이 탐욕스러울 뿐 아니라 교활하기까지 한 고양이는 2명의 신을 그냥 내버려 두었다. 꼴 보기 싫지만 꾹 참고 거리를 두었다.

시간이 지나면서 두 신의 사이가 벌어졌다.

두 신은 크게 한 번 싸우고 멀리 떨어져 지내게 되었다.

탐욕스러운 고양이가 그 틈을 놓치지 않았다. 홀로 떨어진 신, 백성들에게 영혼을 나눠주었던 신을 뒤에서 덮쳤다.

신은 고양이를 이기지 못하였다.

또 다른 신이 부랴부랴 도와주러 왔을 때는 이미 늦었다. 백성들에게 영혼을 나눠주었던 신은 결국 처참하게 죽어서 고양이의 먹이가 되어버렸다. 목숨이 9개인 고양이도 어디론가 사라지고 없었다.

세상에는 오롯이 한 명의 신만 남았다.

신은 홀로 오롯하였으나 그만큼 고독해졌다.]

이상이 개기일식과 관련된 신화의 내용이다.

참으로 희한하게도, 바다 한복판 외딴 섬에서 구

전되는 신화와 대륙 다른 지역의 전설 사이에 몇 가지 공통점이 존재하더라.

첫 번째 공통점은, 신이 외부 세상으로부터 이 땅에 내려왔다는 점이다.

두 번째 공통점은, 신이 하나가 아니라 2명, 혹은 3명이라는 점이다.

세 번째 공통점은, 이 신들 가운데 역할분담이 이루어졌다는 점이다. 즉, 어떤 신은 영혼을 창조했고, 다른 신은 백성들에게 물과 불을 주었다고 한다.

외딴 섬의 구전 신화가 청동향로에서 발견한 전설과 일치한다는 점이 나는 못내 신기하였다.

이어서 또 다른 고문서의 내용도 떠올랐다. 이 고문서는 내가 쥬신 제국의 서고 안에서 발견하여 해독한 것인데, 여기에도 몇 가지 공통적 요소가 눈에 띈다.

으하아암!

오늘은 졸리니 여기까지만 쓰고, 내일 마저 정리해야겠다.

그날의 일기는 여기서 끝났다.

"어우. 쓰는 김에 마저 쓰지. 뭘 다음 날 정리해?"

마음이 조급해진 이탄은 즉시 다음 페이지를 펼쳐서 이어지는 내용을 탐독했다.

Chapter 4

12월 첫째 주 네 번째 날.

선선해지던 날씨가 다시 더워졌음. 망할 놈의 더위 같으니.

어제에 이어서 오늘 내가 정리할 고문서의 내용은 다음과 같다.

[까마득한 태고에 신과 악마가 전쟁을 벌였다. 신은 다른 세상으로부터 이 땅에 내려와서 백성들에게 물과 불과 바람 등을 선물했다.

이를 질투한 악마가 땅 속 깊은 곳으로부터 기어 올라와서 신의 발꿈치를 물어뜯었다. 악마는 거대한 도마뱀의 형상이었으며, 백성들은 이 악마를 '태고의 도마뱀'이라 부르며 두려워하였다.

뒤꿈치를 물린 신이 우레를 터뜨리고 번개를 내리찍어 악마를 공격했다.

악마는 피를 철철 흘리면서도 악착같이 신의 발꿈치를 물고 늘어졌다. 악마가 낳은 여섯 마리 자식들도 함께 달려들어서 신을 공격했다.

결국 신이 악마에게 죽었다. 죽은 신의 육체가 뿔뿔이 흩어져 여러 개의 파편이 되었다.

긴 혈투 끝에 적을 거꾸러뜨린 악마가 커다란 포효를 터뜨리며 승리를 자축하고 있을 때였다. 알 수 없는 공간으로부터 9개의 꼬리를 가진 고양이가 홀연히 나타나 악마를 잡아먹었다.

악마의 자식들은 고양이가 두려워서 다시 땅속 깊은 곳으로 숨어버렸다.]

이상의 고문서 내용을 읽어보면 다음과 같은 특기할 점, 혹은 시사점들이 포착된다.

첫 번째 시사점. 고문서에 적힌 신화를 들여다보면 신이 외부 세상으로부터 이 땅에 내려와서 백성들에게 물, 불, 바람을 선물했다.

두 번째 시사점. 9개의 꼬리를 가진 고양이가 등장한다.

세 번째 시사점. 신이 죽어서 여러 개의 파편으로 흩어졌다.

나는 이 가운데 세 번째 시사점에 신경이 쓰인

다. 과연 여러 개의 파편으로 흩어진 신이 청동향
로에서 언급된 초월자 알리어스일까? 만약 내 추
론이 맞는다면, 결국 세계의 파편이라는 것은 초월
자 알리어스의 육체였던 것일까?

　나의 추론은 확인할 길도 없고 잡스러운 상상에
불과하지만, 점점 더 늘어나는 의문 속에서 나는
이 적막한 곳을 하루하루 버텨나갈 재밋거리를 발
견한다.

이 뒤쪽부터는 이탄이 찾는 내용이 없었다. 일지 중간에
고양이가 진화하여 매로 변신한다는 예언도 있었으나, 이
황당무계한 예언 속의 고양이가 꼬리 9개인 고양이인지는
분명치 않았다. 그렇게 연결 지을 근거도 전무했다.

　"이 뒷부분에서는 별로 건질 내용이 없네."

　그래도 이탄은 실망하지 않고 끝까지 열하고성일지 번역
본을 완독하였다. 꾸준히 읽다 보니 일지 마지막 즈음에 세
계의 파편이 살짝 언급되었다.

　5월 들째 주 첫 번째 날.
　날씨가 더움.
　오늘은 아침 일찍 일어나 쥬신 황궁을 향해 세

번 절을 하고, 선조들을 모신 남동쪽 방향을 향해
서도 세 번 절을 했다. 그 다음 기꺼운 마음으로 문
방구를 정리하였다.

나는 쥬신 황실에 대한 충정심이 그리 크지 않았
다. 간씨 가문의 선조들에 대해서 그다지 좋은 감
정이 없었다.

하지만 오늘 내가 몸을 단정히 하고 절을 올리는
이유는, 내일이면 나의 이 지독한 유배가 끝나기
때문이다.

하여 나는 오늘 일지의 마지막 페이지를 작성하
기에 앞서 예의부터 갖추었다.

마지막 페이지라.

이곳 사막 생활도 이제 오늘이 끝이라고 생각하
니 기쁘기 한량이 없다.

다른 한편으로는 마지막 페이지에 무엇을 쓸까
고민도 많았다.

하지만 이제 결정을 내렸다. 오늘 나는 작년 7월
에 적은 내용들을 떠올리며 세계 각지에서 구전되
는 신화와 전설들 가운데 몇 가지를 버무려 보기로
마음먹었다.

그러니까 여기서부터는 내가 각지의 신화들을

합쳐서 만들어낸 가설일 뿐이다.

<오래 전, 세상에 두 초월자가 강림하였다.

그중 알리어스라는 초월자가 빛, 어둠, 물, 불, 흙, 바람, 얼음, 번개 등을 창조했다. 또 다른 초월자 콘은 영혼과 에너지를 만들었다.

이를 질투한 태고의 도마뱀이 그의 여섯 자식들을 이끌고 지하세계에서 기어 올라와 알리어스를 죽였다.

초월자 알리어스는 달리 '세계'라고 불렸는데, 그 세계가 붕괴하면서 파편이 사방으로 흩어졌다.

그러니까 빛의 파편, 어둠의 파편, 물의 파편, 불의 파편, 흙의 파편, 바람의 파편, 얼음의 파편, 번개의 파편에 이르기까지, 8개의 파편이 기본적으로 존재한다.

하지만 파편의 개수가 총 몇 개인지는 아무도 모른다. 예를 들어 수목의 파편, 혹은 또 다른 신규 파편이 등장할지도 모른다.

한편 초월자 콘은 알리어스와 사이가 멀어지면서 세계를 떠났다. 남부의 조그만 부족만이 외로운 초월자를 신으로 떠받들 뿐이었다.

그 틈을 노려 꼬리가 9개인 고양이가 콘을 먹어

치웠다.

알리어스가 이를 안타까워하였으나 콘은 이미 세상에서 없어진 뒤였다.

그 후 알리어스가 태고의 도마뱀에게 패배하여 파편으로 흩어지고, 그 태고의 도마뱀은 다시 고양이의 먹이가 되었다.

결국은 고양이가 최후의 승리자가 되었으니 마땅히 그 고양이가 신의 자리에 추대되어야 하는데, 신기하게도 그는 자취를 감추었다.>

여기까지만 쓰자.

먼 미래에 누가 나의 이 졸렬한 글을 읽게 될지 모르겠다만, 사막의 한 고성에 파묻힐 나의 일지 마지막 페이지는 앞에 썼던 내용의 중복처럼 보일지도 모르겠구나.

하지만 초월자와 도마뱀이 죽고 고양이마저 사라진 이 세상에서 결국 사람들의 미래는 세계의 파편이 좌우하지 않을까?

이런 가설을 일지의 마지막에 끄적거려 본다.

혹시라도 나의 예언이 들어맞는다면, 부디 독자는 나 간용음을 희대의 현자로 인정해 주기 바란다.

여기가 책의 끝이었다. 마침내 이탄의 손끝에서 열하고성일지의 마지막 페이지가 넘어갔다.

탁.

이탄은 열하고성일지의 번역본을 탁자에 내려놓고 두 눈을 지그시 감았다. 여러 가지 이야기들이 이탄의 뇌에 떠올랐다.

다른 세상에서 넘어왔다는 3명의 초월자, 알리어스, 콘, 그리고 퀸.

역시 다른 세상에서 넘어왔다는, 붉고 투명한 두 마리 신수.

9개의 목숨, 혹은 9개의 꼬리를 지녔다는 신비한 고양이.

태고의 도마뱀과 그의 여섯 자식들.

도마뱀 무리와 싸우다가 패배하여 뿔뿔이 흩어져 버린 신의 파편.

이런 정보들이 이탄의 머릿속에서 복잡하게 떠돌아다녔다. 간용음이 마지막에 남긴 예언도 잊혀지지가 않았다.

이런 정보들은 분명히 서로 연결되는 고리도 많고 일정 부분 정리도 되었는데, 아직까지 명확한 것은 없었다.

하지만 한 가지는 분명해 보였다.

"열하고성일지에 기술된 이 전설과 신화들이 장차 나의 앞날에 엄청나게 중대한 영향을 끼칠 것 같단 말이야. 흐으으음."

이탄은 간용음이 남긴 고대의 기록들을 머릿속에 단단히 새겨놓았다. 지금 당장 이탄이 할 수 있는 일은 이것밖에 없었다.

Chapter 5

이탄이 서재에서 나온 것은 해가 뉘엿뉘엿 질 무렵이었다. 비서 3실의 주소연이 서재 앞에서 대기하고 있다가 이탄에게 뭐라고 속삭였다.

"그래? 영수가 호전을 보였다고? 한번 가보지."

주소연의 보고를 받은 뒤, 이탄은 곧바로 의료원으로 향했다.

지금 이 의료원 최상층부에서는 간철호의 셋째 아들 간영수가 치료 중이었다. 이탄이 방문하자 의료원 소속 의사와 한의사, 힐러들이 바짝 긴장했다. 간씨 세가의 의약당주이자 의료원의 원장인 남희군이 후다닥 달려와 이탄 앞에 부동자세로 섰다.

"의장님, 오셨습니까?"

"영수가 차도가 좀 있다고?"

이탄이 유리벽 너머의 간영수를 보며 물었다.

간영수는 여전히 산소 호흡기를 차고 힐러들로부터 생명력을 주입받는 중이었다. 이탄은 무심한 눈길로 간영수의 모습을 훑었다.

남희군이 자랑스럽게 고개를 주억거렸다.

"예, 의장님. 일단 셋째 도련님의 손가락이 반응을 보이기 시작했습니다. 또한 도련님의 눈에 불빛을 비추면 그에 대한 반응도 보입니다."

"고작 그것뿐인가?"

이탄이 실망스러운 기색을 내비쳤다.

남희군이 냉큼 다른 점도 고했다.

"또 있습니다. 오늘 아침까지만 해도 힐러들이 도련님의 생명력을 채우면 그 즉시 생명력이 다시 몸에서 빠져나갔습니다. 그런데 이제는 그러지 않고 도련님의 몸 안에 생명력이 축적되고 있습니다."

이탄이 궁금한 점을 물었다.

"의식은 언제쯤 돌아오겠나?"

"이 상태라면 늦어도 일주일 안에는 의식을 되찾으실 것 같습니다."

"일주일?"

남희군의 말은 고무적이었다.

"자네가 수고가 많았군."

이탄이 남희군의 어깨를 툭툭 두드렸다.

남희군이 감격하여 대답했다.

"마땅히 제가 해야 할 일을 했을 뿐입니다. 도련님께서 좀 더 차도가 보이시면 비서실을 통해 의장님께 다시 보고를 올리겠습니다."

이탄이 방문했다는 소리에 의료원 VIP룸에서 휴식 중이던 남궁현화가 달려 나왔다.

"의장님, 오셨습니까?"

남궁현화는 이탄이 간영수의 병실을 재차 찾아준 것이 기뻤다. 그래서 한달음에 달려와 이탄을 맞았다.

이탄이 고개를 끄덕였다.

"의약당주로부터 보고가 올라왔기에 와봤지. 당주의 말이, 앞으로 일주일 정도면 영수 녀석의 의식이 돌아올 것이라고 하더군."

"네. 저도 들었어요. 정말 고맙습니다. 모두가 의장님께서 걱정해주시고 살펴주신 덕분이에요. 흐으윽."

남궁현화가 손으로 입을 가리고 울먹거렸다.

이탄이 그런 남궁현화의 등을 가만히 두드렸다.

이탄의 손길이 닿자 남궁현화가 흠칫했다. 하지만 싫지는 않은 듯했다. 남궁현화는 은근히 이탄 쪽으로 상체를 기울였다.

아쉽게도 이탄은 더는 스킨쉽을 하지 않았다. 대신 남궁현화를 기쁘게 할 말을 해주었다.

"영수가 크게 다쳐서 그의 식솔들도 걱정이 크겠군."

이탄이 모처럼 가족들의 걱정을 해주었다.

이것은 전에 없던 태도였다. 평소 간철호는 영수의 자식들에 대해서 관심을 보인 적이 없었다. 오히려 과거의 간철호는 "망령목의 나뭇가지 하나 제대로 틔우지 못한 녀석들에게 무슨 신경을 쓴단 말인가? 그건 시간 낭비야."라며 냉정하게 선을 그었다.

물론 남궁현화가 듣는 자리에서는 이렇게 직접적으로 독설을 날리지는 않았지만, 간철호의 표정만 보아도 이런 비난이 쓰여 있었다.

한데 오늘은 간철호가 어떤 바람이 불었는지 살뜰하게도 영수의 식솔들까지 챙겼다.

남궁현화는 남편이 보여주는 의외의 모습에 한 번 더 감동을 받았다. 그래서 발그레 상기된 얼굴로 말을 받았다.

"의장님 말씀대로입니다. 영수의 아내들과 자식들도 모두 이곳에 모여서 회복을 기원하고 있어요."

이탄이 남궁현화에게 되물었다.

"응? 그 아이들이 여기에 와 있다고? 그런데 왜 나와 보지도 않지?"

이건 물으나 마나 한 소리였다. 간씨 세가에서 이탄의 허락을 받지 않고서도 그 앞에 자유롭게 모습을 드러낼 수 있는 사람은 극소수에 불과했다. 당연히 간영수의 식솔들은 그 극소수의 범주에 들어가지 않았다.

남궁현화가 냉큼 답했다.

"의장님께서 허락하신다면 당장 이곳으로 오라고 하겠습니다."

"그래. 오랜만에 그 아이들 얼굴이나 한번 보자."

이탄이 고개를 주억거렸다.

잠시 후, 2명의 여인과 3명의 아이들이 쪼르르 나타났다. 모두 간영수의 식솔들이었다.

간영수는 정략결혼을 통해 2명의 부인을 맞이했으며 그녀들로부터 3명의 자식을 두었다. 이 가운데 첫째 부인이 낳은 장남이 간세훈, 둘째 부인이 낳은 차남이 간세걸이었다. 이밖에도 간영수는 둘째 부인과 사이에 딸을 한 명 더 두었다.

"의장님, 영수의 아들들이랍니다."

남궁현화가 간세훈과 간세걸의 손을 잡아끌어 이탄의 앞에 세웠다.

"의장님을 뵙습니다."

"의장님을 뵙습니다."

간세훈과 간세걸은 잔뜩 긴장한 얼굴로 삐쭉거리며 나오더니, 이탄에게 꾸벅 고개를 숙였다. 두 아이의 엄마들도 핏기 없는 낯빛으로 이탄에게 머리를 조아렸다. 이탄의 말한 마디에 온 가족의 운명이 달라질 수 있는 터라 다들 긴장감이 장난이 아니었다.

　이탄이 아는 체를 했다.

　"어릴 때의 얼굴이 조금 남아 있구나. 네가 세훈이고 네가 세걸이지?"

　"어머? 의장님께서 이 아이들의 이름도 기억하셨어요?"

　남궁현화가 깜짝 놀랐다.

　남궁현화뿐 아니라 그녀의 며느리들도 화들짝 놀랐다.

　이탄이 당연하다는 듯이 대꾸했다.

　"당연히 기억하고말고. 특히 영수의 장남은 내가 직접 이름을 지어주지 않았나."

　남궁현화가 손뼉을 쳤다.

　"맞습니다. 세훈이라는 이름은 의장님께서 손수 지어주셨지요. 그게 벌써 몇 년 전의 일인지도 모르겠네요. 그새 세훈이가 이렇게 커서 이번에 이스트대에 조기 합격했답니다."

Chapter 6

남궁현화는 '이스트(East)대'라는 이름을 은근히 강조했다.

간씨 세가에서 설립한 대학들 가운데 이스트 대학은 단연 최고였다. 특히 이스트의 무술학과와 마법학과는 간씨 세가의 전폭적인 지원 아래 아시아의 탑 자리를 절대 놓치지 않았다.

이탄이 고개를 갸웃했다.

"합격? 그야 당연한 것 아닌가? 간씨 핏줄이라면 무시험으로 들어가잖아?"

간씨 세가의 성골들은 당연히 무시험으로 이스트대 입학이 보장되는데, 그게 무슨 자랑거리냐는 질문이었다.

남궁현화가 배시시 웃었다.

"물론 그렇게 특차로 입학할 수도 있겠지요. 하지만 세훈이는 신분을 내세우지 않고 직접 시험을 봐서 수석으로 조기 합격했답니다. 원래 입학은 내후년인데, 고2때 미리 합격통보를 받은 셈이지요."

"응?"

이탄이 한 번 더 고개를 갸웃했다.

만약 간세훈이 무술이나 마법에 재능이 뛰어나서 직접 수석합격을 할 정도라면 간철호의 기억 속에 간세훈이 '쓸모없는 녀석'으로 기억될 리 없었다.

이탄의 의문 어린 표정에 남궁현화가 잠시 멈칫했다. 남궁현화는 약간 머뭇거리다가 솔직하게 사정을 밝혔다.

"의장님께서 실망하실지도 몰라서 조심스럽습니다만, 사실 우리 세훈이는 무술이나 마법 쪽 재능이 꽃을 피우지는 못하였답니다. 대신 마도공학 쪽에 탁월한 재능을 보여서 이스트대에 수석으로 붙었어요."

마도공학이란 공학계열에 마법술식을 합친 융합 분야였다. 간씨 세가는 오랫동안 이 분야에 공을 들여왔다. 언노운 월드에서 이탄이 감탄을 거듭한 정보창 기능도 사실은 마도공학이 만들어낸 산물 중 하나였다. 간씨 세가 가주에게만 제공되는 독특한 연무 공간도 마도공학이 아니었다면 어림도 없었다. 그리고 이번에 블라디보스톡 전투에서 선보인 젠―201도 마도공학이 없었다면 불가능했다.

간씨 세가의 마도공학은 이토록 뛰어난 결실을 맺고 있건만, 평소 간철호는 마도공학을 무술이나 마법보다 한 단계 아래로 평가절하했다. 무력 제일주의자인 간철호는 오로지 강자만 높게 쳐주었다.

그동안 간철호가 간세훈에게 관심이 없던 이유도 간세훈이 무술이나 마법에 재능이 없었기 때문이다.

이탄은 간철호와 달랐다.

"고2 때 조기합격이라니, 그것도 수석으로 말이야. 기특하군."

"의장님."

이탄의 칭찬에 남궁현화의 안색이 확 밝아졌다.

이탄이 빠르게 말을 이었다.

"마도공학은 정말 중요한 학문이지. 우리 간씨 세가의 신무기 개발 사업부나 현무대, 주작대에서도 마도공학자를 우대하고 있는데, 세훈이가 그 방면에 재주가 있는지는 몰랐구나. 앞으로 열심히 공부하여라."

이탄의 칭찬이 얼떨떨한 듯, 간세훈은 입만 쩍 벌릴 뿐 대답을 하지 못했다.

남궁현화가 간세훈의 옆구리를 톡 쳤다.

간세훈은 그제야 정신을 차렸다.

"아아, 네넵. 의장님 말씀처럼 열심히 공부하겠습니다. 고맙습니다. 정말 고맙습니다."

간세훈이 이탄을 향해 연신 허리를 숙였다. 간세훈의 모친도 덩달아 허리를 접어댔다.

이탄이 간세훈에게 한 마디를 보탰다.

"네 아비가 저렇게 쓰러져 있으니 걱정이 클 것이다. 하지만 너무 근심할 필요 없다. 최고의 의사와 힐러들이 치료 중이니 네 아비는 곧 자리를 털고 일어날 거다. 너는 영수의 맏아들이지 않느냐? 이럴 때일수록 정신 바짝 차리고 네 어미와 동생들의 버팀목이 되어야 한다."

"네넵. 명심하겠습니다. 의장님께서 해주신 말씀처럼 제가 꿋꿋한 버팀목이 되겠습니다."

간세훈이 한결 당차게 대답했다.

이번엔 이탄의 시선이 둘째에게 향했다.

남궁현화가 간세걸에 대해서 간단하게 소개했다.

"세걸이는 지금 중학부 3학년인데, 조만간 고등부에 진급할 예정이랍니다."

"그럼 고등부로 올라갈 때 테스트를 받겠군."

이탄이 테스트를 언급하자 사람들의 눈에 긴장의 빛이 어렸다.

그도 그럴 것이, 간씨 세가의 성골들은 고등부로 올라갈 때 테스트를 봐서 마법이나 무술에 대한 재능을 심사받는다. 그런데 간철호의 눈에 들기 위해서는 바로 이 심사에서 좋은 점수를 받아야 했다.

간세걸이 잔뜩 긴장하여 주먹을 꼭 움켜쥐었다.

이탄이 간세걸의 어깨를 두드려 긴장을 풀어주었다.

"테스트를 치를 때 너무 긴장하지 말고 최선을 다해라. 그러면 된다."

이탄의 말투는 부드러웠다.

"넵. 명심하겠습니다."

간세걸이 차렷 자세로 대답했다.

이탄은 간영수의 두 아들뿐 아니라 딸에게도 관심을 표명했다. 두 며느리에게도 한 마디씩 덕담을 해주었다.

이탄이 돌아간 뒤에도 남궁현화 등은 두근거리는 심장을 가라앉히지 못했다. 간씨 세가의 절대권력자인 이탄의 말 한 마디 한 마디가 그들에게 희망의 불씨가 되었던 까닭이었다.

"너희들도 오늘 보고 느꼈겠지? 의장님께서 그동안 겉으로는 냉정하게 보이셨지만 사실 속마음으로는 우리 영수를 무척 아끼셨더구나. 그러니 너희들은 세훈이와 세걸이를 잘 키워서 반드시 의장님의 눈에 들도록 만들어야 할 것이다. 만약 그렇지 못하면 너희는 내 식구라고 할 수 없어."

남궁현화는 두 며느리를 강하게 다그쳤다.

"명심하겠습니다, 어머님."

"꼭 잘 키우겠습니다."

잔뜩 고무된 두 며느리도 주먹을 불끈 쥐고 자식 교육에 대한 열의를 불태웠다.

그런 그들의 생각과 달리, 이탄은 간영수의 식솔들에 대해서 별다른 의미를 부여하지 않았다. 혈육의 애틋함도 느끼지 않았다.

'나는 간씨 세가의 피 한 방울까지 다 빨아먹을 테다. 이

곳은 내 신도들이 모여 사는 목장이나 마찬가지야.'

모레툼 교단의 신관의 입장에서 보면, 간씨 세가는 끝없이 젖을 짜낼 수 있고 양털을 깎아낼 수 있는 양질의 목장이었다. 그리고 모레툼의 신관은 목장에서 뛰노는 양들에게 친절한 법이었다.

그 양들이 은화를 꼬박꼬박 갚고 있는 동안에는 말이다.

남궁현화의 눈에는 이탄이 간세훈과 간세걸에게 흥미를 보인 것이 권력을 대물림할 동아줄로 보일지 모르겠지만, 이탄은 간세훈 등을 잘 토닥여서 마도공학에 매진시킨 다음, 앞으로 열심히 부려먹을 생각뿐이었다.

또한 이탄은 간씨 세가의 후계자를 키울 생각이 눈곱만큼도 없었다. 언노운 월드에서 이탄은 언데드인지라 수명의 한계가 따로 없었고, 강적을 만나 소멸을 당하지만 않는다면 거의 영원한 삶을 살 수 있는 존재였다.

그렇다면 이탄의 분혼도 영원할 터, 당연히 후계자는 말도 안 되는 소리였다.

'간씨 세가는 내게 큰 빚을 졌어. 그러니까 그 빚을 다 받아내려면 아주 아주 긴 세월이 필요하겠지? 간씨 세가는 영원히 내 거야.'

이것이 이탄의 진정한 속셈이었다.

제4화

퀘스트5: 3개의 달 작전

Chapter 1

"하아아."

이탄이 긴 한숨을 내쉬었다.

이건 간씨 세가에서 내쉬는 한숨이 아니었다. 언노운 월
드로 돌아와서 쉬는 한숨이었다.

"어째 이 모양이냐. 급한 불을 한쪽에서 끄면 또 다른 쪽
에서 불길이 치솟고, 그걸 해결하고 나면 다시 반대쪽에서
또 일이 터지다니. 내 팔자는 왜 이리 기구하단 말인가. 파
하아—."

이탄의 입에서 한탄이 절로 나왔다.

그럴 만도 했다. 요새 이탄의 행보는 정신이 쏙 빠질 정

도로 바빴다. 최근 이탄은 과이올라 시의 퀘스트를 완료하기 무섭게 간씨 세가로 넘어가게 되었다. 그런데 그곳에서 시베리아 녀석들과 전쟁이 벌어졌고, 그걸 해결하기 무섭게 언노운 월드에서 다시 새로운 퀘스트가 발생했다.

결국 이탄의 한탄은 분노로 이어졌다.

"은화 반 닢 기사단은 정말 양심이 있는 거야, 없는 거야? 엉? 과이올라 사건을 해결한 지 얼마나 되었다고 나를 또다시 새로운 작전에 투입해? 엉? 기사단의 영감탱이들이 미친 거 아니야?"

의자에서 벌떡 일어난 이탄이 레몬차에 젖은 종이를 모닥불에 힘껏 던졌다.

하얗게 달궈진 나무장작에 찰싹 달라붙었다가 화르륵 타오르는 종이 위에서 퀘스트 내용이 얼핏 떠올랐다.

시로시민퍼그 마기탑논 도운제롱생만 모기집강
예랄정몬 마운교민 침감투당 흔자적망 발롱견닝
정무보비 수산집체 첩길자노 색필출범

이 암호문 가운데 홀수 번째 글자만 따로 떼어서 풀어 쓰면 '시시퍼 마탑에서 도제생을 모집 예정인데 마교에서 침투한 흔적이 있으니 그에 대한 정보를 수집하고 마교의 첩자를 색출하라.' 는 퀘스트였다.

작전명은 3개의 달, 혹은 쓰리 문(Three Moons).

은화 반 닢 기사단의 어르신들은 백 진영을 대표하는 시시퍼 마탑, 아울 검탑, 마르쿠제 술탑을 밤하늘의 3개 달에 비유하여 이런 작전명을 지었다고 한다.

이탄은 작전명 따위는 아무래도 좋았다. 그저 은화 반 닢 기사단에서 마구잡이로 퀘스트를 남발하는 것이 기분 나쁠 뿐이었다.

"아니, 이 정도 정보까지 수집했으면 지들이 하지 왜 나를 시켜? 어엉? 내가 시시퍼 마탑에 어떻게 접근하느냐고? 일단 시시퍼 마탑에 들어가야 마교의 첩자를 색출하든가 말든가 할 것 아냐? 설마 나더러 마법사가 되어서 그곳의 도제생으로 들어가기라도 하라는 거야 뭐야? 내가 신관이지 마법사야? 엉? 이게 말이 되는 소리야? 엉?"

이탄이 잔뜩 흥분해서 쏘아붙였다.

말이 씨가 된다고, 이탄이 쏘아붙인 말이 그대로 이탄에게 되돌아왔다.

"말씀하신 대로입니다. 49호 님께서는 마법사 지망생 신분으로 시시퍼 마탑에 침투하실 것입니다."

그날 저녁 은밀하게 이탄을 찾아온 333호가 이탄에게 마법사 지망생이 되라고 주문했다.

"뭣이라? 지금 뭐라고 했지? 내가 잘못 들은 것 맞지?"

이탄이 새끼손가락으로 귀를 후볐다.

333호가 단호하게 고개를 가로저었다. 그녀의 단발머리가 찰랑찰랑 흔들렸다.

"잘못 들지 않으셨습니다. 49호 님께서 마법사 지망생이 되셔서 시시퍼 마탑에 들어갈 것이라고 말씀드렸습니다."

이탄이 버럭 성을 내었다.

"아니, 미친 거 아냐? 내가 어떻게 마법사 지망생으로 위장해? 나는 마법의 '마' 자도 모른다고. 내가 할 수 있는 것은 오직 신성 스킬뿐이라는 거, 너도 알고 어르신들도 아시잖아. 교의 총단에서도 다 알고 있잖아."

이탄이 이토록 과도하게 성을 내는 이유는 뻔했다. 이탄은 사실 마법의 마자도 모르지 않았다. 그는 음차원의 마나를 자유롭게 사용하며, 고대문명의 리치로부터 저주마법을 배우는 흑마법사였다.

이 점이 마음에 찔려 이탄은 짐짓 더 화를 내는 척했다.

333호의 표정은 변하지 않았다.

"죄송합니다만 이미 3개의 달 퀘스트는 49호 님께 하달되었습니다."

"도대체 이놈의 집단은 상도의라는 것도 몰라? 최소한 내가 해낼 수 있는 임무를 시켜야 할 것 아냐? 내가 어떻게 마법사 지망생으로 위장하느냐고. 도대체 기사단의 어르신들 가운데 누가 나를 이번 작전에 투입한 거야? 대체 어떤 분이시냐고?"

"원로기사님들 전원이 만장일치로 49호 님을 추천하셨습니다. 그래서 49호 님께 휴식도 제대로 드리지 못하고 급하게 작전 투입 명령이 떨어졌다고 전달받았습니다."

"뭐어? 만장일치? 커헉!"

원로기사들 전원의 추천이라는 말에 이탄이 뒷목을 잡았다.

"이게 말이 돼? 내가 마법사 출신도 아니잖아. 신관이자 성기사인 나를 이렇게 전공 분야도 무시하고 마구잡이로 투입해도 되느냐고."

이탄의 항의는 계속되었다.

입에 거품을 무는 이탄을 향해 333호가 조심스럽게 입을 열었다.

"49호 님, 혹시 트루게이스 시라고 아시는지요?"

"트루게이스?"

트루게이스 시가 언급되자 이탄이 흠칫했다.

곧이어 이탄의 표정이 와락 일그러졌다. 333호를 노려보는 이탄의 동공 깊은 곳에서 섬뜩한 광채가 번들거렸다.

"크르르. 설마 전담 보조팀에서 내 뒷조사를 하고 다니는 거냐? 아니면 원로기사들이 트루게이스를 들먹이며 나를 협박하라고 하더냐?"

이탄의 기세가 어찌나 무서웠던지 333호는 오줌을 찔끔 지렸다. 겁먹은 333호가 황급히 양손을 들어 이탄을 진정시켰다.

"49호 님, 진노를 거둬주십시오. 저희가 49호 님의 뒷조사를 한 것이 아닙니다. 트루게이스라는 이름은 원로기사 님들께 처음 들었습니다."

"그 영감탱이들이 뭐라고 했지?"

이탄은 333호 앞에서 원로기사들을 대놓고 영감탱이라고 불렀다.

그뿐만이 아니었다. 유령처럼 스르륵 미끄러진 이탄이 어느새 333호의 멱살을 틀어쥐었다.

"케엑."

333호가 종잇장처럼 가뿐히 위로 들렸다. 거칠게 숨을 몰아쉬는 333호를 노려보면서 이탄이 검지를 상대의 관자놀이에 가져다 대었다. 여차하면 333호의 머리에 검지를 쑤셔 박아 뇌를 휘저어버릴 심산이었다.

그만큼 이탄의 분노는 컸다.

'트루게이스는 내가 이놈의 성기사 노릇을 때려치우고 나서 돌아갈 고향이다. 내가 무엇 때문에 이 고생을 하는

데? 내가 왜 9년간의 노예 생활을 꾹 참고 있는데? 만약 은화 반 닢 기사단에서 나의 노다지 안식처를 건드린다면 나도 그냥 당해줄 생각은 없어. 어디 누가 이기나 한번 해보자.'

심지어 이탄은 파국을 결심했다.

이탄이 비크 교황에게 코가 꿰어서 은화 반 닢 기사단에 끌려 들어온 것은 사실이었다.

하지만 그렇다고 해서 호구로 남을 생각은 없었다. 다만 이탄은 모레툼 교단과 척을 졌을 때 트루게이스에 일궈놓은 지부까지 잃게 될까 봐 걱정했다. 이탄이 9년간의 노예(?) 생활을 꾹 참는 이유도 바로 그것 때문이었다.

그런데 만약 교단에서 먼저 트루게이스를 건드린다? 이탄이 꿀을 빨아야 할 그 중요한 꿀단지를 엎어버린다?

그렇다면 이탄도 참을 이유가 없었다.

Chapter 2

333호가 황급히 혀를 놀렸다.

"켁켁켁. 49호 님, 고정하십시오. 뭔가 오해를 하셨습니다."

"오해? 무슨 오해?"

이탄은 여전히 333호의 관자놀이에서 손가락을 치우지 않았다. 대신 333호가 입을 열 수 있도록 멱살을 움켜쥔 손에서 힘을 살짝 풀었다.

333호가 잔뜩 억눌린 음성으로 빠르게 말을 쏟아내었다.

"케엑. 켁켁. 시시퍼 마탑의 도제생은 지원한다고 해서 될 수 있는 것이 아닙니다. 오로지 시시퍼 마탑에서 도제생을 선정할 뿐입니다. 그곳의 마법사들은 마법적 권능으로 예비후보자들을 선정한 다음 공표하는데, 이번에 시시퍼 마탑의 도제생 후보자 발탁 공고에 49호 님의 예전 본명과 거주지가 언급되었다고 합니다. 이는 원로기사님들로부터 직접 전해 들은 사실입니다."

"뭐어?"

이탄의 눈이 당장 휘둥그레졌다.

"시시퍼 마탑에서 나를 도제생 예비후보로 발탁했다고? 그리고 그들이 내 본명과 거주지를 언급했다고? 아니, 시시퍼 마탑에서 나를 어떻게 알고?"

어찌나 놀랐던지 이탄은 333호의 목에서 스르륵 손을 떼었다.

겨우 숨통이 트인 333호가 두 손으로 목을 부여잡으며 투덜거렸다.

"제가 왜 49호 님께 거짓말을 하겠습니까? 저는 49호 님의 본래 이름이 무엇인지 듣지 못했고, 굳이 알려고도 하지 않았습니다. 저희 전담 보조팀의 입장에서 49호 님은 그저 49호 님일 뿐입니다. 저는 다만 원로기사님들로부터 49호 님의 고향이 트루게이스고, 이번에 49호 님이 시시퍼 마탑의 도제생 후보 명단에 포함되었다고 전해 들었을 뿐입니다."

333호는 이탄에게 멱살을 잡혔던 것이 무척 억울한 모양이었다.

하지만 이탄은 머리가 멍해서 333호에게 사과할 여유도 없었다.

"끄응."

이탄이 아무 말 없이 손으로 이마를 짚었다.

시시퍼 마탑은 언노운 월드의 백 성향 세력들 가운데 단연 세 손가락 안에 꼽히는 무서운 집단이었다. 아울 검탑이나 마르쿠제 술탑을 제외하면 감히 시시퍼 마탑과 어깨를 견줄 만한 곳이 없었다.

심지어 단일 세력으로는 세계 최강이라는 피사노교에서도 시시퍼 마탑의 일이라면 잔뜩 신경을 곤두세우곤 했다.

시시퍼 마탑은 그만큼 중요한 곳이었다.

단 999명의 마법사들로만 이루어진 이 소수정예 마탑은, 특이하게도 세상과 거의 단절된 삶을 지향했다. 시시퍼 마탑의 마법사들은 흑 진영과 대전쟁이 벌어지거나 마탑이 위기에 빠진 상황이 아니라면 절대 세상에 나오지도 않고 간섭하지도 않았다.

대신 20년에 한 번씩 문호를 크게 열어 마탑의 후세대 마법사, 즉 도제생이 될 만한 후보들을 받아들이곤 했다.

시시퍼 마탑에서 도대체 어떤 기준으로 도제생 후보군을 발탁하는지는 알려지지 않았다.

마법적 재능?

나이?

두뇌?

꼭 이런 상식적인 기준이 통하는 것은 아니었다. 시시퍼의 마법사들은 나이 어린 마법천재만 선발하는 것이 아니기 때문이었다. 때때로 그들은 나이든 중늙은이를 마탑의 도제생 후보로 데려가기도 했다. 심지어 글 한 줄 읽을 줄 모르는 무지렁이를 문하로 받아들이는 경우도 있었다.

물론 이런 경우는 드물고, 대부분은 어리고 재능 넘치는 사람을 받는 편이지만, 시시퍼 마탑의 도제생 선발 기준만 큼은 여전히 물음표였다.

'그런데 이번에 내가 그 기준에 들었단 말인가? 왜? 도대체 그들이 나에 대해서 뭘 안다고? 설마 시시퍼 마탑에서 내 진짜 정체를 파악했을까? 내가 언데드인 걸 눈치채

고 몰래 함정으로 끌어들이려는 것 아냐?'

온갖 의구심이 이탄의 마음속에서 자라났다. 이탄은 엄지로 관자놀이를 꾹꾹 누르다가 다시 333호를 바라보았다.

333호도 멀뚱멀뚱 이탄을 마주 보았다.

이탄이 손을 휘휘 저었다.

"가."

"네?"

333호가 영문을 몰라 반문했다.

이탄이 하루살이를 쫓듯이 손을 내저었다.

"그만 가보라고."

"네에에?"

"어휴. 왜 이렇게 말귀를 못 알아들어? 어르신들이 시키는 대로 이번 3개의 달 퀘스트에 참여할 테니까 그만 가봐. 머리 아프니까 더 이상 아무것도 묻지 말고 그냥 나 좀 혼자 내버려 둬."

이탄이 짜증을 내었다.

333호가 찔끔해서 고개를 숙였다.

"알겠습니다. 그럼 49호 님께서 이번 작전에 참여하시는 것으로 알고 저희 전담 보조팀에서도 준비를 해놓겠습니다."

333호는 이탄에게 궁금한 것이 많았으나 아무것도 묻지 못했다. 물어도 답을 듣지 못할 것 같아서였다.

이탄은 앉은 자세로 밤을 꼬박 새웠다.

"끄으응."

원래 이탄은 언데드인지라 밤잠을 자지 않았다. 그러나 이렇게 고민고민하면서 밤을 새우기는 또 오랜만이었다. 이탄은 양 손바닥 사이에 얼굴을 파묻은 채 헝클어진 머릿속을 정리했다.

'일단 퀘스트를 거부할 명분은 없다. 무조건 시시퍼 마탑에는 가야 할 것 같아.'

이것이 지난 밤 이탄이 내린 결론이었다. 은화 반 닢 기사단의 퀘스트를 거역했다가 일이 복잡하게 꼬이는 것도 문제지만, 그것보다는 다른 이유가 더 컸다.

'도대체 시시퍼 마탑에서 왜 나를 도제생 후보 명단에 넣었을까? 그들이 나를 어떻게 알고?'

이 궁금증이 이탄을 미치게 만들었다. 결국 시시퍼 마탑에 가보지 않고서는 이에 대한 답을 구하지 못할 터, 이탄은 퀘스트에 참여하기로 결심을 굳혔다.

'문제는 마법인데……'

이탄이 아랫입술을 꽉 깨물었다.

Chapter 3

이탄의 권능 가운데 가장 압도적인 것을 꼽으라면 단연 붉은 금속이었다.

몸속 마나를 복리로 증식시켜주는 '복리증식'의 권능.

영혼을 쪼개서 타인에게 기생시킨 다음, 그 타인을 지배해버리는 '분혼기생'의 권능.

물리 공격, 마법 공격, 정신 공격 등 전 분야에 걸쳐서 절대 방어를 지향하는 '적양갑주'의 권능.

이상 3개의 권능이 모두 이탄의 영혼에 박힌 붉은 침, 즉 붉은 금속으로부터 비롯되었다. 그러므로 이탄의 입장에서는 이 압도적인 능력을 자신의 첫 번째 순위에 올려놓을 수밖에 없었다.

"그러나 시시퍼 마탑 안에서는 이 붉은 금속의 힘을 대놓고 드러낼 수 없어. 그런 멍청한 짓을 했다가는 마탑의 마법사들을 당장 나를 해부해서 관찰하려 들 거야."

이탄은 시시퍼 마탑의 도제생으로 들어갈 때 되도록이면 붉은 금속의 능력은 봉인하거나 숨기기로 결심했다.

붉은 금속이 이탄이 지닌 첫 번째 권능이라면, 두 번째는 바로 이탄의 뱃속에 똘똘 뭉친 음차원이었다.

차원 하나를 통째로 욱여넣은 이 어마어마한 에너지 덩

어리는 아무리 써도 고갈되지 않는 무한한 에너지를 이탄에게 공급해 주었다.

문제는 음차원과 부정 차원, 그리고 그릇된 차원은 대표적인 흑 진영의 뿌리라는 점이었다.

"역시 음차원도 봉인할 수밖에 없어. 백 진영인 시시퍼 마탑에서 음차원의 마나를 사용한다? 그런 바보짓을 했다가는 즉시 마교의 첩자로 낙인찍혀서 공개 m척살령이 떨어질 거야."

이탄이 시시퍼 마탑에 침투하는 주요 목적이 무엇이던가? 바로 파시노교의 첩자를 색출하기 위함이었다.

"그런데 내가 오히려 피사노교의 첩자로 찍힌다고? 어휴우. 진짜로 그런 일이 벌어졌다가는 세상 최고의 바보가 되는 셈이야."

이탄은 머리를 절레절레 가로저었다. 그 다음 마음속으로 '음차원'에 X표를 짙게 표시했다.

이탄이 지닌 세 번째 힘은 만자비문이었다.

피사노교의 바이블에서 비롯된 이 음험한 문자는 이탄으로 하여금 모든 종류의 흑마법과 흑주술, 그리고 흑 계열의 마법 아이템과 친숙해지게 만들었다. 만자비문을 다루는 이상 이탄은 그 어떤 흑마법이나 흑주술도 캐스팅 없이 발현할 수 있으며, 각종 흑마법 아이템들을 제 것처럼 다룰 수 있었다.

사실 이탄의 첫 번째 권능(붉은 금속)과 두 번째 권능(음차원)이 워낙 어마어마해서 만자비문이 세 번째 자리로 내려앉은 것이지, 사실 만자비문 자체는 신급 권능이나 다름없었다.

실제로 세상의 모든 법칙과 인과율은 말(언령)로 규정되었다. 사물의 본질을 정의하는 수단도 바로 말, 또는 문자였다.

이와 반대로 만자비문, 즉 읽을 수 없는 문자는 바르지 않은 세상, 즉 부정 세계의 본질을 정의하는 수단이었다.

신이 말(언령)로써 인과율의 법칙을 정하고 세상을 정의하였듯이, 이탄은 만자비문으로 세상을 부정하고 인과율을 허물어뜨리는 것이 가능했다.

사용하기에 따라서 만자비문은 차원 하나를 통째로 허물어뜨릴 수도 있는, 엄청나게 파괴적인 권능이자 도구였다.

"그럼 뭐해? 시시퍼 마탑 안에서 만자비문을 어떻게 사용하겠느냐고? 이것도 봉인이야. 봉인."

이탄이 만자비문에도 강하게 X표를 쳤다.

이상 세 가지 권능에 비하면 이탄이 지닌 네 번째 권능부터는 격이 많이 떨어졌다.

이탄의 네 번째 힘은 아나테마의 악령으로부터 배운 저

주마법들이었다. 까마득한 고대문명 시대, 온 세상을 지배했던 리치답게 아나테마의 저주마법들은 그 하나하나가 강력하기 이를 데 없었다.

하지만 이것도 봉인.

"미치지 않고서야 시시퍼 마탑 안에서 저주마법을 사용할 수는 없지. 암, 없고말고."

이탄은 자신의 권능들 하나하나에 X표를 매겼다.

이탄이 지닌 다섯 번째 권능은 사중첩의 (진)마력순환로였다.

복리증식과 결합된 이 특별한 권능은 이탄의 마나를 나날이 복리 이자를 붙여서 증식시켜 ,주었다. 모레툼 교단의 신관답게 이탄은 복리로 불어나는 음차원의 마나를 보면서 늘 흐뭇해했다.

"음차원의 마나는 당연히 봉인해야지만, 사중첩의 (진)마력순환로 자체를 봉인할 필요는 없을 것 같아. 일단 이건 동그라미."

4개의 권능에 내리 X표를 치면서 이탄은 무척 속상했는데, 그래도 다섯 번째에서는 O표가 나와서 다행이었다.

이어서 여섯 번째 권능 차례.

이탄의 여섯 번째 권능은 쇠도 찢어발기는 힘이었다. 미소년다운 외모와 달리 이탄의 악력은 끔찍할 정도로 강력했다.

"아마도 이 괴력은 내가 듀라한이기 때문에 생긴 거겠지? 듀라한이라는 사실은 들키면 절대 안 되겠지만, 그래도 괴력은 써먹을 수 있겠어. 게다가 내 괴력을 딱히 봉인할 방법도 없잖아?"

그러니까 (진)마력순환로에 이어서 괴력도 O표였다.

이탄이 지닌 일곱 번째 권능은 다름 아닌 아조브였다. 고대로부터 유래된 이 신비한 아이템의 효력은 아직까지 다 밝혀지지도 않았다.

"그럼 뭐해? 쓸 수가 없는걸. 이것도 봉인."

이탄은 아조브에도 X표를 쳤다.

이탄이 지닌 여덟 번째 권능은 모레툼의 가호들이었다.

치유의 가호.

은신의 가호.

방패의 가호 + 지둔의 가호.

연은의 가호.

이상 다섯 가지 가호는 굳이 숨길 이유가 없었다.

"시시퍼 마탑에서도 내가 모레툼의 신관이라는 사실을 알고 있을 테지. 그럼에도 불구하고 나를 왜 도제생 후보로 발탁했는지는 모르겠다만, 어쨌거나 이 네 가지 가호들은 숨길 필요가 없겠어."

이탄이 신성력을 여덟 번째 순위로 낮춘 이유는 실제로 이탄의 신성력이 아조브보다 못하기 때문이었다.

물론 절망과 비탄과 통곡의 악마종 화이트니스를 사용하면 음차원의 마나를 신성력으로 포장할 수 있고, 그 경우 위력은 어마어마했다.

"하하하. 말도 안 되지. 시시퍼 마탑 안에서 악마종 화이트니스를 소환한다고? 그랬다가는 당장 내 정체가 발각날걸?"

결국 이탄은 시시퍼 마탑 안에서 순순한 신성력만 사용하기로 마음먹었다.

이탄은 서둘러 아홉 번째로 넘어갔다.

이탄의 아홉 번째 권능은 간철호로부터 갈취한 마법들이었다. 흙 계열의 원소마법과 중력마법은 시시퍼 마탑 안에서도 충분히 활용 가능했다.

"뭐, 어쓰퀘이크나 어쓰 핸드 같은 마법을 사용하기는 버거울 거야. 광정은 더더욱 불가능하겠지. 음차원의 마나를 끌어내지 않고서는 고난이도 마법들을 구현할 수 없으니까. 하지만 마법에 아주 젬병이 아니라 다행이기도 해. 내가 최소한 흙 계열의 원소마법과 중력마법은 어느 정도 이해하고 있잖아?"

시시퍼 마탑에 들어간 이후, 이러한 지식은 나름 쓸모가 있을 것 같았다.

마지막으로 이탄이 지닌 열 번째 권능은 피사노교의 흑마법들이었다. 얼마 전 이탄은 밍니야와 코투 등을 통해서 고스트 핸드(Ghost Hand: 유령의 손)나 마나 드레인(Mana Drain: 마나 배출)과 같은 흑마법들을 익혔다.

물론 이것들도 봉인 대상이기는 매한가지였다.

Chapter 4

"와아. 이렇게 하나하나 꼽아보니까 내가 정말 다양한 권능들을 가지고 있었구나. 햐아아. 어느새 이렇게 힘을 키웠대? 내가 생각해도 나 스스로가 기특하다."

이탄은 본인의 머리를 쓱쓱 쓰다듬었다.

그러다 흡족하던 기분이 다시 다운되었다.

"에효오. 그럼 뭐하겠어? 쓸모 있는 권능들은 대부분 봉인해야 하는데."

이탄이 한숨을 쉴 만도 한 것이. 그가 가진 열 가지 주요 권능들 가운데 사용할 수 있는 것은 (진)마력순환로, 괴력, 모레툼의 신성 가호, 그리고 간씨 세가의 원소마법과 중력 마법뿐이었다.

그런데 이것들 가운데 원소마법과 중력마법은 이탄이 적

정량의 마나를 확보하기 전까지는 사용이 불가능했다. 음 차원의 마나를 모두 봉인한 탓이었다.

결국 이탄에게 남은 것은 3개뿐.

그중에서 마법과 직접적으로 관련이 있는 것은 오직 (진) 마력순환로뿐.

이렇게 놓고 보니 정말 볼품이 없었다.

"에잇. 그래도 이게 어디야? 아무것도 없이 맨땅에 헤딩하는 것보다는 낫지. 이탄. 기운 내자."

쫘악—.

이탄이 양손으로 자신의 뺨을 때려 기합을 넣었다.

이틀 뒤.

은화 반 닢 기사단에서는 점퍼 요원들을 투입하여 이탄을 트루게이스 시로 보내주었다.

점퍼들이 이어달리기를 하듯 연속으로 공간을 건너뛰었다. 덕분에 이탄은 불과 한 시간도 되지 않아 대륙 동북부에서 대륙 동남부 트루게이스 시까지 날아오게 되었다.

은화 반 닢 기사단에서 이렇게 도와주는 이유는 간단했다. 이탄을 시시퍼 마탑의 도제생 후보로 들여보내려면, 일단 그가 고향에 있어야 하기 때문이다.

점퍼들이 임무를 마치고 은화 반 닢 기사단으로 되돌아

간 뒤, 이탄은 우뚝 솟은 산을 향해 기지개부터 크게 켰다.

"으아아아, 상쾌하구나. 퀘스트는 싫지만 이렇게라도 트루게이스를 방문하는 것은 좋네."

이탄은 산악도시 트루게이스의 신선한 공기를 흠뻑 들이마셨다. 그 다음 곧장 모레툼 지부로 가서 리리모와 티케를 만났다. 그 날 저녁엔 영주성을 찾아 헤스티아에게도 안부인사를 전했다.

리리모, 티케, 헤스티아 모두 이탄을 반겨 맞았다.

특히 헤스티아의 반가움이 컸는데, 이유는 그녀도 이탄과 마찬가지로 시시퍼 마탑의 도제생 후보 명단에 들어서였다.

"뭐, 아직은 도제생 후보일 뿐이에요. 후보들 가운데 자격을 증명한 사람들만이 시시퍼 마탑의 정식 도제생이 될 수 있다고 해요. 그리고 그 도제생들 가운데 절반가량만 진정한 마탑의 마법사가 되는 거죠."

헤스티아는 별 것 아니라는 듯이 종알거렸다.

그래도 볼이 발그레한 것이, 도제생 후보로 뽑힌 것만으로도 기뻐하는 것 같았다.

'하긴, 영애님은 무척이나 마법사가 되고 싶어 하셨지. 3년 전에 그 난리를 치면서 언데들과 싸운 것도 모두 시시퍼 마탑에 가입하고 싶어서가 아니었던가.'

그 모험가적 여정 덕분에 이탄의 인생, 아니 언데드생이 엉망으로 꼬였다. 이탄이 은화 반 닢 기사단에 강제로 끌려가게 된 것도 모두 그 여정의 여파였다.

물론 이탄이 얻은 것도 많았다. 헤스티아와 동행하면서 이탄은 붉은 돌을 얻었고, 아나테마의 악령과도 만나게 되었으며, 엄청나게 성장했다.

게다가 이탄이 얻은 붉은 돌은 사실 이탄이 헤스티아를 속여서 빼앗은 것이나 마찬가지였으니 이탄은 입이 10개라도 헤스티아를 원망할 수 없었다.

"영애님, 제가 오늘 트루게이스를 방문한 이유도 바로 그것 때문입니다. 놀랍게도 제 이름이 명단에 들어있더군요."

이탄의 말에 헤스티아가 배시시 웃었다.

"호호호. 저도 명단을 보았어요. 처음 이탄 신관님의 이름을 봤을 때 얼마나 놀랐는지 몰라요. 이미 신관이신 분을 시시퍼 마탑에서 도제생 후보로 발탁하다니, 그게 가능한 일인가? 아니면 이탄 신관님이 도대체 얼마나 마법적 재능이 뛰어나시기에 이런 일이 벌어졌을까? 정말 궁금했답니다."

헤스티아가 놀랄 만도 했다. 이탄은 이미 모레툼 교단 소속이었다. 그런 이탄을 모레툼 교단으로부터 빼내오려는 시도 자체가 정상적인 일은 아니었다.

"그나저나 모레툼 교단에서는 이탄 님을 말리지 않던가요? 시시퍼 마탑에 들어가지 말라고 말렸을 것 같은데요."

헤스티아가 이상하다는 듯이 고개를 갸웃했다.

이탄은 속으로 쓴웃음을 지었다.

'그 모레툼 교단에서 오히려 제 등을 떠밀어서 시시퍼 마탑으로 밀어 넣더군요.'

물론 이탄의 입장에서 이런 속사정을 헤스티아에게 밝힐 수는 없었다. 이탄은 거짓말로 둘러대었다.

"물론 교단에서는 반대를 했지요. 세상의 그 어떤 세력이 자기 사람을 타 세력에 빼앗기려 하겠습니까?"

이탄의 거짓말에 헤스티아가 무릎을 쳤다.

"역시 모레툼교에서는 반대했군요. 그런데도 이탄 님이 이렇게 트루게이스에 오셨다는 것은, 그 반대를 무릅쓰고 시시퍼 마탑에 들어가기 위해서 교단을 뛰쳐나오신 거네요?"

"네. 아무래도 모레툼교보다는 시시퍼 마탑이 한 수 위 아니겠습니까?"

한번 거짓말을 하니 계속 말을 지어낼 수밖에 없었다. 이탄은 모레툼교보다 시시퍼 마탑이 더 좋아서 뛰쳐나왔노라고 대답했다.

헤스티아가 살짝 떨떠름한 표정을 지었다.

"하긴. 그럴 만도 하죠. 다름 아닌 시시퍼 마탑이니까요. 하지만 다른 사람도 아니고, 신앙심으로 똘똘 뭉친 신관님께서 종교적 신념을 저버리고 시시퍼 마탑의 도제생에 지원하실 줄은 몰랐네요."

"윽."

헤스티아의 솔직한 지적에 이탄이 손으로 심장을 움켜쥐는 시늉을 했다.

헤스티아가 화들짝 놀랐다.

"어맛. 죄송해요. 신관님을 비난하려고 한 말은 아니었어요. 제 무례를 용서하세요."

"아닙니다. 하하하. 제가 마땅히 감수해야 할 말씀이었습니다."

이탄은 일단 이렇게 대화를 마무리 지었다.

Chapter 5

11월 20일 아침 9시 30분.

이탄과 헤스티아가 트루게이스의 영주성 앞에 모여서 시시퍼 마탑의 인솔을 기다렸다. 영주 부부도 성 밖까지 나와서 헤스티아를 배웅했다.

영주 부부는 처음에 헤스티아가 시시퍼 마탑의 도제생으로 들어가겠노라고 말했을 때 크게 반대했다.

하지만 자식을 이기는 부모는 없는 법이었다. 두 사람은 끝내 헤스티아의 뜻을 꺾지 못했다. 영주와 영주부인은 헤스티아를 친딸처럼 사랑으로 키웠으나, 사실 헤스티아의 진짜 모친은 시시퍼 마탑 출신의 마법사였고, 그 피가 헤스티아의 혈관 속에 흐르는 한 마법에 대한 헤스티아의 목마름은 계속될 것이라는 사실을 그들도 잘 알고 있었다.

그래도 헤스티아는 그들의 딸이었다. 비록 제 배가 아파서 낳은 친자식은 아니었으나 친자식보다 더 귀히 여기며 키워온 딸이었다. 그 딸이 먼 길을 떠난다고 하니 영주 부부의 마음은 찢어질 듯 아팠다.

"헤스티아야. 흐흐흑."

마침내 영주부인이 울음을 터뜨렸다.

"엄마. 울지 마세요."

헤스티아의 눈시울도 어느새 붉어졌다.

영주는 뜬금없이 먼 산을 바라보며 눈을 껌뻑거렸다. 얼핏 보기로는 영주의 뺨에도 눈물이 흘러내려 수염까지 적셨다.

이탄은 부모 자식 간의 애틋한 모습을 물끄러미 바라보았다.

'부럽구나.'

이탄의 마음속에 문득 부럽다는 생각이 올라왔다.

이곳과는 차원이 다른 저쪽 세계에서 이탄은 부모로부터 철저하게 버림을 받았다. 술주정뱅이 아비—지금은 친아버지인지도 의심이 가지만—는 어린 이탄을 학대하다가 돈 몇 푼에 팔아넘겼다. 어미는 이탄을 내팽개치고 다른 남자와 도망쳤다.

'세상에는 그런 몹쓸 부모도 있는데, 헤스티아 님은 정말 복 받았어.'

잠시 이런 생각이 이탄의 머릿속에 떠올랐다.

이탄은 고개를 흔들어 잡념을 떨쳐버렸다.

'야! 이탄. 정신 차려라. 네가 지금 그런 한가로운 생각을 할 때가 아니야. 언데드인 주제에 신관 노릇을 하는 것으로도 모자라서 백 진영 삼대세력 가운데 하나인 시시퍼 마탑에 들어가게 되다니. 까딱 방심했다가는 큰코다칠 수도 있어.'

이탄이 해이해지려는 마음을 강하게 다잡았다.

시시퍼 마탑의 마법사들은 흑 진영과 대전쟁이 벌어졌을 경우, 혹은 시시퍼 마탑에 중대한 위기가 닥쳤을 경우를 제외하면 마탑 밖으로 나갈 수 없었다.

대신 마탑의 도제생들은 이런 제약을 받지 않았다.

베이지색 로브를 입은 사내 2명이 오전 10시 정각에 트루게이스 시 영주성 앞에 등장했다. 이들이 바로 시시퍼 마탑의 도제생들이었다.

"혹시……?"

헤스티아가 바짝 긴장했다.

마탑의 도제생 가운데 한 명이 주변을 슥 둘러본 다음, 두루마리 천 뭉치를 아래서 위로 쭉 펼쳤다.

"트루게이스의 헤스티아."

이름이 불리자 헤스티아가 손을 번쩍 들었다.

"네. 제가 헤스티아입니다."

"시시퍼 마탑의 군집지성은 그대에게 마탑에서 교육을 받을 수 있는 기회를 부여하였소. 그대는 이 기회를 받아들이겠소?"

"당연히 받아들입니다. 제게 꼭 그 기회를 주십시오."

헤스티아가 씩씩하게 대답했다.

도제생은 베이지색 로브 그늘 속에서 헤스티아를 지그시 바라보다가 질문을 이었다.

"일단 시시퍼 마탑에서 교육을 받게 되면 마탑의 규칙과 규율을 절대적으로 따라야 하오. 이곳 트루게이스에서 그대의 신분이 무엇이건 간에, 마탑은 그 신분을 인정하지 않으며 오로지 마탑의 규율만 적용할 것이오. 그래도 우리와 함께 가겠소?"

"물론입니다."

"마탑의 교육은 엄하며, 때로는 그대의 한계 너머까지 극한으로 몰아붙일 수도 있고, 때로는 목숨이 위험할 수도 있소. 그래도 그대는 우리와 함께 가겠소?"

"함께 가겠습니다."

헤스티아는 1초의 망설임도 보이지 않았다.

"흐흐흑, 헤스티아야."

오히려 영주부인이 울먹거렸다. "목숨이 위험할 수도 있다."는 경고 때문이었다.

영주가 부인의 어깨를 끌어안고 토닥토닥 달랬다.

헤스티아가 영주부인을 돌아보았다.

"엄마. 아무 걱정 마세요. 전 꼭 해낼 거예요. 엄마 딸을 믿어주세요."

"흐으윽. 그래. 우리 딸. 흐흐흑."

영주부인이 입술을 꼭 깨물어 터져 나오는 울음을 억지로 참았다.

도제생이 미세하게 고개를 끄덕였다.

"그대가 맹서를 하였으니 시시퍼 마탑에서는 트루게이스의 헤스티아를 도제생 후보로 받아들여 교육을 하도록

하겠소."

"감사합니다. 열심히 배우겠습니다."

헤스티아가 감격하여 두 주먹을 꼭 움켜쥐었다.

이어서 또 다른 도제생이 한 발 앞으로 나섰다. 그는 두루마리를 쭉 펼쳐 이탄을 찾았다.

"트루게이스의 이탄."

"제가 이탄입니다."

이탄이 조용히 대답했다.

도제생은 베이지색 로브 그늘 아래로 이탄을 지그시 바라보며 헤스티아에게 던졌던 질문들을 이탄에게도 똑같이 물었다.

물론 이탄의 답변도 한결같았다.

"그대가 맹세를 하였으니 시시퍼 마탑에서는 트루게이스의 이탄을 도제생 후보로 받아들여 교육을 하도록 하겠소."

"알겠습니다."

이탄은 헤스티아처럼 크게 감격스러워하지 않았다. 그저 담담하게 알겠다는 말을 내뱉을 뿐이었다.

시시퍼 마탑의 도제생들이 그런 이탄을 어이없다는 듯이 쳐다보았다.

'뭘 그렇게 봐?'

이탄이 이런 마음으로 어깨를 으쓱했다.

도제생들은 고개를 절레절레 내젓더니 이내 이탄에게서 시선을 거두었다. 그 다음 영주성 앞마당에 마법진을 하나 그렸다.

번쩍!

도제생들의 나무 스태프로부터 방출된 빛이 땅바닥을 때렸다. 이윽고 지면으로부터 고대의 마법문자들이 환하게 떠올라 빙글빙글 회전하였다.

이것은 웜 게이트(Worm Gate: 벌레 문).

마치 흙 알갱이가 애벌레의 내장을 통과하는 것처럼 이 웜 게이트를 통과하면 시시퍼 마탑으로 곧장 연결된다.

Chapter 6

'허어어. 풍문으로 듣기는 했지만 정말 대단하구나. 은화 반 닢 기사단에서 대륙의 절반을 횡단하려면 최소한 10명의 점퍼가 달라붙어야 하잖아? 그런데 시시퍼 마탑에서는 정식 마법사도 아닌 일개 도제생들이 이 어마어마한 장거리 이송마법진을 거뜬하게 그려낸단 말인가?'

이탄은 우선 시시퍼 마탑 도제생들의 실력에 놀랐다.

이어서 억울하다는 생각이 좀 들었다.

'아니, 이럴 거면 3년 전 헤스티아 님이 붉은 돌을 마탑에 봉헌한다고 할 때 도제생을 좀 보내주지. 그럼 중간에 언데드들과 싸우면서 개고생을 하지 않았을 것 아냐. 그때는 왜 마탑에서 아무도 파견하지 않았지?'

이탄의 상념은 오래 가지 않았다.

"트루게이스의 헤스티아. 트루게이스의 이탄. 두 사람은 어서 웜 게이트로 들어오시오."

도제생들이 두 사람에게 손짓을 보냈기 때문이었다.

이탄과 헤스티아는 서로의 얼굴을 한 번 마주 보더니 빙글빙글 회전하는 마법문자 사이로 들어갔다.

시시퍼 마탑으로 떠나기 전, 헤스티아가 영주 부부를 향해 손을 흔들었다.

'엄마, 아빠, 사랑해요.'

헤스티아의 입술이 이렇게 달싹거렸다.

"흐흐흑. 우리 헤스티아."

"잘 다녀오렴. 우리는 걱정 말고 마음껏 네 꿈을 펼치렴."

영주 부부는 서로를 꼭 끌어안고 딸에게 손을 마주 흔들었다.

그 사이 마법문자들이 환한 빛을 터뜨리며 헤스티아와 이탄, 그리고 2명의 도제생들을 한꺼번에 집어삼켰다.

이탄은 본인의 몸이 컴컴한 터널 속으로 확 빨려 들어간다는 느낌을 받았다.

'이건 또 느낌이 색다른데?'

이탄이 점퍼의 도움을 받아 공간을 뛰어넘을 때는 귀에서 이명이 들리고 머리가 찌릿했었다.

그런데 웜 게이트를 통과할 때는 이명이나 어지럼증이 없었다. 대신 무지막지한 속도로 좁은 터널을 통과하는 듯한 기분이 들었다.

번쩍!

어두컴컴한 터널을 통과하자 갑자기 빛이 환하게 터졌다.

"아!"

이탄과 헤스티아의 눈앞에 시시퍼 마탑의 전경이 확 펼쳐졌다. 두 사람이 대륙 동남부에서 대륙 중부까지 이동하는 데는 불과 10분도 걸리지 않았다. 웜 게이트는 그만큼 대단한 마법이었다.

'시시퍼 마탑은 정말 놀라운 곳이구나!'

이탄은 진심으로 감탄했다.

[흥. 흥. 흥. 놀랍기는 뭘 이 정도 가지고 그러냐? 이딴 수준의 마법은 우리 악마사원에서도 얼마든지 해냈다.]

아나테마의 악령이 콧방귀를 마구 뀌어내며 시시퍼 마탑을 깎아내렸다.

이탄이 아나테마를 윽박질렀다.

'영감은 좀 들어가 있으쇼. 자꾸 이렇게 알짱거리다가 내 정체를 발각 내고 싶은 거요? 만약 그런 일이 벌어졌다가는 영감도 무사하지 못할 거요.'

[끼요옵. 자꾸 협박을 하기냐? 내가 뭘 어쨌다고 그래?]

아나테마가 억울해하였지만 이탄은 들은 체도 하지 않았다.

그때 헤스티아가 탄성을 터뜨렸다.

"아아아아, 여기가 바로!"

헤스티아는 입을 딱 벌리고 감탄을 금치 못했다.

놀랄 만도 했다. 구름 위까지 까마득하게 치솟은 하늘색 탑의 풍경은 실로 환상적이었다. 시시퍼 마탑은 약 100미터 높이까지는 하나의 거대한 단일 건축물로 올라가다가 그 위쪽부터는 3개의 건물로 나뉘는 구조였다.

물론 구름 위는 눈에 보이지 않기에 그 상층부에서 탑의 형태가 또 어떻게 변하는지는 알 수 없었다.

마탑의 주변을 뒤덮은 아름드리 소나무 숲과 그 주변을 돌아다니는 온갖 신기한 동물들이 시시퍼 마탑에 신비로움을 더했다. 더군다나 시시퍼 마탑 주변에는 은은하게 하늘색을 뿌리는 반투명한 차단막이 한 겹 둘러져 있어 보는 이로 하여금 몽환적인 느낌을 받게 만들었다.

이 하늘색 차단막은 사악한 기운을 풍기는 모든 존재의

출입을 불허하는 특성이 있었다. 예를 들어서 흑마법사나 흑주술사, 언데드들은 이 반투명한 차단막을 통과하지 못하고 튕겨나가게 마련이었다.

'이런.'

차단막에 대한 설명을 듣자마자 이탄은 가슴이 철렁 내려앉았다.

물론 이탄은 이곳에 오기 전 몸속을 순환하는 모든 음차원의 마나를 회수하여 뱃속 깊숙한 곳에 뭉쳐놓았다. 온갖 사악한 저주마법도 모두 봉인했다. 심지어 피부 살짝 아래층에 신성력을 한 겹 코팅하여 언데드의 특성이 절대 드러나지 않도록 꼼꼼하게 챙겼다.

그렇게 준비를 철저하게 했건만, 가슴이 철렁하는 것을 막을 수는 없었다.

'시시퍼 마탑에 들어가지도 못하고 튕겨나면 어떻게 하지? 목격자들을 재빨리 해치우고 탈출해야 하나? 그럼 헤스티아 님은 어떻게 되는 거지? 아우. 괜히 여기까지 왔나? 그냥 이번 퀘스트를 포기하고 마는 건데.'

온갖 후회가 이탄을 사로잡았다. 밀려드는 번민이 이탄의 낯빛을 어둡게 만들었다.

"이탄 님, 왜 그러세요?"

헤스티아가 이탄을 걱정해주었다.

이탄이 엷은 미소로 속마음을 숨겼다.

"아무것도 아닙니다. 난생처음 웜 게이트를 통과했더니 속이 좀 메스껍네요."

"아아. 그러시구나. 하긴 저도 좀 놀랐어요."

헤스티아가 배시시 웃었다.

'허.'

그 모습이 화사하고 예뻐서 이탄은 잠시 모든 걱정을 잊었다.

그러는 사이 마탑의 도제생들은 어느새 이탄 등을 반투명한 차단막 바로 앞까지 데려갔다. 이탄이 마른침을 꿀꺽삼켰다.

2명의 도제생이 시범을 보이기라도 하는 것처럼 먼저 차단막 속으로 들어갔다. 은은하게 하늘색을 흩뿌리는 차단막은 도제생들이 통과할 때 마치 젤리처럼 출렁거리기만 할 뿐 아무런 제지도 하지 않았다.

이어서 헤스티아의 차례였다.

"후읍."

헤스티아는 심호흡을 한 차례 한 다음, 반투명한 차단막 속으로 용감하게 머리를 들이밀었다.

Chapter 7

하늘색 차단막이 또다시 출렁했다. 헤스티아는 머리뿐 아니라 몸 전체를 차단막 안쪽으로 들여놓고는 신기한 듯 자신의 몸뚱어리를 살폈다.

"햐아아. 정말 아무런 느낌도 없네요. 이탄 님도 얼른 들어오세요."

헤스티아가 이탄에게 손짓을 했다.

이탄은 떨리는 마음을 애써 가라앉혔다. 그 다음 '에라 모르겠다.'라는 심정으로 차단막에 뛰어들었다.

물론 마음속으로는 각오도 다져 놓았다. 여차하면 목격자들의 입을 막고 도망칠 각오였다.

추울~렁.

이탄이 통과할 때 유난히 차단막이 크게 흔들렸다. 그 출렁임의 여파가 무려 수백 미터에 걸쳐서 전파되었다.

"응?"

"뭐지?"

도제생들이 즉각 이탄을 주시했다.

다행히 차단막은 출렁거리기만 할 뿐 이탄을 밖으로 튕겨내지는 않았다. 이탄이 도제생들을 향해 어깨를 으쓱했다.

그때까지도 반투명한 차단막은 계속해서 출렁거렸다. 도제생들은 영문을 모르겠다는 듯이 출렁임을 바라보다가, 다시 발걸음을 옮겼다.

"어서 갑시다."

"네."

도제생의 재촉에 헤스티아가 밝게 대답했다.

'휴우우. 다행이다.'

이탄은 떨리는 가슴을 가라앉히곤 묵묵히 헤스티아의 뒤를 따랐다.

도제생들은 이탄과 헤스티아를 시시퍼 마탑 1층에 위치한 메인 홀(Main Hall: 중앙 광장)로 안내했다. 그곳에는 대륙 전역에서 모집된 도제생 후보들로 꽉 들어차서 인산인해를 이루었다.

도제생들이 이탄과 헤스티아에게 작별을 고했다.

"우리 역할은 여기까지요."

"부디 두 분께서 난관들을 잘 이겨내고 우리의 동료가 되기를 바라겠소."

헤스티아가 도제생들에게 고개를 꾸벅 숙여 답했다.

"고맙습니다. 말씀해주신 것처럼 열심히 노력해서 꼭 시시퍼 마탑의 도제생이 되겠습니다."

"저도 노력하겠습니다."

이탄도 덩달아 고개를 숙였다.

잠시 후, 홀 중앙 단상에 하늘색 로브를 입은 노인이 올라왔다. 노인은 머리에 뾰족한 모자를 쓰고, 오른손에 기다란 스태프를 들고 있었다. 노인의 수염은 발끝까지 치렁치렁하게 늘어진 모습이었다.

노인의 뒤에는 베이지색 로브를 입은 도제생 4명이 뒤따랐다.

긴 수염의 노인이 나직하지만 또랑또랑한 음성으로 말문을 열었다.

"먼 길 오느라 수고가 많았소. 나는 앞으로 2년간 여러분의 교육을 책임질 아시프요."

그는 스스로를 '아시프'라고 밝혔다.

아시프는 시시퍼 마탑의 999명 마법사들 가운데 당당히 10위에 랭크된 최고위 마법사이자, 도제생 후보들의 교육을 책임지는 학장이었다.

이탄은 왼쪽 눈에 힘을 주고 아시프에 대한 정보를 읽었다.

— 종족: 필드 일족 (법사 계열)

— 주무기: 스태프

— 특성 스킬: ?

— 성향: 백

— 레벨: 추정 불가

　　— 주 출몰지역: 언노운 월드 평야

　　— 출몰빈도: 희박

　이탄이 아울 검탑에서 마주쳤던 검탑 9검도 추정 불가 레벨이었다.

　'그와 비슷한 수준인가? 아니면 아울 검탑 9검보다 강할까?'

　이탄이 상대의 수준을 가늠하는 동안 아시프의 설명이 이어졌다.

　"여러분들은 오늘 이 순간부터 향후 2년간 우리 시시퍼 마탑의 도제생 후보 자격으로 머물게 될 게요."

　여기서 말을 한 번 끊은 뒤, 아시프는 도제생 후보들을 쭉 둘러보았다.

　이 자리에 모인 사람들은 넓은 홀을 꽉 채울 정도로 많았지만, 머리카락 한 올 바닥에 떨어지는 소리조차 들리지 않았다. 다들 숨죽여 아시프의 말을 경청했다.

　아시프가 손가락으로 홀의 천장을 가리켰다.

　"한데 나에게 주어진 숙제가 하나 있소이다. 어떤 숙제냐? 바로 2년 동안에 여러분들 가운데 최대한 많은 사람들을 탑의 14층까지 올려보내는 것이 바로 이 늙은이의 숙제외다."

아시프의 설명에 따르면, 시시퍼 마탑의 규칙은 다음과 같았다.

첫째, 모든 도제생 후보들에게 2년의 교육 기회를 제공한다.

둘째, 도제생 후보들이 2년 안에 탑의 14층까지 올라가면 '후보'라는 딱지를 떼고 정식 도제생으로 임명된다.

셋째, 2년 안에 7층 이상 도달한 후보들에게는 한 번의 재도전 기회를 부여한다. 하지만 추가 2년 안에 14층까지 도달하지 못하면 시시퍼 마탑에서 나가야 한다.

넷째, 2년 안에 7층까지 도달하지 못한 후보들은 그 즉시 시시퍼 마탑에서 쫓겨난다.

다섯째, 일단 도제생이 되면 시시퍼 마탑의 정식 마법사에게 배정을 받는다. 이때부터 도제생은 배정된 마법사를 스승으로 모시고 마법에 대한 모든 것을 배운다.

여섯째, 스승이 도제생에게 낙제점을 주면 도제생은 6개월 안에 다른 스승을 찾아야 한다. 만약 주어진 기간 안에 새로운 스승을 찾지 못하면 시시퍼 마탑에서 퇴출된다.

일곱째, 낙제점을 받지 않은 상태에서 도제생이 함부로 스승을 바꿀 수 없다.

여덟째, 마법사는 여러 명의 도제생을 둘 수 있다.

아홉째, 시시퍼 마탑의 마법사 가운데 누군가가 죽거나

탈퇴해서 자리가 하나 비면, 나머지 998명의 마법사들이 자신의 도제생들 가운데 가장 뛰어난 자를 추천하고, 그렇게 추천받은 이들이 서로 경합하여 마법사의 빈 자리를 채운다.

이상 아홉 가지가 도제생과 관련된 시시퍼 마탑의 율법이었다.

'여기는 아울 검탑과는 사뭇 다르네.'

이탄은 머릿속으로 시시퍼 마탑과 아울 검탑을 비교했다.

Chapter 8

시시퍼 마탑의 마법사는 999명.

반면 아울 검탑의 검수는 고작 99명에 불과했다.

탑의 크기도 이 숫자에 비례하였는데, 시시퍼 마탑이 하늘 꼭대기까지 높이 치솟은 거대한 도시라면, 아울 검탑은 상대적으로 소박한 마을과 같았다.

규모가 큰 시시퍼 마탑은 하나의 탑 안에 마법사들뿐 아니라 도제생과 도제생 후보, 각종 일꾼들이 모두 함께 생활했다.

아울 검탑은 달랐다. 검탑은 오로지 검수들만을 위한 장소이고, 주변 사람들은 검탑 밖의 건물에 배치되었다.

'규모에서 이렇게 차이가 나는데도 두 탑의 명성이 서로 엇비슷하단 말이지? 역사적인 활약을 보면 시시퍼 마탑이나 아울 검탑 사이에 우열을 가릴 수가 없잖아? 역시 최상위급 마법사나 검수들 사이에서는 쪽수가 그리 중요하지 않은가 봐.'

이탄은 이렇게 유추했다.

그 짐작이 맞았다. 이곳 언노운 월드에서는 강자 한 명한 명의 실력이 세력의 강함을 좌우하는 핵심이지 사람의 머릿수는 그다지 중요한 요소가 아니었다. 소속원이 99명이건 999명이건, 그게 관건은 아니라는 소리였다.

이탄이 잠시 딴생각을 하는 동안, 아시프는 시시퍼 마탑의 시스템에 대한 설명뿐 아니라 다양한 정보들을 알려주었다.

후보들은 목구멍으로 침 한 번 제대로 넘기지 못하고 아시프의 말 한 마디 한 마디에 귀를 기울였다.

이탄도 아시프의 설명을 새겨들었다.

일장연설이 끝난 뒤, 아시프는 홀연히 사라졌다. 대신 베이지색 로브를 입은 도제생 12명이 우르르 달려 나와 후보들을 열두 모둠으로 구분했다.

중앙 단상을 중심으로 첫 번째 모둠의 명칭은 '1월', 두 번째 모둠은 '2월', 세 번째는 '3월', 이런 식으로 이름이 붙여졌다. 당연히 마지막 모둠은 '12월'이 되었다.

아쉽게도 이탄은 6월. 헤스티아는 7월로 모둠이 갈렸다.

"6월은 나를 따르라."

6월 모둠의 교관은 수염을 지저분하게 기르고 머리카락을 잔뜩 헝클어뜨린 40대 남자였다. 교관의 이름은 '나툴'이라고 했는데, 사각턱에 눈매가 무서웠다.

도제생 후보들은 초장부터 나툴에게 기가 눌렸다.

이탄도 헤스티아를 향해 손을 한 번 흔들어준 다음, 부지런히 나툴의 뒤를 따랐다. 그러면서 이탄은 나툴에 대한 정보를 쭉 훑어 읽었다.

— 종족: 필드 일족 (법사 계열)

— 주무기: 스태프

— 특성 스킬: 매직 애로우(Magic Arrow: 마법화살), 더블 쉴드(Double Shield: 겹방패), 화이어 앤 아이스(Fire & Ice 불과 얼음), 환영, 마나 증폭

— 성향: 백

— 레벨: B+

— 주 출몰지역: 언노운 월드 평야

— 출몰빈도: 중간

B+이면 이탄의 부인인 프레야 피요르드와 비슷한 수준이었다. 혹은 아울검탑의 살라루 예산처장도 B+ 레벨이었다.

'이 정도면 제법 강한 편인가? B+면 어느 정도 강한지 잘 모르겠네.'

이탄이 고개를 갸웃했다. 지금까지 이탄이 투입되었던 퀘스트와 떠올려 보면, B+은 그리 높은 레벨은 아니었다. 하지만 권능의 대부분을 봉인한 이탄의 입장에서는 B+도 상당히 부담스러웠다.

그때 나툴이 뒤를 휙 돌아보았다.

"다들 뒤처지지 말고 잘 따라와라."

"네."

도제생 후보들이 씩씩하게 대답했다.

나툴은 자신의 모둠에 배정된 92명을 시시퍼 마탑 1층의 여섯 번째 방으로 데려갔다.

'여기가 숙소인가?'

이탄이 입구에서 방 주변을 살폈다.

나무로 만들어진 문 위에는 '6월'이라는 모둠명이 큼지막하게 새겨져 있었다. 방 내부도 엄청나게 넓었다.

하지만 6월 모둠으로 배정된 전원이 함께 생활하기에 적합할 정도로 넓은 것은 아니었다. 이탄은 눈대중으로 방 크기를 가늠했다.

'이 정도 크기면 딱 60명 정도가 함께 생활하기에 알맞겠네. 92명이 함께 지내기엔 비좁아.'

물론 이탄은 방이 좁다고 해서 불편함을 느끼지는 않았다. 간씨 세가의 탑에서는 이보다 훨씬 더 좁은 공간에서 웅크려 지내야 했다. 거기에 비하면 이곳은 천국이었다.

나툴이 턱으로 방 안쪽을 가리켰다.

"너희들 92명은 당분간 이 방에서 함께 생활한다. 잠자는 것도 동기와 함께. 먹는 것도 이곳에서. 알겠나?"

"알겠습니다."

후보들이 한 목소리로 힘차게 대답했다. 이탄도 우렁차게 소리 지르는 척하면서 입술만 벙긋거렸다.

나툴이 씨익 웃었다.

"좋아. 동료들을 한번 둘러보아라. 앞으로 몇 달간은 함께 살 사이인데 얼굴은 익혀둬야지. 후후후."

그 말에 도제생 후보들이 주변을 한 바퀴 둘러보았다. 그러다 후보들 가운데 일부가 얼굴을 찌푸렸다.

나툴의 웃음이 더욱 짙어졌다.

"후후후훗. 표정에서 다 드러나는구나. 너희들은 지금 이 상황이 그리 마음에 들지 않을 게다. 너희들 가운데는 남녀가 섞여 있을 뿐 아니라, 인간이 아닌 아인종도 혼재되어 있다. 그러니 같은 공간에서 함께 뒹구는 것이 불편하겠지. 하지만 그래서 뭐? 마탑의 후보로 들어온 이상 남녀의 구분이 따로 있을 수 없다. 인간과 아인종의 구별도 없다. 너희들은 다 같은 후보일 뿐이다."

나툴의 경고에 후보들이 입을 꾹 다물었다.

나툴이 히죽 이빨을 보였다.

"억울하면 빨리 위층으로 올라가라. 너희들이 성장하여 2층으로 승급하면 그곳부터는 모둠이 해체되고 각자 자유롭게 개인생활을 하게 될 게다. 물론 지금보다 동료들의 숫자도 많이 줄어들 테지. 그만큼 생활이 쾌적해질 게야. 낄낄낄."

나툴의 약 올리는 듯한 말투가 도제생 후보들에겐 자극이 되었다. 다들 눈에 불을 켜고 승급을 다짐했다.

Chapter 9

그날 밤.

이탄의 뇌에 은밀한 목소리가 울렸다.

[모레툼 교단의 성기사신가요? 맞죠?]

목소리의 주인공은 여자였다.

이탄이 소리 없이 상체를 일으켰다. 어차피 이탄은 언제 드인지라 잠을 자지 않았다. 하여 목소리가 들리자마자 곧바로 반응한 것이다.

이탄의 양옆에는 동기들이 쿨쿨 잠에 취한 중이었다. 낮에 피곤했는지 다들 깊은 잠에 빠져 있었다.

'혹은 지금 나를 부르는 이 목소리의 주인공이 내 동기 녀석들을 깊은 잠에 빠지게 만들었을 수도 있지. 수면 마법 같은 것으로 말이야.'

이탄이 이런 생각을 할 때였다. 그의 뇌에 또다시 목소리가 들렸다.

[성기사님, 다시 누워서 제 말만 들으세요. 저는 스승님의 심부름을 온 씨에나라고 합니다.]

'씨에나? 그게 이 여자 마법사의 이름인가?'

이탄은 상대의 이름을 뇌에 새겨두었다.

씨에나가 말을 이었다.

[성기사님께서도 이미 알고 계실 테지만, 사실 이번에 성기사님께서 저희 시시퍼 마탑의 도제생 후보로 선발되신 이유는, 제 스승님이 손을 쓰셨기 때문입니다.]

'응? 이 여마법사의 스승이 나를 시시퍼 마탑으로 끌어들였다고?'

처음 듣는 이야기에 이탄의 눈이 번쩍 빛났다. 그 빛은 나타나자마자 곧바로 다시 사라졌다. 이탄은 묵묵히 상대방의 말에 귀를 기울였다.

씨에나가 계속 종알거렸다.

[제 스승님께서는 저 사악한 피사노교의 인물이 저희 시시퍼 마탑 안에 침투해 있다는 사실을 발견했답니다. 그런데 그 악종이 얼마나 철저한지 스승님께서 아무리 애를 써도 종적을 찾지 못했지요. 하여 스승님께서는 오래 전에 함께 전쟁을 치렀던 옛 전우들에게 도움을 청했습니다. 그 가운데 한 분이 바로 비크 교황님이십니다.]

'호오? 그랬구나. 씨에나의 스승이 비크 교황과 끈이 있는 거야. 그리고 그 스승이라는 자가 모레툼 교단에 도움을 요청했고, 비크가 나를 연결시켰어.'

이러한 속사정은 은화 반 닢 기사단의 원로기사들도 몰랐다. 한데 입이 가벼운 씨에나 덕분에 이탄이 배경 사실을 파악하게 되었다.

[제가 스승님께 전해 듣기로는, 성기사님께서는 피사노교의 악종들을 파악하는 데 탁월하시다고 들었습니다. 그런데 안타깝게도 성기사님을 저희 시시퍼 마탑에 곧바로 불러들일 수가 없었습니다. 시시퍼 마탑의 엄격한 규칙 때문입니다. 물론 피사노교와 관련된 사안이라면 규칙을 깰 수도 있지만, 그렇게 일을 키우면 피사노교의 악종이 곧바

로 눈치를 채고 도망치거나 몸을 웅크릴 게 뻔합니다. 하여 스승님께서는 고민 끝에 이번 도제생 선발전을 이용하기로 결심하셨지요.]

이탄은 묵묵히 들었다.

씨에나가 설명을 이었다.

[성기사님께서는 어려우시겠지만 어떻게든 마탑 4층까지만 올라오십시오. 4층에서 제가 성기사님을 기다리고 있다가 마탑의 코어(Core: 핵)에 연결을 시켜드리겠습니다. 그럼 성기사님의 권능으로 마탑의 마법사 999명을 스캔하셔서 피사노교의 악종을 찾아주시기만 하면 됩니다. 나머지 후처리는 저희 마탑에서 맡겠습니다.]

마탑의 요구사항은 간단했다.

첫째, 도제생 후보들 틈에 섞여서 자력으로 마탑 4층까지 올라와라.

둘째, 그곳에서 씨에나와 만나 마탑의 코어에 연결하라.

셋째, 마탑의 마법사 999명을 스캔하여 피사노교의 첩자를 색출하라.

이상 세 가지였다.

씨에나가 이탄에게 물었다.

[제 말을 이해하셨습니까? 그러시면 고개를 세 번 끄떡여주십시오.]

이탄이 고개를 세 번 끄덕거렸다.

[잘 이해하셨군요. 마탑 4층까지 꼭 올라오셔야 합니다. 그래야 제가 마탑의 규칙을 어기지 않고 성기사님을 마탑의 코어에 연결시켜드릴 수 있습니다. 아셨지요?]

씨에나는 한 번 더 다짐을 받았다.

이탄은 한 번 더 고개를 주억거렸다.

그러자 씨에나가 작별을 고했다.

[그럼 저는 성기사님을 직접 뵐 날을 기다리겠습니다.]

이것으로 뇌파는 중단되었다. 이탄은 곰곰이 생각에 잠겼다.

수업은 다음 날 아침 일찍부터 시작되었다. 이탄은 6월 모듬의 동기들과 함께 수업을 들었다.

나툴이 강의실 중앙에 설치된 커다란 크리스틸 화면 앞에 섰다. 나툴은 중저음의 굵은 목소리로 시시퍼 마탑의 교육 커리큘럼에 대한 개론을 이야기해주었다.

"시시퍼 마탑은 하나의 탑인 동시에 3개의 탑이기도 하다. 이 탑에 처음 들어오면서 탑의 모양을 유심히 살핀 자들은 이미 눈치를 챘을 테지만, 3개의 탑이 모여서 하나의 시시퍼 마탑을 구성한다."

나툴은 이런 말로 강의를 첫 포문을 열었다.

나툴의 설명에 따르면, 시시퍼 마탑은 다음 세 가지 탑으로 나뉜다고 했다.

첫째, 애니마 메이지(Anima Mage: 심혼 마법사)의 탑.

둘째, 워 메이지(War Mage: 전투 마법사)의 탑.

셋째, 라인 메이지(Line Mage: 결계 마법사)의 탑.

"이 세 가지 탑은 각각 4개의 하부 뿌리, 혹은 하부 지파들을 포함하고 있다. 예를 들어서 애니마 메이지의 마법사님들께서는 대상물에 애니마, 즉 심혼을 투영하여 컨트롤하는 것이 특기이시지. 그런데 그중에서도 식물을 잘 다루시는 분, 동물을 잘 다루시는 분, 암석이나 금속처럼 고체물질의 컨트롤에 익숙하신 분, 바람이나 물처럼 액체나 기체 컨트롤에 익숙하신 분으로 성향이 나뉘신다."

나툴의 설명을 다시 정리하면, 시시퍼 마탑의 애니마 메이지는 다시 식물계 애니마, 동물계 애니마, 고체계 애니마, 유동계 애니마로 구분된다는 소리였다.

"아아."

"그렇구나."

수강생들이 고개를 끄덕거렸다.

애니마 메이지에 이어서 나툴은 워 메이지의 하부 지파 4개에 대해서도 설명해 주었다.

나툴의 설명에 따르면, 탱커계 워 메이지 지파는 각종 보호막 소환과 신체 강화, 생명력 증가, 생명력 흡수, 피해 회피 등의 마법을 자유롭게 다룬다고 했다.

공격계 워 메이지 지파는 각종 공격마법에 익숙할 뿐 아니라 무기에 속성을 부여하는 인챈트 계열 마법이 주특기라고 했다.

힐러계 워 메이지 지파는 광역치유와 전장 파악이 핵심이라는 설명이었다.

마지막으로 암살계 워 메이지 지파는 공간이동과 매복마법, 순간적인 마나증폭을 주로 연구한다고 했다.

제5화

도제생 후보의 일상

Chapter 1

애니마 메이지와 워 메이지에 대해서 설명을 했으니 이제 라인 메이지를 언급할 차례였다. 나툴은 시시퍼 마탑의 마지막 분야를 입에 담았다.

"사실 우리 시시퍼 마탑에서도 라인 메이지는 그리 수가 많지 않으시다. 앞의 두 분야와 달리 라인 메이지는 노력보다는 특성을 타고나야 될 수 있는 것이라서 말이야. 어쨌거나 라인 메이지 분야도 다시 4개의 하부 지파로 구분할 수 있다."

나툴은 도제생 후보들에게 라인 메이지 계열들을 알려주었다.

첫 번째 계열은 결계를 쳐서 적을 구속하는 속박계 라인 메이지 지파였다.

두 번째는 아군을 보호하는 데 최적화된 차단계 라인 메이지 지파였다.

세 번째는 아공간 생성에 집중하는 아공간계 라인 메이지 지파였다.

마지막 네 번째는 결계로 적의 마법을 무효화시키는데 주력하는 해체계 라인 메이지 지파였다.

"험험험."

시시퍼 마탑의 12개 마법 계열에 대해서 총정리를 해준 다음, 나툴은 비로소 본인의 특기를 드러내었다.

"머리가 좋은 녀석들은 이미 눈치를 챘을지도 모르겠다만, 나는 12개의 계열 가운데 공격계 워 메이지님의 도제생이다. 거기 너. 일어나봐라."

나툴이 느닷없이 후보들 가운데 한 명을 지목했다.

머리카락이 청색인 소년이 벌떡 일어났다.

"저 말씀이십니까?"

"그래. 네가 대답해 봐. 내가 왜 공격계 워 메이지 지파일 것 같으냐?"

이것이 나툴의 질문이었다.

이 자리에 모인 92명의 후보들 가운데 상당수는 '나툴님의 외모만 봐도 공격적이시잖아요.' 라고 생각했다.

물론 이탄도 그렇게 생각한 이들 중 하나였다.

청색머리 소년의 답은 달랐다.

"교관님께선 조금 전 저희들에게 시시퍼 마탑의 12개 마법 계열에 대해서 설명해주셨습니다. 그런데 저희 도제생 후보들은 딱 12개의 모둠으로 나뉘어 있습니다. 그래서 생각했습니다. 1월 모둠을 담당한 교관님은 식물계 애니마 메이지 지파이시고, 2월은 동물계 애니마 메이지 지파, 3월은 고체계 애니마 메이지 지파, 4월은 유동계 애니마 메이지 지파, 5월은 탱커계 워 메이지 지파, 6월은 공격계 워 메이지 지파, 7월은 힐러계 워 메이지 지파, 8월은 암살계 워 메이지 지파, 9월은 속박계 라인 메이지 지파, 10월은 차단계 라인 메이지 지파, 11월은 아공간계 라인 메이지 지파, 마지막 12월은 해체계 라인 메이지 지파가 아닐까? 이것이 저의 추측입니다."

소년의 목소리는 또랑또랑하고 자신감이 넘쳤다.

나툴이 하얀 이를 드러내었다.

"좋아. 똑똑하군. 네 말대로다. 나는 공격계 워 메이지 지파 소속이라 6월 모둠을 담당하게 되었다. 지금부터 3주간 너희들은 나에게 공격계 워 메이지와 관련된 마법의 기초를 다진다. 그 다음 일주일 동안 너희 스스로 복습을 하면서 실력을 키운다. 이 과정을 모두 끝마친 다음에는 7월 모둠의 교관에게 가서 힐러계 마법을 배울 것이고, 그 다음은 8월 모둠의 교관으로부터 암살계 마법에 대한 강의를 듣게 되겠지."

나툴의 말대로라면, 도제생 후보들은 앞으로 12개월에 걸쳐서 시시퍼 마탑의 12개 마법 계열을 모두 맛보게 될 것이다.

나툴이 다시 입을 열었다.

"이 12개월이 기초과정이다. 그 이후부터는 너희 실력으로 마탑 14층까지 도달하면 되는 게다. 낄낄낄. 자신 있지?"

나툴은 낄낄거리며 물었다.

도제생 후보들 가운데 그 누구도 입을 열어 답하지 못했다. 불과 1년 만에 열두 계열의 방대한 마법 기초를 닦는다는 것이 결코 쉬운 일은 아니기 때문이었다. 후보들의 표정이 딱딱하게 굳었다.

오직 이탄만이 다른 생각에 몰두했다.

'시시퍼 마탑의 마법 체계는 간씨 세가의 마법과는 많이 다르구나. 저쪽 세계에서는 크게 불, 물, 흙, 바람과 같이 원소마법의 속성에 따라 마법을 분류하는데, 이곳은 그런 구분이 없나 봐. 그럼 내가 가진 마법들은 어디에 속할까? 소일 월은 탱커계 워 메이지와 어울리는 것 같은데, 그렇다면 어쓰퀘이크는 공격계 워 메이지인가? 아니면 고체계 애

니마 메이지? 뭔가 헷갈리는데?'

이탄은 연신 고개를 갸웃거렸다.

나툴이 턱 끝으로 이탄을 가리켰다.

"어이, 거기 너."

"저, 저요?"

이탄이 어정쩡하게 몸을 일으켰다.

"그래. 너는 내 수업에 뭔가 의문이라도 있나? 왜 그렇게 고개를 갸웃거리지?"

"죄송합니다. 12개의 마법 분류가 명확하게 이해가 되지 않아 머릿속으로 구분 방법을 정리 중이었습니다."

이탄이 솔직하게 대답했다.

나툴이 피식 웃었다.

"너처럼 생각이 많은 녀석들이 있지. 그런 녀석들은 주로 워 메이지 계열에 들어오지 못하고 애니마 계열이나 라인 계열로 가더라."

"네에? 네."

이탄은 나툴의 평가가 칭찬인지 비난인지 헷갈렸다.

그러는 사이 나툴은 이탄에게서 관심을 거두고 다음 설명으로 넘어갔다. 다시 자리에 앉은 이탄은 찜찜한 표정으로 관자놀이를 긁었다.

6개월 뒤.

이탄은 성적표를 하나 받아들었다. 하얀 종이를 움켜쥔 이탄의 손이 바들바들 떨렸다.

과목	중간 성적	비고
마나 운용	F	낙제점 (재수강 필수)
마법 구현	F	낙제점 (재수강 필수)
마법 이해도	B+	
인지 및 감응력	A+	
실전	C-	
평가의견 : ◦ 마법의 기초인 마나 운용 능력이 거의 없으며, 공격계, 힐러계, 암살계 계열에 대한 마법적 재능이 부족함. ◦ 속박계, 차단계, 아공간계 계열에 대한 재능도 거의 관찰되지 않음. ◦ 다만 마법에 대한 이해도는 중상 수준임. ◦ 인지 및 감응력은 특이할 정도로 뛰어남.		

Chapter 2

이상이 이탄이 받은 중간 성적이었다.

"어우, 썅."

이탄의 입에서 쌍시옷 소리가 절로 튀어나왔다. 이번 퀘스트를 무사히 해내려면 어떻게든 마탑 4층까지는 자력으로 올라가야 하는데, 그래서 씨에나를 만나 마탑의 코어에 접속해야 하는데, 어쩐 그게 쉽지 않을 것 같은 예감이 들었다.

"낙제점을 무려 두 과목이나 받았으니 탑을 오르는 데 지장이 클 수밖에 없잖아?"

이탄이 한탄했다.

솔직히 이탄도 그리 좋은 성적을 기대하지는 않았다.

6개월 전 이탄이 교육에 처음 참여할 당시만 해도 이탄의 몸속에는 마나가 한 톨도 없는 상태였다.

그 후 이탄은 1개월간 각고의 노력을 기울인 끝에 마나의 씨앗을 만들었다. 그 다음 씨앗을 소중하게 키워서 조그만 싹을 틔우고, 그 싹을 (진)마력순환로 안에 들여보내 복리로 조금씩 불리기 시작했다는 사실만으로도 이탄은 큰 진전을 이룬 셈이었다.

다만, 아직까지도 다른 후보들에 비해서는 이탄의 마나 총량이 부족하기 이를 데 없었다. 초기 투입량이 미미하다

보니 (진)마력순환로가 아무리 복리로 마나를 증식시켜도 여전히 성에 차지 않았다.

결국 마나 부족 현상 때문에 이탄은 마나 운용 과목을 완전히 망쳤을 뿐 아니라 마법 구현 과목도 바닥을 기었다.

그나마 마법 이해도 과목의 점수가 잘 나온 것은, 아나테마와 간철호 덕분이었다.

문제는 그들의 도움에도 한계가 있다는 점이었다. 불멸악마종 아나테마는 고대문명의 방대한 마법 지식들을 머릿속에 담고 있었으나 현대의 마법 체계에 대해서는 무지했다. 간철호의 마법 지식은 더더욱 이 세계와 맞지 않았다.

'흥. 영감탱이가 하는 일이 다 그 모양이지 뭐. 영감이 가르쳐준 대로 답을 썼는데도 B+이야 B+. 쳇. 내가 이럴 줄 알았어.'

이탄이 괜히 아나테마에게 화풀이를 했다.

봉인 속의 아나테마가 당장 이탄의 의식 속으로 치고 올라왔다.

[끼요옵! 이런 염병할 놈. 고대문명의 모든 마법 지식을 머릿속에 담고 있는 위대한 리치가 바로 이 아나테마 님이시다. 그런데 뭐? 내가 귀띔해준 게 틀렸다고? 끼요옵. 그럴 리가 없다. 시시퍼 마탑의 시시껄렁한 놈팡이 마법사들이 눈깔이 삐어서 나의 고차원적인 지식을 알아먹지 못하

는 것뿐이니라. 그런 안목도 없는 놈들에게 뭘 더 배우겠다
고 이 빌어먹을 탑에 처박혀 있느냐? 끼요오옵. 당장 여기
서 나가자. 끼요옵.]

아나테마가 한바탕 난리법석을 피웠다.

'어우. 시끄러우니까 영감은 입 좀 닥치쇼. 그리고 이렇
게 영감이 불쑥불쑥 대가리를 내밀면 들킬 수가 있다니까.
좋게 말할 때 자제 좀 하쇼.'

[케엑. 이런 미친놈. 시험 칠 때 내 도움이 필요하다면서
나를 끌어들일 때는 언제고……. 꾸웩!]

이탄은 아나테마를 강제로 다시 봉인해버린 뒤, 성적표
를 들여다보았다.

"휴우우. 그나마 감응력 점수라도 높아서 다행이네."

인지 및 감응력 과목은 도제생 후보들이 주변의 마나 변
화에 얼마나 민감한지 체크하는 분야였다.

이탄은 놀라울 정도로 빠르게 주변 변화를 느끼고 반응
했다. 교관들도 그 점만큼은 이탄을 인정해 주었다.

"한데 실전 점수는 또 개판이란 말이지."

실전 과목은 도제생 후보들끼리 맞겨루기를 하는 방식으
로 점수를 매겼다. 사실 이쪽은 이탄이 점수를 따야만 하는
분야였다. 후보들 중에서 이탄이 가장 전투 경험이 풍부하
기 때문이었다.

문제는 겨루기를 할 때 오직 수업 시간에 배운 마법만 사용해야 한다는 점이었다. 절대적으로 마나가 부족한 이탄의 입장에서는 도저히 점수를 받을 수 없었다.

그럼에도 불구하고 이탄이 F가 아닌 C-를 받은 것은, 뛰어난 신체 능력으로 상대의 마법 공격을 회피해버린 덕분이었다.

"어휴우. 아차 하는 사이에 벌써 6개월이 지났잖아. 이대로 남은 기간을 흘려보내면 이번 퀘스트는 망칠 수밖에 없어."

이탄이 머리카락을 벅벅 긁었다.

그날 이후부터 이탄은 한결 심각하게 마법 교육을 받았다.

하지만 아무리 노력해도 부족한 마나를 대체할 수단이 없었다. 결국 이탄은 해체계 지파의 교관으로부터도 낙제점에 가까운 점수를 받았다. 그 다음 식물계 애니마 교관과 동물계 애니마 교관도 모두 이탄을 포기했다.

그러는 사이 시간은 석 달이 더 흘러 이탄이 시시퍼 마탑에 들어온 지도 9개월이 훌쩍 지났다.

이 기간 동안 9개 지파의 수업을 모두 망쳤으니 이제 이탄에게 남은 희망은 고체계 애니마와 유동계 애니마, 그리고 탱커계 워 메이지 분야뿐이었다.

그렇게 길을 잃고 헤매는 동안 이탄은 6월 모둠에서 가장 심각한 열등생으로 소문이 났다. 동기들은 이탄을 슬금슬금 피하거나 경멸했다. 그중 몇 명은 이탄이 지나갈 때마다 뒤에서 수군거렸다.

'크윽.'

이탄이 어금니를 꽉 물었다.

사실 작금의 이 상황은 이탄에게 익숙하지 않았다. 어린 나이에 간씨 세가에 팔려갔을 당시에도, 망령목에 매달려 이곳 언노운 월드에 처음 정착할 당시에도, 모레툼 교단의 신관이 된 이후에도 이탄은 늘 조직의 선두에 서 있었다. 지금까지 단 한 번도 꼴찌 언저리를 맴돈 적은 없었다.

그런데 마법 수업이 이탄의 자존심에 스크래치를 냈다. 화가 난 이탄은 전력을 다해 마나를 키웠다.

절실한 노력 덕분일까? 처음에는 좁쌀보다도 더 작았던 마나가 그래도 이제는 쫄쫄쫄 소리를 내면서 (진)마력순환로 속을 순환할 정도로 성장했다.

마나의 흐름이 길게 이어져서 몸속을 한 바퀴 순환할 정도가 되자 마나가 증식하는 속도도 조금씩 실감이 나기 시작했다.

'그래도 아직은 부족해.'

이탄은 자신의 수준을 낮게 평가했다. '아직까지 다른

경쟁자들을 따라잡기에는 멀었다.'는 것이 이탄의 생각이
었다.

'그래도 이번만큼은 쉽게 무너지지 않는다.'

마침 고체계 애니마 메이지는 이탄이 가장 기대하는 분
야였다.

'간씨 세가의 흙 원소마법이 조금이라도 도움이 되겠지.
비록 음차원의 마나를 끌어다 쓸 수는 없다지만, 지금 마나
량으로도 소일 쉴드 정도는 어떻게든 만들 수 있어.'

이탄이 날카롭게 눈빛을 벼렸다.

Chapter 3

4월 모듬의 교관은 솔리틀이었다.

금발머리에 턱수염을 짧게 기르고 한쪽 귀에 귀걸이를
착용한 솔리틀은 교관들 중에서 가장 온화하고 자유분방한
성격이었다.

특이한 점은, 그렇게 자유로운 솔리틀이 교관들 중에 가
장 다혈질인 나툴과 둘도 없는 친구라는 사실이었다.

솔리틀이 침착한 어투로 수업을 시작했다.

"지난 두 달에 걸쳐서 너희들은 식물과 동물에 심혼, 즉

애니마를 심어서 그들을 컨트롤하는 마법을 배웠을 것이다. 몇몇 재능이 있는 후보들은 이미 곰이나 늑대와 같은 맹수들을 컨트롤하는 수준에 도달했을 테지."

일부 후보들이 자랑스러운 듯 어깨를 으쓱했다. 솔리틀의 말대로 늑대나 곰의 컨트롤에 성공한 후보생들이었다.

솔리틀이 음악을 지휘하듯이 손을 휘휘 저으며 말했다.

"하지만 고체계 애니마는 이와 또 다르다. 식물이나 동물에 애니마를 투영하고 정신을 연결하는 것은 상식적으로 이해하기 쉬울 수도 있어. 예를 들어서 식물이나 동물의 영혼과 너희들의 영혼이 하나의 끈으로 길게 연결한다고 상상할 수 있잖아?"

실제로 그런 방법을 사용했던 자들이 고개를 주억거렸다.

솔리틀이 빙그레 웃었다.

"하하하. 마법은 원래 상상력의 산물이므로, 일단 너희들의 뇌 속에서 구체적인 상상이 가능해지면 마법이 성공할 가능성도 훨씬 높아지거든. 그런데 고체계는 또 다르단다."

"아!"

솔리틀의 마지막 말에 도제생 후보들이 안색을 굳혔다.

"고체계는 식물이나 동물계와 완전히 달라. 우리 고체계

도제생 후보의 일상 187

열들은 흙이나 금속, 벽돌과 같은 고체 물질에 애니마를 투명해야 하거든. 한데 이러한 고체는 살아 있는 생명체가 아니란 말이지."

솔리틀이 손가락을 까딱거리면서 강단 위를 왔다 갔다 했다. 도제생 후보들의 초롱초롱한 눈동자가 솔리틀을 쫓아 좌우로 왕복했다.

솔리틀이 웃는 낯으로 화두를 던졌다.

"그럼 무생물 속에 어떻게 애니마를 투영할 수 있을까? 어떻게 나와 연결고리를 만들어서 고체 덩어리를 움직일 수 있을까?"

아무도 솔리틀의 질문에 대답하지 못했다.

솔리틀은 그럴 줄 알았다는 듯이 말을 이었다.

"답이 탁 막혔지? 그렇게 상상이 끊기는 순간 마법의 발현도 끝이다. 하하하."

솔리틀은 사람 좋게 웃었으나, 그의 수업을 듣는 수강생들은 도무지 웃을 수가 없었다. 교관의 말을 듣고 보니 이번 달 수업이 아주 힘이 들 것처럼 느껴진 탓이었다.

거기에 솔리틀이 한 가지 충격을 더해 주었다.

"그래서 고체계열이나 유동계열의 메이지가 되려면 특성을 타고나야 해. 라인 메이지님들도 그러시지만, 고체계 애니마 메이지님이나 유동계 애니마 메이지님들은 노력보다는 특성을 타고나신 분들이셔. 그러니 너무 애쓰지 마라."

"네에?"

너무 애쓰지 말라는 솔리틀의 충고에 도제생 후보들이 눈을 동그랗게 떴다.

솔리틀이 쾌활하게 웃었다.

"하하하. 어차피 재능이 없으면 이 분야는 시도조차 해 보기 어렵거든. 그러니까 너무 힘 빼지 말고 그냥 한 번 도 전만 해봐. 그래서 잘 되면 이쪽 길을 걷고, 잘 안 되면 포 기해. 괜히 되지도 않을 거 애만 쓰지 말고 차라리 그 시간 에 다른 계열의 마법을 더 연습하는 편이 너희들에게도 도 움이 될 게다. 하하하하."

솔리틀 딴에는 사람들을 배려해준다고 이렇게 말했다. 그 충고가 오히려 도제생 후보들의 마음을 더욱 무겁게 만 들었다.

분위기가 딱딱해지자 솔리틀이 당황했다.

"아이고. 그렇게 정색할 것 없다니까. 내가 너희들을 약 올리려고 한 이야기가 아니고, 너희들이 내 동생 같아서 진 심으로 충고해준 것뿐이야. 너희들보다 먼저 내 수업을 들 었던 동기들이 있잖아? 걔들도 한 모둠 당 100명 정도가 수업을 들으면 그중 10명 이내만 애니마 투영에 성공했어.

돌이나 쇠에 애니마를 심어서 마법 구현을 성공한 친구가 고작 10명도 되지 않았다니까. 나머지 대부분 실패했으니까 너희들도 그렇게 미리 낙담하지 마."

그 즉시 여기저기서 수군거리는 소리가 들렸다.

"고작 10명?"

"으으으."

도제생 후보들의 표정이 한결 어두워졌다.

마음이 약한 솔리틀은 더더욱 당황했다.

"얘들아, 내가 너희들을 좌절시키려고 비꼬아서 하는 소리가 아니라니까. 고체계 애니마는 어차피 안 될 사람은 안 되는 거니까 차라리 마음을 비우고 편하게……. 아니. 아니. 그렇게 더 어깨가 처지면 안 되고. 어이쿠."

결국 솔리틀이 손으로 자신의 이마를 짚었다.

솔리틀이 열심히 떠들어댈 동안 이탄은 상대를 가만히 관찰했다. 이탄의 왼쪽 눈 망막에 투명한 창이 떠올랐다.

— 종족: 필드 일족 (법사 계열)

— 주무기: 스태프

— 특성 스킬: 청동 애니마, 마나 증폭

— 성향: 백

— 레벨: B+

— 주 출몰지역: 언노운 월드 평야
— 출몰빈도: 중간

　6월 모둠의 교관인 나툴은 특성 스킬이 무려 5개나 되었으며 레벨은 B+였다.
　반면 솔리틀의 레벨은 나툴과 같았으나 특성 스킬이 단 2개뿐이었다.
　'B+이면 피사노교의 동기들보다는 한 등급 아래군.'
　이탄이 미세하게 고개를 주억거렸다.
　그때였다. 솔리틀이 사람들을 앞으로 불러 모았다.
　"어휴우, 안 되겠다. 차라리 이렇게 하자. 너희들 모두 한 명씩 내 앞으로 나와 봐."
　솔리틀은 둥그런 쇠벽돌과 구리벽돌, 금괴, 은괴, 암석, 진흙, 모래를 강단 앞에 쭉 늘어놓았다. 그 다음 학생들을 한 명씩 앞에 세워서 손을 앞으로 뻗도록 만들었다.
　첫 번째 학생이 쇠벽돌을 향해 양손을 감싸듯이 뻗었다.
　"자, 눈을 감고 정신을 집중해. 그 다음 저 쇳덩어리가 네 손아귀 안에서 진흙처럼 주물러진다고 상상해라."
　"네."
　청색머리 소년이 정신을 집중했다.
　로프트라는 이름의 이 소년은 6월 모둠 내에서 성적이

우수하기로 소문 난 모범생이었다. 그는 마법 이해도와 마나 운용이 뛰어날 뿐 아니라 워 메이지 분야에서도 고르게 점수가 좋았다. 또한 특성을 타고나지 않으면 불가능하다는 라인 메이지 분야에서도 탁월한 성취를 드러내었다.

요새 교관들 사이에서는 '만약 6월 모둠에서 도제생으로 선발되는 학생이 있다면 로프트가 그 첫 번째일 것.'이라는 평가가 은근히 떠돌았다.

로프트는 그만큼 재능이 뛰어났다.

Chapter 4

그 로프트도 쇳덩어리를 진흙처럼 주무르는 마법은 쉽지 않았다. 로프트는 커다란 불곰을 길들였던 것처럼 자신의 영혼을 쇠에 투명시키려고 무던히 애를 썼다. 로프트의 이마에 굵은 땀방울이 송글송글 맺혔다.

솔리틀이 로프트의 등에 자신의 손을 밀착했다.

로프트가 흠칫하자 솔리틀이 그를 진정시켰다.

"놀라지 말고 계속 애니마의 투영에 집중해라. 그 다음 내가 너의 몸을 거쳐서 저 쇠에 애니마를 투영할 테니 그 감각을 잘 익혀두어라."

"네, 교관님."

로프트가 흐트러진 정신을 다시 추슬렀다.

솔리틀은 애니마를 하나 만든 다음, 그것을 로프트의 등으로 들여보냈다.

로프트가 바르르 전율했다.

솔리틀은 싱긋 웃은 뒤, 자신의 애니마를 로프트 손을 통해 밖으로 내보냈다. 그런 다음 쇠공에 애니마를 투영하여 깊숙이 결합시켰다.

"이제 손가락을 움직여 봐."

"네."

솔리틀의 지시에 따라 로프트가 손가락을 이리저리 움직였다.

5미터쯤 떨어진 곳에서 쇠공이 저절로 움직여 이리저리 일그러졌다. 로프트의 손가락 움직임과 보조를 맞춰서 와락, 와락, 쥐락, 펴락.

"와아아!"

"대단하다."

사람들이 모두 탄성을 질렀다.

솔리틀은 그제야 로프트의 등에서 손을 떼고는 숨을 길게 내쉬었다.

"후우우우우—. 자. 다들 봤지? 다음 사람이 앞에 나와서 고체에 애니마를 투영하는 테스트를 한 번씩 해보자. 너희들 몸으로 직접 겪어보고 나면 느낌이 올 거야. 이쪽 계열에 적성이 있는지 없는지 말이다."

솔리틀이 두 번째 학생을 도와주는 동안, 로프트는 혼자서 진흙을 움직여보려고 노력했다.

잘되지 않았다. 고체를 심혼과 연결하여 컨트롤하는 것은 생각보다 쉬운 일이 아니었다. 자존심이 상한 듯 로프트가 입술을 꽉 깨물었다.

그러는 사이 솔리틀은 학생들 한 명 한 명을 친절하게 도와주었다.

제아무리 솔리틀이 고체계 애니마 교관이라고 해도, 92명이나 되는 사람들을 일일이 도와주는 것은 그리 쉬운 일은 아니었다.

그래도 솔리틀은 지친 기색을 내비치지 않고 사람들의 몸에 고체계 애니마의 투영 느낌을 전달해주려고 애썼다. 솔리틀은 정말 좋은 선생님이었다.

마침내 91번째 학생이 끝나고, 마지막으로 이탄의 차례가 되었다.

오늘 재능을 보인 학생은 딱 4명뿐.

고체계 애니마의 특성을 타고 태어난 이 4명의 학생들은 솔리틀의 도움을 조금 받은 뒤에는 쇠공을 수 센티미터 움

직이거나, 진흙을 주물러서 길쭉하게 만드는 데 성공하거
나, 벽돌을 세로로 일으켜 세웠다. 혹은 세로로 세워진 벽
돌을 다시 눕히기도 했다.

"휴우, 이 모둠에는 최소한 4명의 특성 보유자가 있네. 앞
으로 한 달간 수업을 들으면 몇 명 더 재능이 개발될 거야."

솔리틀이 손으로 부채질을 하면서 이렇게 중얼거렸다. 91
명이나 도와주다 보니 솔리틀의 몸도 온통 땀투성이였다.

그때 로프트가 기적을 일으켰다.

쭈우욱―.

네모반듯한 구리 벽돌이 로프트의 손짓에 따라 바게트
빵처럼 길쭉하게 늘어난 것이다.

"어어? 특성 보유자가 4명이 아니라 5명이네?"

솔리틀의 눈이 휘둥그레졌다.

"와아아, 역시 로프트다."

"로프트는 정말 대단하구나."

동기들이 탄성 반 질투 반의 눈빛으로 로프트를 바라보
았다.

"아하하하. 이게 되는구나. 하하."

구리 벽돌을 컨트롤한 것으로 기력이 다한 듯 로프트가
강의실 바닥에 주저앉았다. 그리곤 날아갈 것 같은 눈빛으
로 웃음을 터뜨렸다.

마지막으로 이탄이 강단 앞으로 나왔다.

그 즉시 여기저기서 수군거리는 소리가 들렸다.

"에이, 저 사람은 왜 또 나와?"

"어차피 안 될 건데 그냥 포기하지."

"그러게 말이야. 교관님도 저렇게 힘들어하시는데 양심도 없나? 어차피 실패할 거잖아."

순간 이탄의 눈썹이 꿈틀했다.

솔리틀이 이탄을 보며 환하게 웃었다.

"네가 마지막인가? 좋아. 우선 이 앞에 서라. 그 다음 앞에 학생들이 했던 것처럼 저 고체 물질에 한 번 애니마를 투영해보려고 노력해봐. 그러고도 잘 안 되면 내게 뒤에서 좀 도와주마."

이미 꽤나 지친 듯 솔리틀은 숨을 헐떡거렸다.

"네. 교관님."

이탄은 가장 먼저 진흙 앞에 섰다.

애니마?

이탄은 그게 뭔지 이해하지 못했다. 교관은 고체에 애니마를 투영하라고 하는데, 그걸 어떻게 하는 것인지 감도 잡히지 않았다.

이탄이 믿는 것은 오직 하나였다.

'쫄쫄 흐르는 마나를 최대한 끌어올린다. 여기에 간철호

의 대지마법을 더해서 진흙을 움직인다. 소일 쉴드!'

이탄의 두 손에서 마나가 화악 방출되었다.

그 즉시 5미터 밖의 진흙이 크게 부풀어 가로 1미터, 세로 2미터 크기의 튼튼한 방패가 되었다.

"헉?"

솔리틀이 깜짝 놀라 이탄의 앞으로 뛰어나왔다.

"뭐야?"

지켜보던 학생들도 동시에 벌떡 일어났다.

이탄이 오른손을 뻗어 소일 쉴드를 그대로 유지한 상태에서 모래를 향해 왼손을 뻗었다. 소일 쉴드를 유지하고도 남은 마나가 모래더미로 향했다.

휘리리릭—.

모래가 허공으로 휘말려 올라가 여신의 조각상 형태를 갖추었다.

이건 시작에 불과했다.

Chapter 5

'사악한 힘은 봉인했으되 신성력은 봉인하지 않았지. 어차피 시시퍼 마탑에서는 내가 모레툼의 신관이라는 사실을

알고 있을 거야. 여기 있는 후보들은 그 사실을 모를 테지만 말이야.'

이탄은 내친김에 '연은의 가호'도 함께 펼쳤다.

소일 쉴드와 모래 조각상을 유지하느라 마나는 거의 고갈된 상태지만, 이탄의 신성력은 아직 풍부하게 남아 있었다. 그 신성력이 연은의 가호로 발휘되었다.

취릭!

모래 옆 은괴가 갑자기 허공으로 떠올랐다. 그 다음 은괴의 끝단으로부터 은실이 줄줄이 뽑혀 나왔다.

그 은실이 허공에 그림을 그렸다. 마치 뛰어난 화가가 은색 연필로 시시퍼 마탑의 모습을 그려내는 것처럼, 강의실 허공에 멋진 스케치가 하나 완성되었다.

"허어억?"

솔리틀이 입을 쩍 벌렸다.

로프트가 "어어어어." 소리를 냈다.

다른 동기들도 모두 기겁했다.

'하하하. 봤느냐? 이게 바로 나다. 이게 바로 내 실력이야.'

이탄은 비로소 한이 풀리는 기분이었다. 마나 보유량이 낮아 그동안 열등생으로 억눌려 지냈던 억울함이 한순간에 다 풀리는 듯했다.

'다들 봐라. 내가 너희들에게 무엇을 보여주는지 지켜보란 말이다.'

잔뜩 고양된 마음에 이탄은 한 발 더 나갔다. 그는 마나고갈을 염두에 두지 않고 사각형의 소일 쉴드를 둥근 원형 방패로 바꾸었고, 여신의 조각상을 물고기 조각상으로 변형시켰으며, 은실을 다시 똘똘 뭉쳐서 둥그런 쟁반을 만들어내었다.

이탄의 머릿속에는 온통 마법에 대한 생각만 가득했다. 또한 흙과 모래, 금속을 다루는 것에만 몰두했다.

지금 이탄은 마나 부족에 대한 걱정도, 그동안 쌓인 울분을 풀어내려는 마음도, 퀘스트에 대한 부담감도, 모두 잊었다.

심지어 이탄은 사악한 힘을 들킬지 모른다는 걱정까지도 모두 잊고 오로지 고체를 컨트롤하는 일에만 집중했다.

그러던 한순간이었다. 깨달음이 벼락처럼 이탄을 찾아왔다.

콰쾅!

이탄의 뇌 속에 천둥이 한 발 떨어져 내린 것 같았다.

어느 순간부터 이탄은 마나 배열에 신경 쓰지 않았다. 처음에는 간철호의 방법대로 마나를 배열하여 흙 속에 불어넣고, 그것으로 소일 쉴드를 구현하였다. 그런데 소일 쉴드와 동시에 모래 조각상도 만들고 은괴도 컨트롤하다 보니 이탄의 머릿속에서 마나 배열에 대한 생각이 완전히 잊혀 졌다.

'그런데 희한도 하지.'

마나 배열 없이도 소일 쉴드는 다양한 방패 형태로 저절 로 변형했다. 모래도 이탄이 머릿속에 떠올리는 형상을 그 대로 재현했다. 이탄이 물고기를 떠올리면 물고기 모양으 로 변했고, 이탄이 새를 상상하면 새조각상이 되었다.

은괴는 말할 것도 없었다.

모래가 뭉쳐서 새의 조각상을 만들 때, 은괴의 일부가 떨 어져 나가서 새의 부리와 날개 깃털이 되었다.

이제 새의 몸통은 모래고, 부리와 발톱, 깃털은 은이었 다.

그 위에 진흙 쉴드가 겹쳐서 갑옷이 되었다. 갑옷을 입은 새 조각상이 강의실 허공을 훨훨 날아다녔다.

이탄이 고개를 갸웃했다.

'이건 마나 배열이 아니야. 이건 연은의 가호도 아니고, 간씨 세가의 마법은 더더욱 아니라고. 그렇다면 이건 뭐 지?'

어느 순간부터 이탄은 자신이 무슨 짓을 하는지도 알 수 없었다. 이탄은 완전히 혼돈의 상태에 빠져버렸다.

이 어지러운 카오스 속에서 마나와 신성력의 구분은 무의미하였다. 의지가 마나 배열이라는 수단을 통해 구현되는 것이 아니라, '의식'이 곧 '구현'이고 '실체'가 되는 단계가 이탄을 찾아왔다. 지독한 어지러움 속에서 이탄이 상상하는 모든 것들이 모래와 진흙, 은괴를 통해 현실로 드러났다.

거기에 쇠뭉치까지 더해졌다.

달그락 소리와 함께 허공으로 떠오른 바게뜨 모양의 쇠뭉치는, 이윽고 명품 대장장이의 손이라도 거친 것처럼 정교한 쇠갑옷으로 변신했다.

모래가 그 갑옷 속으로 쑤우욱 빨려 들어가 기사의 모습을 갖추었다.

은괴가 실처럼 가느다랗게 뽑혀 나와 빙글빙글 돌더니 말의 모습으로 변했다. 쇠갑옷을 입은 기사가 말 위에 휘익 올라탔다.

진흙은 다시 둘로 나뉘었다. 그중 하나는 방패가 되고 다른 한 덩어리는 기다란 흙의 창이 되었다.

모래 기사가 흙으로 만들어진 무기와 방어구를 손에 잡았다.

그즈음 금괴와 구리벽돌도 이탄의 컨트롤 범위 안으로 들어왔다. 얇게 펴진 구리 벽돌은 펄럭거리는 망토가 되어 모래 기사의 몸통을 휘감았다. 황금빛으로 번쩍거리는 금괴는 투구와 매로 변했다.

머리에 금투구를 쓰고, 몸에 쇠갑옷을 입고, 소일 쉴드와 소일 랜스(Soil Lance: 흙의 창)를 손에 든 모래 기사가 은빛 말을 타고 구리 망토를 펄럭이며 강의실 안을 따그닥 따그닥 돌아다녔다. 모래 기사의 팔뚝에는 금빛 매가 고고하게 앉아 전방을 주시했다.

"으어어?"

"으어어어."

도제생 후보들은 놀라다 못해 아예 기절할 지경이 되었다.

솔리틀도 심장이 거의 멎을 뻔했다.

다들 기겁을 하느라 미처 눈치채지는 못했지만, 진흙으로 만들어진 소일 쉴드나 소일 랜스, 그리고 모래 기사에 비해서 금투구나 쇠갑옷, 구리 망토, 그리고 금빛 매와 은빛 말은 훨씬 더 정교하고 디테일했다. 이탄이 흙 종류보다 금속을 다루는 것이 더 익숙하다는 의미였다.

아니, 그 정도를 넘어섰다. 이탄이 만들어낸 금투구와 쇠갑옷, 구리 망토, 은빛 말, 금빛 매는 조각상이 아니라 마치 진짜 갑옷과 진짜 말, 진짜 매, 그리고 진짜 망토처럼 생동감이 넘쳤다.

콰콰쾅!

이탄의 뇌 속에 다시금 벼락이 작렬했다.

'이건 나의 의지다.'

이탄은 비로소 깨달았다.

'내 의지에 금속과 흙이 반응하는 거야. 내 의지가 금속
과 흙에 투영되어서 그것들을 컨트롤하고 있다고.'

Chapter 6

애니마!

심혼!

그게 무엇인지는 여전히 모호했다.

하지만 이탄은 자신의 애니마가 금속에 투영되어 금속을
자유자재로 컨트롤하고 있다는 사실을 깨닫게 되었다.

萬金制御(만금제어)

불현듯 이 네 글자가 이탄의 뇌리에 틀어박혔다.

이것은 이탄의 영혼 깊숙한 곳에 각인된 글자였다. 오래
전 이탄이 간씨 세가에서 목이 잘려 망령목에 매달렸을 때,
꼽추노인 운보는 이탄의 뇌에 붉은 침을 하나 찔러 넣었다.

그 붉은 침의 표면에는 이 세계의 문자가 아닌 다른 세계의 문자가 네 글자씩 사면에 골고루 새겨져 있었다.

그중 셋이 이미 이탄과 하나가 되어 이탄에게 영향을 끼쳤다.

가장 먼저 복리증식(複利增殖).

이탄은 이 권능을 통해 마나를 복리로 불려나가는 것이 가능해졌다.

이어서 적양갑주(赤陽甲冑).

이탄은 이 권능을 통해 절대 방어력을 얻었다.

세 번째로 분혼기생(分魂寄生).

이탄은 이 권능으로 밍니야와 간철호를 제 몸처럼 사용하게 되었다.

여기에 한 가지가 더해졌다.

네 번째 권능, 세상의 모든 금속을 제어할 수 있는 엄청난 권능, 만금제어가 드디어 이탄의 손에 들어온 것이다.

"터졌다며?"

나틀이 물었다.

솔리틀이 멍한 얼굴로 대꾸했다.

"터졌지. 터져도 아주 오지게 터졌지. 내가 시시퍼 마탑에 들어온 지 벌써 16년이 되었건만 이렇게 하루아침에 특성이 터져서 만발하는 경우는 처음 목격했다네."

나툴이 눈매를 가늘게 좁혔다.

"자네 지금 만발이라고 표현했나?"

"그래. 만발이라고 표현하였지. 이건 특성 개화 정도가 아니야. 단지 꽃망울이 열려서 개화한 정도를 넘어서서, 아주 만발했다고. 만발."

솔리틀은 만발이라는 단어를 재차 강조했다.

나툴이 솔리틀을 채근하였다.

"그래서? 아시프 님께서 그 이탄이라는 녀석을 데려가셨다고?"

"데려가셨지."

"녀석은 지금 자네 수업을 듣는 중이잖아. 그런데 수업도 빼고 데려가셨어?"

나툴이 어이없다는 듯이 물었다.

솔리틀이 나툴을 빤히 바라보았다.

"그걸 말이라고 해? 수업을 빼는 게 당연하지."

"하지만 수업은 신성한……."

나툴이 뭐라고 하려고 했으나, 솔리틀이 그 말을 끊었다.

"나툴, 자네가 무슨 주장을 하려는지 잘 알겠네. 하지만 솔직하게 말해서 이탄이라는 녀석이 내 수업을 듣는 것 자체가 오히려 이상한 일이야."

"뭐어?"

"이탄은 더 이상 내게 배울 것이 없어. 아니, 내가 그 녀석을 가르칠 자격이 없다고."

"뭐어어?"

"쇠와 은과 진흙과 모래를 동시에 컨트롤하는 능력! 다양한 고체들을 자유자재로 조합하여 말 탄 기사를 만들어 내는 그의 재능! 나 따위 도제생은 도저히 꿈도 꾸지 못할 경지야."

얼마 전 이탄이 보여준 이적을 떠올리면서 솔리틀은 눈이 몽롱하게 풀렸다. 그러다 벌떡 일어나 나툴을 직시했다.

"내 솔직히 말함세. 내가 이탄을 가리킬 자격이 없는 것은 물론이고, 마법사님들도 자격이 있을지 알 수 없다네. 우리 고체계 애니마 메이지님들도 이탄이 보여준 이적을 똑같이 재현해 내실 수 있을지 의문이야."

파격적인 주장이 솔리틀의 입에서 튀어나왔다. 솔리틀은 감히 '도제생 후보가 시시퍼 마탑의 정식 마법사들보다 더 뛰어날지 모른다.'고 평가했다. 나툴이 황급히 솔리틀의 입을 틀어막았다.

"헉! 자네 말조심하게. 그런 폭탄선언을 함부로 했다가는 메이지님들께 크게 경을 칠 수 있음이야."

"나도 알아. 하지만 그게 사실인 걸 어떻게 해?"

솔리틀이 나툴을 멀뚱멀뚱 바라보았다.

나툴은 기가 막혀서 아무런 대꾸도 하지 못했다.

수업시간에 이탄이 보여준 이적은 시시퍼 마탑 전체를 발칵 뒤집어 놓았다.

물론 마법에만 몰두하여 세상 돌아가는 이야기에 귀를 닫은 일부 마법사들은 이번 사건에 대해서 알지도 못했다. 하지만 조금이라도 세상사에 관심이 있는 마법사들은 눈을 동그랗게 뜨고 이탄을 주목했다.

막상 이탄은 이 사실을 인지하지 못했다. 그는 그저 아시프 학장에게 불려 올라간 점이 귀찮을 뿐이었다.

'어휴우. 내가 왜 그랬을까?'

이탄은 수업 시간에 벌인 일들을 후회했다.

'내가 미쳤지. 이렇게 주목을 받으면 곤란한데 내가 왜 그렇게 앞뒤 가리지 않고 설쳐댔을까? 차라리 그냥 열등생으로 남을걸.'

이탄은 주변에서 그에게 무능하다고 손가락질하는 소리가 정말 듣기 싫었다. 그래서 한 번 거하게 실력을 드러냈는데, 그 파급효과가 이렇게 클 줄은 미처 몰랐다.

아니, 이건 이탄의 계산 착오는 아니었다. 원래 이탄은 간씨 세가의 마법으로 소일 쉴드를 만드는 것만 계획했었다.

그런데 갑자기 금속이 이탄의 의지에 반응하고 애니마 투영에 성공하면서 엄청난 대사건을 저질러 버렸다.

'거기에 더해서 만금제어의 권능까지 발현될 줄이야!'

이렇게 따지면 이탄은 이번 사건으로 인해 얻은 것이 많았다. 생활이 번거롭게 된 것은 문제지만, 덕분에 이탄은 고체 계열의 애니마를 확실히 각성했고 만금제어의 권능까지 얻었으니 남아도 톡톡히 남는 장사였다.

'고체계 애니마라…….'

이탄이 손가락을 꼼지락 꼼지락 움직였다.

별 뜻 없이 움직인 손가락에 호응하여 주석으로 만든 화병이 허공으로 떠올라 이리저리 찌그러졌다. 화병에 담긴 물이 바닥에 쏟아지고 꽃이 후두둑 낙하했다.

이탄은 그것도 모르고 계속 손가락을 꼼지락거렸다.

Chapter 7

"허어."

이탄의 등 뒤에서 탄성이 터졌다.

"엇?"

이탄은 그제야 사태를 깨닫고 벌떡 일어났다.

애니마의 연결이 끊기자 주석 화병이 바닥에 떨어져 땡 그랑 소리를 내었다.

"앗, 죄송합니다."

이탄이 황급히 달려가 화병과 꽃을 주웠다.

아시프가 소리 내어 웃었다.

"허허허. 괜찮네. 괜찮아. 그리 당황하지 말게."

아시프 학장은 이탄을 안심시킨 다음, 이탄의 맞은편에 앉았다.

이곳은 아시프의 집무실.

발목까지 치렁하게 늘어진 수염을 두 번 접어서 무릎 위에 올려놓은 뒤, 아시프가 이탄을 물끄러미 살폈다.

아시프의 얼굴은 비록 주름투성이였지만, 그의 눈동자는 어린아이의 그것처럼 맑았다. 그 투명한 눈빛이 이탄의 속을 훤히 꿰뚫어 보는 것 같았다. 이탄의 동공이 불안하게 흔들렸다.

아시프가 거듭 웃음을 터뜨렸다.

"허허허허. 그것참 순진한 학생이구먼. 그토록 뛰어난 특성을 소유했으면 다소 오만해도 될 법한데, 뭐가 그리 불안하여 가시방석에 앉은 것 같은가?"

"네에? 아, 네. 죄송합니다."

이탄이 뒤통수를 긁었다.

이곳 언노운 월드에서 이탄의 생체 나이를 굳이 따지자면 스물둘, 즉 22세였다.

하지만 7년 전 정체불명의 마녀에 의해 언데드가 된 이후로 이탄의 외모는 더 이상 나이가 들지 않았다. 덕분에 이탄은 곱상한 미소년, 혹은 소년과 청년의 중간 나이 정도로밖에 여겨지지 않았다.

'거 참. 파일에는 22세로 나이가 적혀 있던데, 이건 너무 동안인데?'

아시프가 속으로 입맛을 다셨다.

'아무리 봐도 체내에 마나가 풍부한 것 같지는 않아. 그건 분명해.'

아시프는 다시 한 번 이탄을 꼼꼼히 훑어보았다.

'그럼에도 불구하고 흙과 모래, 쇠, 구리, 은을 동시에 컨트롤할 만큼 애니마가 견고하다니 이거 놀랍구먼. 아니, 놀라운 정도를 넘어서 이건 기적이야.'

이렇게 뛰어난 천재가 고체계를 제외한 다른 마법에는 황당하리만치 재능이 없다는 사실도 참으로 의외였다. 아시프가 파악한 바에 따르면, 이탄의 마나 운용 능력은 바닥이었다. 마법 구현이나 실전 능력도 볼품이 없었다. 그나마 인지 능력 및 감응력이 뛰어난 점은 주목할 만했다.

아시프가 고개를 갸웃거렸다.

'오로지 외길 인생인가? 고체계 애니마에만 완전히 특화되었고 다른 마법은 거의 바닥에 가까운, 폐쇄형 천재? 그런데 고체계 애니마가 워낙 강력하다 보니 주변 마나 변화를 감지하는 감응력만 뛰어났던 것일까?'

아시프는 얼추 200살에 가까운 노마법사였다. 당연히 경험도 풍부하고 식견도 뛰어났다. 그런 아시프도 이탄은 잘 파악이 되지 않았다.

'내 눈이 정확하다면 이 녀석의 마나 보유량은 정말 볼품이 없다. 그런데 그렇게 미약한 마나만으로도 다양한 종류의 고체를 자유롭게 컨트롤하다니, 정말 이건 괴물이라고밖에 설명할 길이 없구나. 이 녀석 자체가 천재를 뛰어넘은 기적이야. 기적.'

아시프 학장은 자신도 모르게 이탄을 전설 속의 대마법사와 비교했다.

'1,200년 전 우리 시시퍼 마탑의 수준을 한 단계 높여 놓았다는 전설의 대마법사 어스 님 이후로 이런 기적은 또 없을 게야. 크허어어. 내 눈으로 기적을 마주하게 될 줄이야.'

대마법사 어스의 존재는 외부에 잘 알려져 있지 않았다. 그는 시시퍼 마탑의 마법사들 중에서도 최고위급 사이에서만 알음알음 입으로 전해지는 존재였다.

하지만 대마법사 어스가 시시퍼 마탑에 끼친 영향은 실로 지대했다.

대마법사 이전 시대에 시시퍼 마탑은 오로지 워 메이지만 육성했다. 탱커계와 공격계, 힐러계와 암살계 마법사들이 하나의 팀을 이룬 다음, 저 사악한 피사노교와 맞서 싸우는 것이 시시퍼 마탑의 주력 운용 방법이었다.

대마법사 어스가 이 틀을 크게 바꿔놓았다.

대마법사는 후배 마법사들에게 '애니마'라는 개념을 처음 가르쳤다.

그 후 시시퍼 마탑에는 식물과 동물, 고체와 액체, 기체를 자유롭게 다루는 뛰어난 마법사들이 대거 등장했다.

이어서 대마법사는 후배 마법사들에게 '결계'의 개념도 알려주었다.

그 후 시시퍼 마탑에는 네 종류의 라인 메이지가 자리를 잡았다.

오로지 워 메이지만 존재하던 시시퍼 마탑에 애니마 메이지와 라인 메이지가 새로 등장하면서 마탑의 마법 계열도 4개에서 12개로 늘었다. 이 12개의 지파가 서로 보완 협력하면서 피사노교와 맞서 싸우는 능력도 한층 업그레이드되었다.

이것이 계기가 되어 시시퍼 마탑은 언노운 월드 최고의

마탑으로 거듭났으며, 결국엔 백 진영 모든 마법사들의 정신적 지주로 자리를 잡았다.

외부인들은 대마법사 어스의 존재를 알지 못했지만, 사실 대마법사야말로 시시퍼 마탑을 한 단계 위로 도약시킨 위대한 스승이었다.

아시프의 눈에는 전설 속의 대마법사가 이탄과 겹쳐 보였다. 그만큼 아시프가 이탄으로부터 받은 충격이 컸다.

그때 이탄이 말문을 열었다.

"저기 저……. 학장님."

아시프가 냉큼 반응했다.

"뭔가? 뭐든 말해보게."

"제가 언제까지 학장실에 머물러야 합니까?"

"왜? 이 자리가 불편한 겐가?"

아시프는 어떻게든 이탄과 좀 더 이야기를 나누고 싶었다. 그런데 이탄이 불편해하니 속이 바짝 탔다.

"다른 건 아니고, 수업을 듣지 못해서 좀 그렇습니다."

말을 꺼내면서 이탄이 아시프의 눈치를 살폈다.

아시프가 눈을 동그랗게 떴다.

"수업? 혹시 솔리틀의 수업 말인가?"

"네. 학장님."

아시프가 너털웃음을 터뜨렸다.

"어허허허허. 그래. 그래. 자네의 입장에서는 수업에 빠지는 것이 불편할 수도 있겠지. 2년 안에 탑의 14층까지 올라가야 하는데 이렇게 수업을 빼먹으니 심경이 복잡할 게야. 허허허허허."

'아닌데. 나는 14층이 아니라 4층까지만 올라가면 되는데.'

이탄은 속으로 이렇게 중얼거렸다. 당연히 겉으로는 내색하지 않았다.

Chapter 8

아시프가 웃음기 어린 얼굴로 이탄을 바라보다가 말을 이었다.

"허허허. 아무런 걱정하지 말게. 자네는 솔리틀의 수업을 들을 이유가 없다네. 다음 달에 들어가는 유동계 애니마 수업이라면 모를까, 고체계 애니마의 기초 수업은 자네에겐 맞지 않아."

"네?"

아시프가 손가락으로 천장을 가리켰다.

"내 솔직히 말함세. 고체계 애니마 계열만 따지자면, 지금 자네의 수준은 이미 마탑의 14층을 훌쩍 뛰어넘어 구름 위에 가 있다네. 그에 비해서 솔리틀 교관의 수업은 맨 밑바닥 기초에 불과하지."

"아!"

"그러니 자네는 굳이 솔리틀 교관의 수업을 들을 필요는 없어. 자네처럼 뛰어난 인물이라면 마땅히 그에 걸맞은 교육을 받을 권리가 있다는 것이 학장인 나의 생각이라네."

"감사합니다."

이탄이 아시프에게 꾸벅 목례를 했다.

아시프가 빙그레 웃었다.

"여기서 조금만 기다리게. 내가 자네에 관한 이야기를 마탑의 상층부에 논제로 올렸거든. 그러니까 조금만 있으면 마탑 상층부에서 회의를 열고 자네에 대한 방침이 정해져서 내려올 게야."

"방침이요? 어떤 방침을 말씀하시는 겁니까?"

이탄이 걱정스레 되물었다.

아시프가 또다시 너털웃음을 흘렸다.

"어허허허허. 자네는 정말 조심스럽고 조신한 성격이구먼. 허허허. 그리 걱정하지 말게. 어떤 방침이 결정되건 간에 자네에게 좋으면 좋았지 해가 되는 일은 없을 게야. 그건 내가 학장의 자리를 걸고 장담하지. 허허허."

'커헉. 내가 조심스럽다고? 조신하다고?'

이탄이 어이없다는 표정을 지었다.

만약 트루게이스 시의 모레툼 신도들, 혹은 은화 반 닢 기사단의 요원들이 아시프의 말을 들었다면 그들은 당장 뒷목부터 잡았을 것이다. 만약 간씨 세가의 사람들이나 코로니 군벌의 사람들이 이런 평가를 들었다면 당장 각혈을 했을 것이다.

늘 말보다 손이 앞서고, 수틀리면 곧바로 상대의 몸뚱어리부터 찢어버리는 괴물이 바로 이탄이었다. 심지어 과격함의 대명사인 타우너스 일족들도 이탄과 싸울 때면 무서워서 벌벌벌 떨었다.

그런 이탄이 조신하다는 평가를 받다니, 참으로 아이러니했다.

시시퍼 마탑의 최상위 메이지는 총 16명의 선지자들로 이루어졌다.

마탑의 탑주 1명.

애니마 메이지, 워 메이지, 라인 메이지를 대표하는 부탑주 3명.

12개 마법 지파의 지파장 12명.

이상 16명이 회의를 열어 마탑의 주요 의제를 결정하곤

했다.

이 가운데 오늘 회의에 참석한 사람은 11명이었다. 사실 16명의 선지자가 모두 참석하는 회의는 그리 많지 않았다. 시시퍼 마탑은 마법사들 개개인의 독립성을 중요시하는 편이라 회의 참석을 강요하지 않았다.

오늘 11명의 선지자들은 한 자리에 모여서 아시프 학장이 올린 보고서를 심의했다. 그중에서도 마법사들의 눈은 단 한 사람, 바로 애니마 메이지의 대표이자 시시퍼 마탑의 부탑주인 라웅고에게 쏠렸다.

오늘은 탑주와 부탑주 2명이 빠진 회의이기에 라웅고가 가장 높은 사람이었다.

라웅고는 고체계 애니마 메이지 출신이지만 고체계뿐 아니라 유동계, 동물계, 식물계 애니마에 고루 능통한 천재마법사였다. 하여 65세밖에 되지 않은 어린(?) 나이에 시시퍼 마탑의 부탑주가 되었다.

그렇게 젊은 나이에도 불구하고 소속 지파장들은 라웅고의 말을 잘 따랐다.

이걸 보면 라웅고가 단지 마법만 뛰어난 인물이 아니라 리더쉽도 충분하다는 사실을 알 수 있었다.

마법사들의 시선이 자신에게 쏠리자 라웅고가 깍지를 끼고 그 위에 턱을 얹었다.

촤라락—.

깍지 낀 라웅고의 손등에 어렴풋이 비늘의 흔적이 드러났다.

그렇다!

라웅고는 인간이 아닌 아인종.

그중에서도 가장 희귀하고 강력하다는 용인(龍人)이었다. 인간과 드래곤의 혼종이라는 용인 말이다.

"쎄숨 지파장님의 의견은 어떠십니까?"

라웅고가 쎄숨의 의견을 물었다.

"제 의견을 말씀드려도 되겠습니까?"

아담한 체형의 할머니 여마법사 쎄숨이 반짝거리는 눈으로 라웅고를 쳐다보았다.

쎄숨은 고체계 애니마 메이지 지파의 지파장이자, 한때 라웅고의 스승이었다. 그녀는 애니마 메이지들 가운데 가장 나이가 많은 인물로 마법사들의 존경을 한 몸에 받는 여인이기도 했다.

들리는 소문에 따르면 쎄숨의 현재 나이는 무려 300세가 넘는다고 했다.

제자인 라웅고뿐 아니라 시시퍼 마탑의 탑주도 쎄숨의 지혜를 높이 사서 종종 그녀에게 자문을 구하곤 했다.

쎄숨의 공식 서열은 마탑 6위.

하지만 쎄숨은 단순히 6위가 아니라 그 이상의 영향력을 지녔다.

라웅고가 고개를 끄덕였다.

"당연히 지파장님의 의견이 중요하지요. 어서 말씀해 보십시오."

부탑주의 허락이 떨어지자 쎄숨이 천천히 입을 열었다.

"도제생 후보 이탄을 단숨에 14층으로 끌어올려 정식 도제생으로 삼자는 아시프 학장의 요청에 저는 반대합니다."

"넷?"

의외의 말에 마법사들이 고개를 번쩍 들었다.

아시프의 평에 따르면, 이탄은 고체계 애니마 메이지의 틀을 한 단계 도약시킬 만한 괴물이었다.

다른 지파의 지파장들은 쎄숨이 당연히 이탄의 승급을 찬성할 것이라 생각했다. 심지어 일부 지파장들은 쎄숨이 이탄을 직접 제자로 삼겠노라고 선포할 것이라 추측했다.

한데 쎄숨의 입에서는 정반대 의견이 나왔다.

라웅고가 쎄숨에게 물었다.

"지파장님, 반대하시는 이유를 여쭤도 되겠습니까?"

쎄숨이 푸근한 미소로 답했다.

Chapter 9

"거기에는 세 가지 이유가 있습니다. 첫째. 이탄의 신분이 아직 명확하지 않습니다. 이 자리에 모이신 분들은 이미 아시겠지만, 그는 모레툼 교단의 신관이라 우리 시시퍼 마탑의 구성원이 될지 애매한 상태이며, 지난 몇 년간의 행적도 모호합니다. 얼마 전 탑주님께서 뛰어난 예지력으로 온 세상을 뒤져서 도제생 후보를 선발하셨고, 그 명단에 이탄의 이름이 들어 있어서 그가 도제생 후보가 되기는 하였지만, 만약 그를 우리 시시퍼 마탑의 정식 멤버로 들이려면 우선 모레툼 교단과 이 문제를 풀어야 할 겝니다."

쎄숨은 이탄의 특별승급을 반대하는 이유를 장황하게 늘어놓았다.

유동계 애니마 지파의 지파장이자 학장인 아시프가 쎄숨의 주장을 반박했다.

"쎄숨 님, 이탄 스스로 도제생 후보에 자원했다고 들었습니다. 그럼 모레툼 교단을 떠나서 우리 마탑에 들어온 것으로 봐도 되지 않을까요?"

쎄숨이 빙그레 웃었다.

"물론 학장님 말씀처럼 그렇게 볼 수도 있겠지요. 하지만 단순히 도제생 후보로 지원한 것과, 모레툼 교단을 탈퇴

하고 정식으로 시시퍼 마탑에 가입하는 것은 차이가 있습니다. 따라서 우리가 이탄을 특별승급 시키기 이전에 이 문제를 모레툼 교단과 외교적으로 풀어야 한다고 생각합니다."

"으음."

쎄숨의 주장은 틀리지 않았다. 아시프는 입을 꾹 다물었다.

쎄숨은 이탄의 특별승급을 반대하는 두 번째 이유를 밝혔다.

"또한 제가 읽은 보고서에 따르면, 이탄에 대한 평가가 아직 혼돈스러운 상태입니다. 그는 마나 운용을 비롯하여 여러 면에서 열등생이었습니다."

"하지만 이탄은 부족한 마나만 가지고도 엄청난 이적을 보여주었습니다. 그만큼 고체계 애니마가 확고하다는 뜻이지요."

아시프가 한 번 더 이탄의 편을 들었다.

쎄숨은 여전히 웃음을 머금고는 논쟁을 지속했다.

"그래서 기초를 좀 더 다질 필요가 있다고 봅니다. 이탄의 애니마가 확고하다는 것은 이 늙은이도 인정합니다. 하지만 그 아이는 아직 교관들에게 배울 것이 많습니다. 당장 마나 운용하는 방법부터 제대로 다시 배워야지요."

"그건 도제생이 된 이후 정식 스승으로부터 배워도 되는 것 아닙니까?"

아시프는 끝까지 이탄에 대한 지지 입장을 고집했다.

쩨숨이 포옥 한숨을 쉬었다.

"하아아. 물론 학장님의 말씀도 맞습니다. 하지만 도제생 후보 신분으로도 충분히 배울 수 있는 것을 굳이 특별 승급까지 시켜서 가르칠 필요가 있을까요? 이 늙은이는 그 이유를 납득하기 어렵군요."

그 말에 아시프의 안색이 나빠졌다.

쩨숨과 아시프 사이의 논쟁이 과열되자 라웅고 부탑주가 끼어들었다.

"쩨숨 지파장님, 하면 세 번째 반대 이유는 무엇입니까?"

"부탑주님, 이 늙은이가 이탄의 특별승급을 반대하는 세 번째 이유는 바로 형평성 때문입니다."

"으음. 형평성."

라웅고가 다시 깍지를 꼈다.

쩨숨은 조곤조곤 자신의 의견을 피력했다.

"지난 1,000년이 넘도록 우리 시시퍼 마탑에서 특별승급 대우를 해준 사람은 없었습니다. 만약 이번에 이탄에게 특별대우를 해준다면 수많은 도제생들이 상대적으로 박탈

감을 느낄 수 있으며, 그것이 질투가 되어 이탄에게 쏟아질 우려도 있습니다. 그럼 오히려 이탄도 부담감만 더 느끼고 마법적 성취가 늦어질 수 있지요. 이 늙은이는 바로 그 점을 우려한답니다."

쎄숨의 의견이 나름 타당한지라 다른 마법사들도 고개를 주억거렸다.

'푸우우.'

아시프가 속으로 한숨을 내쉬었다.

라웅고는 다른 지파장들의 의견도 물었다.

특별히 쎄숨의 의견에 반대하는 지파장들은 없었다. 시시퍼 마탑 마법사들의 성향상 해당 지파의 지파장인 쎄숨이 반대 의견을 내면 그걸 뒤집기는 힘들었다. 심지어 부탑주인 라웅고도 쎄숨의 의견에 반대하지는 못했다.

'푸하아아. 어렵구나.'

오직 아시프만이 안타까운 마음에 고개를 절레절레 저었다.

라웅고가 마지막으로 쎄숨의 의견을 재확인했다.

"하면 쎄숨 지파장님께서는 이탄의 특별승급은 필요 없으며, 현재의 교육 방침대로 계속 진행하는 편이 더 좋다는 의견이시지요?"

"그렇습니다. 그러는 편이 우리 시시퍼 마탑의 전통에도

더 부합하고, 이탄 개인에게도 더 좋다고 생각합니다. 부탑
주님께서 이 늙은이의 의견을 물어주셔서 감사합니다."

쎄숨은 이런 말로 마무리를 지었다.

한때 쎄숨의 제자였던 라웅고의 입장에서는, 옛 스승이
이렇게까지 말하자 그 뜻을 꺾기 어려웠다.

"후우우. 알겠습니다. 하면 아시프 학장님의 특별승급
제안은 없던 것으로 하겠습니다. 오늘 회의는 여기까지 하
시지요."

라웅고가 먼저 자리에서 일어났다.

다른 지파장들도 손을 탁탁 털고 몸을 일으켰다. 오직 아
시프만이 제자리에서 손으로 이마를 짚고 고개를 푹 숙였다.

그 모습을 본 쎄숨이 알쏭달쏭한 표정을 지었다.

"으으음. 자네에게 면목이 없네. 정말 미안하이."

아시프가 어두운 안색으로 말문을 열었다.

이탄이 어리둥절하여 반문했다.

"네에?"

"특별승급을 통해 자네에게 걸맞은 교육 방법을 마련하
려고 하였는데, 잘되지 않았어. 아무래도 지금까지 받아온
교육을 계속 받아야 할 것 같으이."

"아, 뭐 그거야 당연한 것 아니겠습니까? 하면 저는 오

늘부터 다시 수업에 들어가도 되는 겁니까?"

이탄은 아시프가 특별승급을 건의했다는 사실을 알지 못했다. 알았다고 해도 특별승급에 응할 마음도 없었다.

어차피 이탄은 14층까지 올라가서 마탑의 도제생이 될 마음이 없었다. 그저 4층에 무사히 도착해서 이번 퀘스트만 마치고 싶을 뿐이었다.

'어서 이곳을 떠야 봉인했던 음차원의 마나도 다시 해제하지. 시시퍼 마탑의 마법사가 되어서 이곳에 영원히 뼈를 묻을 생각 따위는 눈곱만큼도 없어.'

시시퍼 마탑의 마법사들은 특별한 경우가 아니면 마탑을 벗어날 수 없었다. 이것이 마탑의 율법이었다.

이탄은 그런 해괴한 율법에 얽매이고 싶은 생각이 눈곱만큼도 없었다.

Chapter 10

'내가 피 같은 돈을 얼마나 처들여서 트루게이스 지부 운영권을 따냈는데? 최대한 빨리 노예 생활을 청산하고 트루게이스로 돌아가서 꿀이나 빨며 살아야지, 무엇 하러 이까다로운 마탑의 마법사가 돼?'

이것이 이탄의 솔직한 마음이었다.

그렇다고 해서 이탄이 지금 이 상황을 싫어하는 것은 또 아니었다. 우선 이탄은 시시퍼 마탑에서 새로운 마법을 배우고 익히는 것이 재미있었다. 또한 만금제어의 권능을 얻은 것도 기뻤다.

'당분간은 좀 더 마탑 생활을 할 거야. 그러면서 많은 것을 배워야지.'

이탄은 내친김에 1등으로 마탑의 4층까지 올라갈 마음도 품었다.

'남들에게 뒤처지는 것은 내 성미에 맞지 않아.'

간씨 세가의 탑에서도 이탄은 늘 1등이었다. 이탄은 경쟁에서 뒤처지는 것이 익숙하지 않았다.

의외로 이탄이 무덤덤해 보이자 아시프는 더더욱 속이 상했다.

'어휴우. 이렇게 재능도 뛰어나고 착한 녀석을 배척하다니. 도무지 쎄숨 지파장님의 의도를 모르겠다니까. 푸우우우.'

거듭 한숨을 내쉰 뒤, 아시프가 이탄에게 물었다.

"그래. 수업은 계속 들어야겠지. 그나저나 내가 자네에게 뭔가 도움을 주고 싶은데, 혹시 나에게 건의할 게 없나?"

"건의요? 으으음. 지금 특별히 생각나는 것은 없습니다. 죄송합니다. 학장님."

이탄이 곰곰이 생각해 보다가 고개를 가로저었다.

"아니. 죄송할 것은 없다네. 나중에라도 생각나면 언제든지 학장실을 찾아오게. 허허허."

아시프가 먼저 자리에서 일어나서 이탄에게 악수를 청했다.

이탄도 벌떡 일어나 아시프의 손을 공손하게 맞잡았다.

'응?'

아시프는 이탄의 손이 의외로 차가워서 흠칫했다. 하지만 그 점에 특별히 신경을 쓰지는 않았다.

이탄이 아시프에게 고개를 꾸벅 숙이고는 학장실을 나왔다. 이탄은 마음이 오히려 홀가분했다.

'후우우. 정체를 들킬까 봐 조마조마했네. 앞으로는 좀 조용히 지내야겠어.'

더 이상 튀지 않아야겠다는 것이 이탄의 결심이었다.

막상 이 결심은 지켜지지 않았다. 이탄이 솔리틀의 강의실 문을 빼꼼 열고 들어오는 순간, 모든 도제생 후보들의 이목이 이탄에게 집중되었다.

"켁켁. 케엑. 켁. 쿨럭쿨럭."

솔리틀이 강의를 하다 말고 사레가 들렸다.

"이탄이다."

"저 사람이 바로 그 이탄이야."

강의실 여기저기서 수군거리는 소리가 들렸다. 특히 푸른 머리카락의 소년 로프트의 눈빛이 심상치 않았다. 로프트는 이탄에게 경쟁심을 느낀 듯 이글이글 타들어가는 눈으로 이탄을 노려보았다.

'아 놔.'

이탄이 미간을 와락 찌푸렸다.

한편 솔리틀은 정말로 수업을 진행하기 싫었다. 이탄 앞에서 구리벽돌에 애니마를 투영하여 컨트롤하는 시범을 보일 때마다 솔리틀은 쥐구멍에 들어가고 싶은 심정이었다.

'내가 지금 번데기 앞에서 주름을 잡는 것도 아니고, 이게 대체 뭐하는 짓이야?'

단지 시범을 보이는 것만이 문제가 아니었다. 솔리틀은 이탄 앞에서 마법 이론 한 마디 꺼내는 것조차 조심스러웠다. 그렇게 한 시간가량 강의를 하고 났더니 솔리틀의 온몸이 땀으로 흠뻑 젖었다.

'미치겠네. 저 녀석은 왜 내 수업을 듣고 난리야. 나보다 까마득히 높은 곳에 도달한 녀석이 뭐 들을 게 있다고 이 수업에 들어오고 지랄이냐고.'

급기야 점잖은 성격의 솔리틀이 이탄에게 욕을 퍼부었다.

그런 솔리틀의 마음도 모르고 이탄은 진지하게 수업을 들었다. 솔리틀이 금속을 컨트롤하는 시범을 보일 때도 이탄은 완전히 감탄하면서 지켜보았다.

며칠 전 이탄은 무아지경 상태에서 만금제어의 권능을 깨달았다. 그 뒤부터 모든 금속이 이탄의 의지에 스스로 복종하게 된 것은 사실이지만, 아직도 이탄은 애니마에 대해서 정확하게 파악하지 못했다.

'내가 의지를 일으키면 금속을 다룰 수는 있지. 하지만 나는 솔리틀 교관님처럼 다른 사람들에게 나의 방법을 설명하지는 못하겠어. 내가 마법을 펼칠 수는 있는데, 그 마법의 작동원리를 설명할 길이 없다고. 그러니까 이건 알아도 아는 게 아니야.'

이탄은 자신의 부족함을 잘 알았다. 때문에 금속 마법에 대한 배움의 욕구, 혹은 갈증이 더 증폭되었다.

'더 많은 것을 배우고 싶다. 금속 마법에 대해서 더 자세히 알고 싶어.'

이탄은 두 눈을 부릅뜨고 솔리틀의 설명 한 마디 한 마디에 귀를 기울였다.

이탄이 이글거리는 눈빛으로 경청하자 솔리틀은 더더욱 죽을 맛이었다. 그는 강의를 하는 중에도 계속 이탄을 의식했다.

'뭐야? 왜 나를 저런 눈으로 보는 거지? 조금 전에 내가 설명한 이론에 뭔가 결함이 있나? 아니면 내가 보인 시범이 너무 조잡했나?'

긴장에 긴장이 더해져서 솔리틀은 이제 창자가 꼬일 지경이 되었다.

"아우. 나 못 해. 더 이상은 못 해 먹겠다고."

결국 솔리틀은 보름을 넘기지 못하고 아시프 학장에게 병가를 냈다.

그 후 또 다른 교관이 투입되었지만 그 또한 이탄을 의식하느라 제대로 수업을 진행하지는 못했다.

시간이 흘러 9월 하순이 되었다. 이탄이 속한 모둠은 고체계 마법 수업을 마치고 유동계열로 넘어갔다.

유동계는 고체계와 비슷한 점이 많았다. 애니마를 투영하여 고체를 조종하면 고체계, 액체나 기체를 컨트롤하면 유동계인 셈이기 때문이었다.

그렇다고 아주 비슷하냐?

이건 또 아니었다. 고체처럼 고정된 물체에 애니마를 투영하는 것과, 실시간으로 움직이는 유체에 애니마를 투영하는 것은 유사해 보이면서도 상당히 달랐다.

"애니마를 투영하는 것은 고체보다 유체가 더 어려울 게다. 하지만 일단 심혼을 연결하는 데 성공하고 나면, 그 다음 컨트롤은 고체보다 유체가 더 쉽지. 왜냐하면 유체는 원소 간의 연결하는 힘이 고체보다 약하거든."

교관 마힘은 이런 설명으로 고체계 마법과 유동계 마법의 차이점을 알려주었다.

마힘 교관은 까만 구레나룻이 인상적인 중년인이었다. 마힘이 완드(Wand: 마법 지팡이)를 휘저을 때마다 푸른 물줄기가 완드가 지시하는 방향으로 쪼르륵 쪼르륵 움직였다.

Chapter 11

물줄기는 허공에 둥그런 원을 그리기도 하고, 하트 모양을 만들기도 하였다. 혹은 물줄기가 3개로 나뉘더니, 허공에 원과 하트, 삼각형을 동시에 구현했다.

"와아."

도제생 후보들이 마힘의 마법에 감탄했다.

이탄도 흥미진진하게 수업을 들었다. 그러면서 이탄은 왼쪽 망막에 맺힌 정보를 통해 마힘에 대해 파악했다.

— 종족: 비치 일족 (법사 계열)

— 주무기: 완드

— 특성 스킬: 워터(Water: 물) 애니마, 급속 마나
충전

— 성향: 백

— 레벨: B+

— 주 출몰지역: 언노운 월드 강변이나 해변

— 출몰빈도: 중간

마힘은 다른 교관들과 달리 필드족이 아니라 비치족이었
다. 실제로 마힘의 손가락 사이에는 물갈퀴의 흔적이 엿보
였다.

'비치족이라서 그런지 물과 꽤 친숙해 보여.'

물을 자유롭게 가지고 노는 마힘을 보면서 이탄이 내심
감탄했다.

또 한 가지.

나툴이나 솔리틀과 달리 마힘은 '마나 증폭' 스킬 대신
'급속 마나 충전'이라는 스킬을 익혔다.

'급속 마나 충전? 마나가 고갈되었을 때 빠르게 다시 채
우는 스킬인가?'

이탄은 마힘의 정보를 꼼꼼히 머릿속에 담았다.

1교시 수업을 마친 뒤, 마힘은 도제생 후보들의 재능을 테스트했다. 92명의 수강생들이 한 명씩 마힘 앞에 나가 물을 다뤄보았다.

도제생 후보들 가운데 대부분은 첫 시도에 실패했다. 그들은 항아리에 담긴 물에 자신의 애니마를 투영해 보려고 애를 썼으나, 야속하게도 물은 꿈쩍도 하지 않았다.

그나마 92명 중에 8명만이 물을 조금 움직였다. 이 가운데 가장 뛰어난 재주를 보여준 사람은 이번에도 로프트였다.

마법적 재능이 넘치는 청색 머리카락의 소년 로프트는 항아리 속의 물을 5미터 높이까지 쭈욱 끌어올렸다가 허공에서 한 바퀴 회전하는 데 성공하였다.

팔짱을 끼고 냉정하게 평가를 하던 마힘도 로프트의 재능에 박수를 보냈다.

이탄도 애니마 투영에 성공한 8명 중에 속했다.

이탄이 앞으로 나오자 모든 사람들이 집중했다. 교관인 마힘도 팔짱을 풀고 이탄을 유심히 지켜보았다.

이탄은 (진)마력순환로 속의 마나를 잔뜩 끌어올린 다음, 항아리 속의 물에 정신을 집중했다. 고체를 다뤘던 경험이 저절로 튀어나와 이탄을 도왔다.

'물도 모래와 비슷하지 않을까? 모래 알갱이 하나하나는 고체지만, 그 모래가 모여서 흐름을 만들잖아. 물도 이

와 비슷할지 몰라. 물 알갱이 하나하나를 고체라고 생각하고 내 의지를 투영해 보자.'

이탄은 이와 같은 접근법으로 물을 움직였다.

처음에는 물 대신 금속 항아리가 먼저 반응했다. 항아리가 들썩들썩 요동을 치며 이탄의 의지에 복종하려고 들었다.

그러자 항아리 속 물이 찰랑찰랑 흔들려 애니마 투영이 더 어려워졌다.

"으으읏."

이탄은 애써 항아리를 고정시킨 다음, 다시 한 번 유동계 마법에 집중했다.

"으으으으읏."

이탄의 손가락이 갈고리 모양으로 구부러져 잔뜩 힘이 들어갔다.

저쪽 세상에서는 흙과 물은 성질이 달라 흙을 다루는 마법사가 물까지 잘 다루기는 어려웠다.

시시퍼 마탑의 가르침은 간씨 세가의 방법과는 사뭇 달랐다.

'애니마의 투영만 성공하면 돼. 애니마 투영만.'

이탄은 어떻게든 모래를 다뤘던 경험을 되살려 물에 애니마를 투영하려고 애썼다.

그 노력이 마침내 보답을 가져왔다.

쪼르륵!

항아리 속 물이 쭈욱 튀어나와 허공 50센티미터까지 도달했다. 이 정도 높이면 로프트를 제외하면 가장 뛰어났다.

이탄이 손가락을 옆으로 움직였다.

물줄기가 이탄이 지시한 방향으로 휙 움직였다.

하지만 거기서 이탄의 애니마가 흐트러졌다. 통제를 잃은 물줄기가 강의실 바닥에 철퍼덕 떨어졌다.

"엇. 죄송합니다."

이탄이 멋쩍게 뒤통수를 긁었다.

"아니다. 이제 겨우 첫 수업이지 않느냐. 뭔가를 배우기도 전에 이 정도로 물을 컨트롤할 수 있다면 마법적 재능이 있는 게다."

마힘은 이탄을 칭찬해주었다.

물의 컨트롤에 실패한 나머지 도제생 후보들이 부러운 눈빛으로 이탄을 바라보았다.

몇 차례 더 수업을 듣고 연습을 하자 이탄의 실력이 쭉쭉 늘었다. 일주일 뒤, 이탄은 항아리 속의 물줄기를 10미터 높이까지 뽑아내어 허공에 나선형 그림을 그릴 정도가되었다. 보름 뒤에는 물줄기 2개를 뽑아내어 2개의 도형을동시에 컨트롤하는 데 성공했다. 그리고 수업을 마칠 즈음엔 물줄기를 무려 8개나 컨트롤했다.

콰르르, 콰르르르.

2개의 물줄기가 이탄의 발부터 머리 꼭대기까지 나선형을 그리며 쌍두사처럼 빙글빙글 감쌌다. 세 번째 물줄기는 둥글게 뭉쳐서 이탄의 앞에 쉴드 모양의 보호막을 쳐주었다. 네 번째 물줄기는 이탄의 등 뒤에 또 다른 쉴드를 구축했으며, 다섯 번째와 여섯 번째, 일곱 번째 물줄기는 3개의 워터 스피어(Water Spear: 물의 창)가 되어 적을 공격할 준비를 마쳤다. 마지막 여덟 번째 물줄기는 직경 3미터의 띠를 이루어 이탄의 몸 주변을 공전했다.

'역시 내 상상이 맞았어. 물을 움직이는 방법은 모래를 움직이는 것과 비슷해.'

이탄은 물과 같은 액체의 컨트롤에 자신감이 생겼다. 다만, 기체는 액체보다 자유도가 더 높아서 아직까지 컨트롤이 쉽지 않았다.

마지막 평가 날, 이탄은 유동계 마법 클래스를 발군의 성적으로 끝마쳤다.

한 달 전 수업 초창기에는 로프트의 실력이 이탄보다 분명히 앞섰다. 하지만 수업 막판엔 이탄이 로프트를 훌쩍 뛰어넘었다.

이탄이 8개의 물줄기로 공격 마법과 수비 마법을 동시에 구현할 동안, 로프트는 고작 3개의 물줄기로 워터 쉴드(Water Shield: 물의 방패) 하나, 워터 블레이드(Water Blade: 물의 칼날) 2개를 구현했을 뿐이다.

"역시 재능이 남다르구나. 허어어. 정말 대단해."

마힘은 이탄의 뛰어난 실력에 감탄을 금치 못했다. 지금 이탄이 보여준 워터 마법은 도제생 후보가 해낼 만한 수준이 아니었다. 어지간한 도제생들보다 이탄의 실력이 더 뛰어났다.

마힘 교관만 이탄을 주목한 것이 아니었다. 모둠 동기들의 이목도 온통 이탄에게 집중되었다. 이탄이 마법을 펼칠 때면 수많은 동기들이 이탄의 주변을 빙 둘러싸고 그가 펼치는 환상적인 마법에 빨려들었다.

이제 더 이상 이탄을 무시하는 사람은 없었다. 동기들은 어떻게든 이탄과 친해지려고 애썼다.

'크윽.'

사람들의 외면 속에서 천재소년 로프트가 입술을 꽉 깨물었다.

Chapter 12

6월 모둠의 마지막 수업은 탱커계 마법이었다.

교관의 이름은 하인리히.

마운틴족 출신의 하인리히는 키가 240센티미터나 되었고 체격이 거대해서 철벽을 연상시켰다. 마운틴족답게 하인리히의 뒤통수에는 양 갈래 뿔이 돋아 있었다.

'거 참. 사람이 아니라 타우너스족 같군.'

이것이 하인리히에 대한 이탄의 첫인상이었다. 이탄은 우선 하인리히의 정보부터 살폈다.

— 종족: 마운틴 일족 (법사 계열)

— 주무기: 10개의 매직 링(Magic Ring: 마법 반지)

— 특성 스킬: 콰트로 쉴드(Cuatro-Shield: 사중첩 쉴드), 스턴(Stun: 기절), 마나 증폭, 급속 마나 충전

— 성향: 백

— 레벨: A-

— 주 출몰지역: 언노운 월드 산악지대

— 출몰빈도: 중간

이상의 정보를 확인한 뒤, 이탄은 하인리히를 다시 보게 되었다.

우선 하인리히는 둔해 보이는 외모와 달리 레벨이 A-였

다. 이건 지금까지 이탄이 만나 본 교관들 중에 가장 높은 수준이었다.

하인리히는 특성 스킬도 무려 4개나 지녔는데, 마나 증폭과 급속 마나 충전을 동시에 갖춘 점이 인상적이었다.

'유사시에 마나를 증폭해서 괴력을 발휘하고, 그 다음 고갈된 마나를 급속 마나 충전으로 바로 채울 수 있겠구나.'

이상 두 가지 스킬을 잘 조합해서 사용하면 실전에서 상당한 효과를 발휘하겠다 싶었다. 게다가 콰트로 쉴드나 스턴 같은 마법도 전쟁터에서 쓸모가 많을 것 같았다. 이 정도면 하인리히는 도제생이 아니라 정식 마법사가 되어도 충분할 법했다.

'그런데 왜 아직까지 도제생 신분이지?'

이탄은 문득 이런 의문을 품었다.

사실 하인리히는 시시퍼 마탑의 정식 마법사로 승급될 1순위 후보였다. 시시퍼 마탑에 다음 빈 자리가 발생하면 반드시 하인리히가 올라갈 것이라고 다들 생각했다. 하인리히는 그만큼 뛰어난 능력자였다.

하인리히뿐만이 아니었다. 아시프 학장이 선발한 12명의 교관들은 마탑의 도제생들 가운데 각 분야 최고 실력자들로 구성되었다. 비록 교관들이 지금은 도제생 신분이기는 하지만, 조만간 정식 마법사로 승급할 것이란 점은 불을 보듯 뻔했다.

하인리히가 이탄의 모둠을 반겼다.

"후후후. 너희가 6월 모둠이구나? 마탑에 처음 들어왔을 때 나틀에게 배웠지?"

"네, 그렇습니다."

도제생 후보들이 힘차게 대답했다.

"좋아. 그렇다면 나틀에게 얼마나 잘 배웠는지 보자."

하인리히가 웃통을 벗어던졌다. 로브 속에 감춰져 있던 하인리히의 울퉁불퉁한 근육이 드러났다.

외모만 보면 하인리히는 마법사가 아니라 기사 같았다. 검이 아니라 해머를 휘두르는 철벽의 기사.

"거기 너."

"네?"

"너부터 앞으로 나오너라."

하인리히가 맨 처음 찍은 사람은 6월 모둠의 최고 모범 생인 로프트였다.

"네. 알겠습니다."

로프트가 경쾌하게 튀어나왔다.

하인리히가 손가락을 까딱였다.

"나틀에게 수업을 들었으니 공격 마법을 할 줄 알겠지? 실전이라고 생각하고 한번 덤벼봐라."

"네. 교관님."

로프트가 두 주먹을 꽉 움켜쥐었다.

하인리히가 미리 경고했다.

"나는 봐주면서 하는 성격이 아니다. 그러니 처음부터 전력을 다하는 게 좋을 게다."

"넵."

대답과 동시에 로프트의 몸이 휙 사라졌다.

로프트는 오늘 이 자리를 빌려서 확실한 실력을 보여줄 생각이었다. 11개월 전 처음 공격 마법을 배울 당시 로프트는 늘 교관으로부터 칭찬을 받았다. 반면 이탄은 교관의 지탄을 한 몸에 받던 열등생이었다.

그런데 지금은 그 위치가 역전되었다. 로프트는 자신이 경쟁에서 밀려났다는 사실이 참을 수 없이 수치스러웠다.

'공격 마법만큼은 내가 더 위다. 내 실력을 똑똑히 보여주겠어.'

공격은 하인리히에게 하고 있지만, 로프트의 신경은 온통 이탄에게 쏠렸다. 로프트는 자신이 상상한 가장 화려하고 뛰어난 마법들을 조합했다.

로프트의 몸이 블링크 마법으로 휙 꺼졌다가 하인리히의 오른쪽에 기습적으로 나타났다. 동시에 화염이 크게 일어나 하인리히를 뒤집어씌웠다.

화르륵!

화염 공격의 결과가 드러나기도 전에 로프트의 몸이 그 자리에서 사라져서 하인리히의 뒤로 돌아갔다.

이번엔 매직 애로우가 부채꼴 모양으로 촤라락 펼쳐져서 하인리히를 향해 쏘아졌다.

동시에 속박 계열의 마법도 발휘되었다.

로프트가 손가락으로 결계를 맺자, 하인리히의 주변에 황금빛 포승줄이 가로 세로로 돋아나 하인리히를 꼼짝도 못 하게 묶었다.

이건 마치 속박계 라인 메이지와 공격계 워 메이지가 협공을 하는 듯했다.

물론 로프트의 실력이 마법사급은 아니지만, 최소한 겉으로 보이는 모습만큼은 놀라웠다.

Chapter 13

"우와!"

"역시."

동기들이 감탄을 금치 못했다.

'자, 어떠냐?'

로프트는 숨 가쁜 전투의 와중에 이탄을 힐끗 곁눈질했다.

"뭘 보는 게냐?"

화르륵 타오르는 불길 속에서 하인리히의 음성이 굵게 울렸다. 동시에 황금빛 속박이 와장창 깨졌다.

"헉!"

로프트는 반사적으로 한 번 더 블링크를 펼쳤다.

화염 속에서 튀어나온 하인리히의 손이 로프트가 이동할 경로를 정확하게 쫓아왔다. 그리곤 단숨에 로프트의 멱살을 틀어쥐었다.

"케엑."

로프트가 돼지 멱따는 소리를 냈다.

하인리히는 로프트를 번쩍 들었다가 뒤로 훅 밀쳤다. 로프트의 몸이 핑글핑글 날아가 벽에 처박혔다.

쿵 소리와 함께 로프트가 인상을 찡그렸다.

"일어나."

하인리히가 무심하게 뇌까렸다.

"으으윽. 네."

로프트가 욱신거리는 등을 손으로 짚으며 겨우 일어섰다.

하인리히는 그런 로프트에게 생각보다 낮은 점수를 주었다.

"개별 마법들은 좋았다. 블링크도, 화염 마법도, 매직 애로우도, 속박 마법도 다 괜찮았어. 하지만 조합이 엉망이구나. 겉보기 효과는 화려한데, 공격력을 극대화했다기보다는 보여주기 식인 것 같다. 게다가 막판에 한눈을 팔다니? 전투 중에 한눈을 팔면 그 즉시 죽음이라는 사실을 나툴로부터 배우지 못한 게냐?"

"으윽. 죄, 죄송합니다."

로프트가 고개를 푹 숙였다.

하인리히의 지적은 틀리지 않았다. 조금 전 로프트는 공격력에 치중했다기보다는 남에게 보여주기 위한 마법에만 신경을 썼다. 전투 중간에 한눈을 판 것도 사실이었다. 로프트는 부끄러워서 고개를 들 수 없었다.

"다음."

하인리히가 다음 도제생 후보를 지목했다.

"저, 저 말입니까?"

지목을 받은 수강생의 얼굴이 하얗게 질렸다.

"그래. 너. 나를 상대로 나툴에게 배운 것을 한번 펼쳐봐라."

도제생 후보가 주춤주춤 나왔다. 그는 로프트가 찍소리도 하지 못하고 무너지는 모습을 보고는 감히 하인리히에게 덤벼들 엄두도 내지 못했다.

하인리히가 상대를 재촉했다.

"뭐 하나? 네 동기들을 모두 테스트하려면 시간이 없다. 어서 시작해."

"네넵."

도제생 후보는 눈을 질끈 감고 하인리히에게 덤벼들었다.

잠시 후.

뻐억!

둔탁한 소리와 함께 도제생 후보가 멀리 튕겨나갔다. 데굴데굴 낙엽처럼 굴러간 도제생 후보는 결국 벽에 머리를 처박고 기절했다.

"뭐가 이리 형편없어? 6월 모둠이 다른 모둠보다 약하잖아."

하인리히가 이맛살을 찌푸렸다.

도제생 후보들의 안색이 하얗게 질렸다.

하인리히는 그야말로 철벽 중의 철벽이었다. 그날 6월 모둠의 수강생 대부분은 초주검이 되었다. 그 어떤 수강생도 하인리히의 옷깃 한 번 스쳐보지 못했다. 다들 기합을 지르며 공격했다가 멀리 튕겨 나가 벽에 머리를 처박고 기절했을 뿐이다.

"쯧쯧쯧. 도대체 11개월 동안 뭘 배운 게야?"

하인리히가 혀를 찼다.

드디어 마지막 차례.

이탄이 하인리히 앞에 섰다.

하인리히의 눈이 반짝 빛났다.

"후후후. 네가 그 소문 속의 이탄이라는 녀석이구나. 어디, 네 녀석은 얼마나 뛰어난지 한 번 볼까?"

하인리히가 소매를 슥슥 걷어붙였다.

이탄은 계란을 손에 쥔 것처럼 두 주먹을 엉성하게 말았다. 오른발은 앞으로 반 보 내밀고 왼발은 45도 각도로 비스듬히 놓았다.

"와라."

하인리히가 손가락을 까딱였다.

통 통 통.

이탄은 가볍게 세 번의 스텝을 밟아 하인리히 주변을 맴돌았다. 그러다 갑자기 오른손을 뻗었다.

강의실 바닥에 놓여 있던 쇠뭉치가 휙 날아가 하인리히를 휘감았다. 처음 출발했을 때는 둥그런 쇠뭉치였는데, 하인리히의 몸에 근접했을 때는 쇠밧줄이 되어 하인리히의 움직임을 봉쇄했다.

하인리히가 간단한 쉴드 마법으로 쇠밧줄을 튕겨내었다.

촤라락!

뒤로 튕겨나던 쇠밧줄이 어느새 세 갈래로 갈라져서 하인리히를 재차 공격했다. 서로 다른 세 방향에서 날아온 쇠밧줄은 어느새 창날로 변해 있었다.

"흥."

하인리히는 아무렇지도 않게 이탄의 두 번째 공격도 튕겨내었다.

그때 강의실 바닥을 뚫고 뾰족한 철근이 솟구쳤다. 하인리히가 세 가닥의 쇠밧줄에만 신경을 쓰고 있을 때 기습적으로 발생한 공격이라 피하는 것은 불가능했다.

"제법이구나."

하인리히의 눈빛이 모처럼 승부욕으로 불타올랐다. 하인리히는 쉴드를 두 겹으로 중첩하여 사타구니를 찌르는 철근을 막았다.

그 사이 세 가닥의 쇠밧줄이 어느새 열여덟 가닥의 쇠꼬챙이로 변했다.

촤촤촤촤촥!

그 쇠꼬챙이들이 마치 살아있는 장어처럼 영활하게 움직이며 하인리히의 빈틈을 노렸다.

"하압."

하인리히가 두 주먹을 가슴께에서 X자로 교차했다가 좌

우로 쭉 뻗었다. 하인리히의 몸 주변에 둘러진 마법 쉴드 세 겹으로 겹쳐지면서 열여덟 가닥의 쇠꼬챙이를 모두 튕겨내었다.

그 타이밍을 맞춰서 강의실 바닥에서 수십 가닥의 철근들이 마구 솟구쳤다. 비 온 뒤 죽순이 자라는 것처럼 쭉쭉 늘어난 철근들은 하인리히의 하체를 집중적으로 공략했다. 뒤로 한 번 튕겨나갔던 쇠꼬챙이들도 어느새 40개가 넘는 송곳으로 분화하여 하인리히의 상체를 노렸다.

제6화
마탑 오르기

Chapter 1

마침내 하인리히가 쉴드를 네 겹으로 겹쳤다.

콰트로 쉴드.

하인리히의 주특기가 펼쳐진 것이다.

우드득, 우두두둑.

강의실 바닥에 볼트로 고정되어 있던 책상들이 마구 날아가 하인리히를 덮쳤다. 쇠붙이가 부착되어 있는 물체들은 이탄의 의지가 일어나기 무섭게 공격에 가담했다.

"으헉?"

도제생 후보들이 깜짝 놀라 뒤로 대피했다. 조금 전까지 그들이 앉아 있던 의자와 책상이 우르르 날아가 하인리히에게 집중되었다.

물론 책상 따위로 하인리히에게 타격을 줄 수는 없었다. 하지만 하인리히의 시야를 어지럽히고 잠깐 동안 시선을 잡아끄는 역할은 충분히 했다.

그 사이 40개가 넘는 송곳이 100개가 넘는 침으로 분화하여 하인리히에게 꽂혔다.

퓨퓨퓨퓨풋!

뾰족한 침들이 책상과 의자 사이로 파고들어 공격하는 모습은 머리카락이 쭈뼛 설 정도로 위협적이었다.

"이이익."

모처럼 하인리히가 어금니를 깨물었다. 하인리히는 쾌트로 쉴드에 마나를 잔뜩 쏟아부어 방어력을 높였다. 그 다음 고갈된 마나를 급속 마나 충전 스킬로 다시 채웠다.

하인리히의 몸을 때렸던 책상들이 바닥에 우수수 떨어졌다. 그 사이로 파고들었던 바늘들도 끝이 구부러진 채 우수수 낙하했다.

이탄이 손을 휘저었다.

이제 강의실 바닥이 통째로 붕괴했다. 그 속에서 철근들이 우두둑 튀어나와 하인리히의 발목을 칭칭 감았다.

이제 하인리히는 진짜로 위협감을 느꼈다. '이대로 수비만 하다가는 큰코다치겠구나.' 라는 생각이 하인리히의 뇌리를 스쳤다.

하인리히는 지금 수업 중이라는 사실도 잊었다. 그는 전투에 몰입한 상태에서 반사적으로 이탄에 대한 공격을 감행했다.

"이이익."

우두두둑.

하인리히는 우선 괴력을 발휘하여 발목에 감긴 철근부터 끊었다. 그 다음 벼락처럼 이탄에게 달려들었다.

하인리히의 특성 스킬 가운데 하나인 스턴이 발휘되었다.

번쩍!

빛이 튀었다. 하인리히는 콰트로 쉴드로 전면을 쭉 쓸어서 이탄을 꼼짝 못 하게 가둔 다음, 이탄의 정수리에 그대로 스턴 마법을 내리꽂았다.

연속 공격으로 하인리히를 몰아붙이던 이탄이 깜짝 놀랐다.

하인리히가 이탄의 무지막지한 공격에 놀라 자신도 모르게 반격한 것처럼, 이탄도 하인리히의 순간적인 공격에 기겁하여 반사적으로 몸을 움직였다.

원래 이탄은 이 자리에 서기 전 단단히 결심을 했다.

'오늘은 절대 튀지 말아야지.'

이것이 이탄의 결심이었다.

한데 하인리히의 순간적인 반격이 너무 위협적이라 그 결심을 잠시 잊었다. 생명(?)에 위협을 느낀 이탄이 반사적으로 몸을 던졌다.

무릎을 구부리고, 상체를 바닥에 밀착하듯 내리깔면서, 이탄은 도마뱀이 땅을 기는 것처럼 신속하게 S자를 그렸다.

스턴 마법이 이탄의 머리 대신 어깨를 찍었다.

"끕."

이탄이 어금니를 꽉 물었다.

원래는 스턴 마법에 한 방 얻어맞기 전에 붉은 금속이 튀어나와 하인리히의 마법을 튕겨내야 정상이었다. 그런데 이탄이 적양갑주의 권능을 꽁꽁 봉인해놓은 터라 방어기제가 제대로 작동하지 않았다.

하인리히의 스턴 마법은 위력이 장난이 아니었다. 당장 이탄의 어깨가 함몰되었다. 뼈에 금이 가고 살이 찢어졌다.

'이런 썅.'

이탄의 눈이 홱 돌았다. 이탄은 무의식적으로 몸을 뒤틀어 하인리히의 후속 공격을 회피했다.

콰쾅!

두 번째 스턴 마법이 이탄이 머물렀던 자리를 때렸다.

슈와악—.

이탄은 어느새 그 자리를 벗어나 하인리히의 무릎 앞까지 달려들었다. 하인리히가 반사적으로 무릎을 쳐올려 이탄의 안면을 무릎으로 찍으려고 들었다.

이탄도 즉각 반응했다. 이탄은 바닥에 깔리듯이 미끄러져 들어가다가 갑자기 몸을 빙글 뒤집었다. 그러면서 하인리히의 무릎 공격을 옆으로 흘려보냈다. 그 다음 고목을 기어오르는 뱀처럼 하인리히의 좌측면으로 칭칭 타고 올랐다.

이탄의 손이 상대의 옆구리를 긁었다.

부왁—.

손가락이 스쳤을 뿐인데 하인리히의 콰트로 쉴드가 그대로 찢겼다. 이탄의 손가락 3개가 그 속으로 파고들어 하인리히의 옆구리 살점을 한 움큼 떼어내었다.

와득!

시뻘건 피가 사방으로 튀었다.

"끄악!"

하인리히가 자지러져라 비명을 질렀다.

그러느라 잠시 하인리히의 동작이 굼떠졌다. 이탄은 기다렸다는 듯이 왼손을 뻗어 하인리히의 목젖을 낚아챘다.

이대로 목젖을 움켜쥐어 뜯어버리면 끝. 하인리히는 목에서 피를 철철 흘리며 죽을 것이다.

바로 그 순간, 이탄이 정신을 번쩍 차렸다.

'아차!'

지금 이 자리는 전쟁터가 아니었다. 상대의 마법에 어깨를 가격당한 뒤 이탄은 눈이 홱 뒤집혀서 하인리히를 죽이려고 들었지만, 진짜로 죽여서는 안 되는 자리였다. 이탄은 황급히 손가락을 접었다.

Chapter 2

하인리히의 목젖을 잡아 뽑으려던 이탄의 손가락이 바로 앞에서 회수되었다. 하지만 관성의 법칙까지는 어쩔 수 없었다. 이탄의 손등은 원래 날아가던 방향으로 계속 날아가 하인리히의 목을 비껴 쳤다.

"끕!"

거구의 하인리히가 외마디 비명과 함께 허물어졌다. 옆구리에서 피를 철철 흘리고, 목젖이 강타당해 입에서 게거품을 물면서 눈을 까뒤집은 채 기절한 하인리히의 모습은 실로 충격적이었다.

차기 마법사가 될 1순위 대기자. 시시퍼 마탑의 도제생들 가운데 최강이라는 하인리히가 고작 1년도 배우지 않은 초보에게 패해서 정신줄을 놓다니!

"어어엇?"

"우어어? 이겼다. 이탄이 교관님을 거꾸러뜨렸어."

도제생 후보들이 발칵 뒤집혔다.

그들은 조금 전 무슨 일이 벌어졌는지 제대로 보지도 못했다. 그저 이탄이 금속 마법으로 공격을 퍼붓다가, 급기야 강의실 바닥을 지지하는 철근까지 뽑아서 공격에 동원했고, 이어서 책상과 의자까지 모두 허공으로 띄워서 하인리히에게 집어던지는가 싶더니, 끝내 하인리히 교관을 거꾸러뜨렸다고 생각했다.

도제생 후보들의 입장에서는 이렇게 판단할 수밖에 없었다. 이탄과 하인리히 사이의 공방이 너무나 빠르게 진행되었기 때문에 강의실 안 그 누구도 정확하게 상황을 보지 못했다. 심지어 천재소년이라 불리는 로프트도 둘의 싸움 장면을 대부분 놓쳤다.

"뭐가 어떻게 된 거야? 너 봤어?"

후보들 가운데 한 명이 동기들에게 물었다.

다들 절레절레 고개를 가로저었다.

"아니. 못 봤어."

"너무 빨라서 뭐가 뭔지도 보지 못했다고."

"그런데 이탄의 금속 마법이 결국 성공했나 봐. 그러니까 교관님께서 옆구리에 큰 상처를 입으셨겠지?"

"맞아. 금속 꼬챙이가 교관님의 옆구리에 박혔나 봐."

도제생 후보들은 이렇게 결론을 내렸다.

그중 한 명이 갑자기 이탄을 칭찬했다.

"그런데 참 대단하다."

"뭐가?"

"11개월 전에 이탄은 마나도 제대로 운용하지 못하던 열등생이었잖아? 그런데 지금은 금속 마법을 자유자재로 펼칠 뿐 아니라 신체 움직임도 장난이 아니었어."

"그러게 말이야. 이건 마치 나튤 교관님의 공격을 보는 것 같았다니까."

도제생 후보들은 하인리히가 얼마나 강한지 알지 못했다. 나튤 교관의 실력으로는 감히 하인리히와 맞붙을 수 없다는 사실도 몰랐다. 그들의 낮은 안목으로는 이탄이 나튤 교관과 엇비슷한 수준이며, 하인리히는 그보다 한 수 아래라고 느낄 뿐이었다.

한편 강단 위에서는 이탄이 신경질적으로 자신의 머리를 긁었다.

'어휴우. 내가 또 사고를 쳤구나.'

피를 흘리며 기절한 하인리히를 보자 이탄은 가슴이 답답했다.

단지 하인리히만이 문제가 아니었다. 이탄이 펼친 금속 마법 때문에 강의실 바닥이 온통 뜯겨나갔다. 책상과 의자도 전부 박살 났다. 이탄의 공격에 휘말려 모둠의 수강생 몇 명도 상처를 입었다.

'젠장. 이건 또 어떻게 수습하지?'

머리가 딱 아파 오는 이탄이었다.

소식을 들은 교관들이 우르르 달려왔다.

"하인리히 님. 정신 차리세요."

힐러계 교관이 후다닥 날아와 기절한 하인리히에게 생명력을 불어넣었다.

"어어어? 이게 다 뭐야?"

나툴은 엉망진창으로 변한 강의실을 둘러보며 입을 쩍 벌렸다. 다른 교관들도 놀라기는 마찬가지였다.

잠시 후, 아시프 학장까지 이 자리에 나타났다.

"죄송합니다."

이탄이 고개를 푹 숙였다.

아시프가 쓴웃음을 지었다.

"허허허. 네가 죄송할 일은 아니지. 그나저나 이거 수리비가 꽤 나오겠구나."

아시프의 한탄이 비수가 되어 이탄의 가슴에 꽂혔다.

'헉? 수리비라고? 설마 그걸 나에게 물리겠다는 뜻은 아니겠지?'

모레툼 교단의 신관답게 이탄은 세상 그 무엇보다 돈에 민감했다.

시간이 빠르게 흘렀다. 이탄이 시시퍼 마탑의 도제생 후보로 들어온 지도 벌써 1년이 되었다.

처음 이곳에서 교육을 받기 시작했을 때 이탄은 마나 부족에 시달리는 열등생이었다. 이탄의 동기들은 마법사가 될 가망성이 없는 이탄에게 눈길조차 주지 않았다.

하지만 곧 사정이 바뀌었다. 이탄은 고체계열 마법 수업에서 처음 능력을 드러내기 시작하더니, 유동계와 탱커계 분야에서도 압도적인 실력을 보여주었다. 탑에 들어온 지 1년이 지난 시점에서 이탄이 받은 최종 성적표는 다음과 같았다.

과목	중간 성적	최종 성적	비고
마나 운용	F	B+	낙제점 (재수강 필수)
마법 구현	F	B+	낙제점 (재수강 필수)

마법 이해도	B+	A−	
인지 및 감응력	A+	A+	
실전	C−	A0	

평가의견 :

◦ 마법의 기초인 마나 운용 능력이 몰라보게 향상되었으
며 발전 속도가 빠름

◦ 장차 애니마 메이지가 될 가능성이 다분함(고체계 최우
수, 유동계 우수, 식물계 미흡, 동물계 미흡)

◦ 특히 고체계 애니마가 확고하며, 이 분야는 이미 도제
생의 수준을 뛰어넘었음

◦ 장차 라인계 메이지가 될 가능성은 없음(속박계, 차단
계, 아공간계, 해체계 모두 미흡)

◦ 장차 워 메이지가 될 가능성은 있음(탱커계 최우수, 공
격계와 암살계는 미흡에서 우수로 상향 조정함, 힐러계는
여전히 미흡)

◦ 마법에 대한 이해도도 상향조정(특히 애니마 메이지와
워 메이지 마법에 대한 이해도가 높음)

성적표의 점수대로라면 이탄의 순위는 6월 모둠 안에서
4등이었다. 전체 도제생 후보들 중에서 순위는 50등에 불

과했다.

하지만 아무도 이탄을 50등으로 여기지 않았다.

Chapter 3

고체계 애니마 수업에서 이탄이 보여준 이적은 시시퍼 마탑을 발칵 뒤집어 놓을 정도로 강렬했다. 탱커계 수업에서 이탄이 하인리히 교관을 거꾸러뜨린 사실도 두고두고 사람들의 입에 오르내렸다.

덕분에 도제생 후보들은 이탄을 탑 쓰리(Top 3) 가운데 한 명으로 꼽았다.

— 전 과목 A+을 받은 천재소녀 리아로(1월 모둠).
— 혜성처럼 등장한 괴물 이탄(6월 모둠).
— 라인의 축복을 타고난 엘프 포이엠(10월 모둠).

이상 3명이 이번 도제생 후보 기수의 탑 쓰리였다.

"이 3명 가운데 누가 가장 먼저 시시퍼 마탑의 14층에 도달할까?"

요새 도제생 후보들의 관심사는 온통 이거였다.

심지어 교관들도 이걸 궁금히 여겼다.

"탑의 각 층은 12개의 마법 계열과 연관성이 크잖아? 그러니까 골고루 뛰어난 리아로가 단연 유리하지."

이런 주장을 하는 사람들이 가장 많았다. "이탄이 아무리 애니마 괴물이고, 포이엠이 제아무리 라인의 축복을 타고났다고 해도 탑을 오를 때는 전 분야에서 고르게 우수한 사람이 유리하다."는 것이 그들의 주장이었다.

일견 일리가 있는 말이었다.

하지만 반대 의견도 나왔다.

"그건 이탄이 고체계 애니마 수업에서 보여준 이적을 보지 못한 사람들의 이야기고, 그 괴물의 실력은 압도적이라니까. 압도적."

"맞아. 교관님을 거꾸러뜨릴 정도의 괴물인데 14층쯤은 눈 깜짝할 사이에 돌파하지 않겠어?"

"6월 모둠의 이탄은 학장님과 교관님들도 관심을 쏟는 괴물이라고.

이런 주장들도 솔찮게 들렸다.

물론 이 주장들은 또 다른 반론에 부딪쳤다.

"야야야. 그래 봤자 다 소용없어. 선배 기수들의 말에 따르면, 14층까지 올라갈 때 가장 고난이도 역경이 바로 라인 계열 마법이라더라. 물론 천재소녀 리아로는 다방면에 우수하니까 꾸역꾸역 난관을 돌파하겠지. 하지만 이탄은 그곳에서 시간을 다 소비할걸? 그런 면에서 보면 역시 포이엠이 1등감이야."

"나도 포이엠에 한 표."

사람들 사이에 갑론을박이 계속되었다.

그 와중에 탑 쓰리가 아니라 탑 세븐(Top 7)을 주장하는 의견도 튀어나왔다.

— 공격력 최강 피트(3월 모둠).

— 이탄의 그늘에 가려진 비운의 천재소년 로프트(6월 모둠).

— 꾸준한 노력파 헤스티아(7월 모둠).

— 최연소 동물계 애니마 메이지가 예상되는 수인족 소년 부우(12월 모둠).

이상 4명도 충분히 주목할 만하다는 의견이었다.

"우리 도제생 후보들은 이제 갓 마법에 입문했을 뿐이잖아? 그러니 나중에 실력이 어떻게 뒤집힐지 알 수 없어. 1년 뒤에는 피트나 로프트, 헤스티아나 부우가 탑 쓰리를 젖힐 수도 있다고."

가능성은 충분했다.

비록 다른 마법은 아직까지 익숙하지 않지만 공격계 마법만큼은 최강의 위력과 감각을 보여주는 피트나, 단 두 과목을 제외하면 모두 A+을 받은 비운의 천재소년 로프트, 노력 최강자 헤스티아, 그리고 벌써부터 온갖 종류의 동물들을 자유롭게 부리는 부우에 이르기까지, 이들 가운데 누가 나중에 시시퍼 마탑을 대표하는 마법사로 성장할 것인지는 아직까지 미지수였다.

그렇게 후보들 간의 우열이 모호한 상태에서 첫 해의 수업이 모두 종료되고 새로운 1년이 다시 시작되었다.

중요한 전환점을 맞아 아시프 학장이 단상에 섰다.

"쉿. 조용."

"학장님께서 오셨어."

웅성거리던 도제생 후보들이 일제히 입을 다물고 아시프의 말에 귀를 기울였다. 아시프의 근엄한 목소리가 메인 홀에 울려 퍼졌다.

"여러분들은 지난 1년간 우리 시시퍼 마탑의 정수를 골고루 맛보았을 게요. 그러니 이제부터는 그 정수를 잘 음미하여 여러분 것으로 만들 시간이외다."

여기서 말을 끊은 뒤 아시프가 주변을 둘러보았다.

도제생 후보들의 눈빛은 별빛처럼 초롱초롱했다. 아시프는 긴 수염 속으로 미소를 감추며 말문을 이었다.

"그 길이 쉽다고는 말하지 않겠소. 탑의 14층까지 올라가다 보면 여러분들은 때때로 막막한 벽에 부딪치기도 하고, 또 넘어지기도 할 게요. 하지만 그런 고난을 이겨내야 비로소 시시퍼 마탑의 마법적 지식들이 여러분 것이 될 거라 믿소. 나와 교관들은 여러분들의 힘찬 미래를 응원하겠소."

그 뒤로도 아시프의 연설은 한동안 계속되었다. 말과 표정 속에서 아시프 학장의 진심이 느껴졌다.

따뜻한 격려사를 마친 뒤, 아시프는 스태프를 번쩍 들었다가 바닥을 내리찍었다.

쿠웅, 쭈왕―!

아시프의 스태프에서 방출된 빛이 메인 홀의 남쪽 벽을 때렸다.

지금까지 벽으로 알고 있던 곳이 사실은 2층으로 올라가는 문이었다. 아시프가 방출한 빛이 2층의 문을 여는 열쇠가 되어주었다.

"자, 올라가시오. 저곳에 여러분들의 미래가 있소."

아시프가 활짝 열린 문 너머를 스태프로 가리켰다.

"와아아아아―."

도제생 후보들은 힘찬 기합과 함께 2층 계단으로 내달렸다.

이들에게 주어진 시간은 앞으로 1년.

이 기간 동안 마탑 14층까지 도착해야 후보 딱지를 떼고 시시퍼 마탑의 도제생으로 남을 수 있다. 마탑의 진짜 마법사들로부터 제대로 된 마법을 배우려면 반드시 14층에 올라가야 하리라.

계단을 뛰어올라 가는 도제생 후보들의 얼굴엔 '어떻게든 목표를 달성하겠다.'는 결의로 가득했다.

진짜 시작은 이제부터였다.

Chapter 4

마탑 2층부터는 교관이 따로 없었다. 대신 시시퍼 마탑의 정식 마법사들이 직접 내려와 후보들을 평가했다.

도제생 후보들은 이들을 심판관이라 불렀다.

2층의 심판관으로 배정된 마법사는 식물계 애니마 메이지인 히번이었다. 시시퍼 마탑 공식 서열 938위인 히번은 눈매가 가늘고 신경질적인 외모가 특징이었다.

실제로도 히번은 성정이 성마르고 까칠했다.

츠르르르륵-

히번이 소환한 가시덩굴이 눈 깜짝할 사이에 자라나 2층 복도를 막아버렸다. 히번이 냉랭한 음성으로 도제생 후보들에게 2층의 통과 조건을 이야기했다.

"3층으로 올라가려면 저 가시덩굴을 뚫으면 된다. 뚫는 방법에 제약은 없다. 가시덩굴을 마법으로 컨트롤하여 가시덩굴 스스로 길을 열도록 만들어도 되고, 그냥 힘으로 뚫어내도 된다."

"아!"

도제생 후보 몇몇의 얼굴이 밝아졌다. 식물계 애니마 계열에 자신이 없는 후보들이 주로 반색했다. 몇몇 성격이 급한 자들은 당장 마나를 운용하여 손에 불덩이를 만들었다. 화염으로 가시덩굴을 돌파하려는 의도였다.

그 생각을 짐작이라도 한 듯 히번이 비웃음을 흘렸다.

"후후후. 쉽게 뚫지는 못할 게다. 내가 설치한 가시덩굴은 마법 저항력을 가지고 있을 뿐 아니라 스스로 끝없이 재생하거든. 그러니까 힘으로 뚫는 것은 애니마로 가시덩굴을 컨트롤하는 것보다 10배는 어려울 게야. 후후훗."

히번의 말에 호응이라도 하듯 가시덩굴이 뱀떼처럼 츠르르륵 움직여 도제생 후보들에게 다가왔다. 그 모습이 마치 복도 전체가 쭈욱 밀려드는 것 같았다.

"으윽."

히번의 마법에 압도를 당한 도제생 후보들이 질린 얼굴

로 뒷걸음질 쳤다.

"가시덩굴을 통과할 자신이 있는 자들은 언제든지 도전해라. 하지만 괜히 가시에 찔려서 고생하기 싫으면 저 반대편으로 가면 된다."

히번이 복도 뒤편을 가리켰다.

도제생 후보들의 고개가 일제히 뒤로 향했다.

히번이 냉랭하게 말했다.

"저곳엔 너희들이 머물 숙소와 식당이 있다. 또한 식물계 애니마를 연마하기 위한 수련실과 도서관도 마련되어 있다. 도서관 안에는 식물계 애니마 메이지들이 서술한 마법서들도 충분하지. 그러니 자신의 실력에 부족함을 느끼는 후보들은 저곳에 가서 실력을 키워라. 단, 나에게 뭔가를 물어보거나 배우려고 하지 마라. 이곳은 너희를 가르치기 위한 공간이 아니다. 너희들 스스로 길을 찾는 공간이니라."

거의 1,000명에 달하는 도제생 후보들 가운데 절반가량이 도전을 포기하고 히번이 가리킨 방향으로 발걸음을 옮겼다.

나머지 절반도 지금 당장 도전할 마음은 없었다. 그들은 단지 동기들이 어떻게 돌파하는지 보고 싶을 뿐이었다.

히번이 남은 자들을 둘러보았다.

"혹시 용감하게 도전해 볼 사람이 있나? 우리 시시퍼 마탑의 역사를 되짚어 보면, 이곳 2층을 도착 첫 날에 바로 통과한 마법사들도 여러 분 계셨다."

히번의 말에 자극을 받은 것일까?

"제가 한 번 도전해 보겠습니다."

청색 머리카락의 소년이 손을 번쩍 들었다.

"로프트다."

"탑 세븐의 로프트야."

도제생 후보들이 웅성거렸다.

히번이 얇은 입술을 비틀어 웃었다.

"후후후. 좋다. 시시퍼 마탑은 용기 있는 사람을 좋아하지. 자. 준비가 되면 바로 시작해라."

"넵."

로프트는 두근거리는 심장을 애써 가라앉힌 다음, 애니마를 잔뜩 끌어올려 가시덩굴에 투영했다.

1층에서 수업을 받을 때 로프트는 교관으로부터 식물 컨트롤이 뛰어나다는 칭찬을 들었다. 하여 자신 있게 도전한 것이다.

로프트의 애니마가 힘을 발휘하자 가시덩굴이 스스로 굴종하여 로프트의 뜻을 따랐다. 복도를 꽉 막은 덩굴이 좌우로 벌어지더니 스르륵 길이 열렸다. 히번이 소환한 가시덩굴 가운데 로프트에게 복종한 덩굴들은 푸르스름한 빛깔을 띠어서 구별하기 편했다.

"와아아!"

"대단하다."

도제생 후보들이 로프트의 마법적 능력에 찬사를 보냈다.

'후후훗.'

로프트는 으쓱한 심정으로 가시덩굴 안으로 들어갔다.

가시덩굴 숲은 로프트의 예상보다 훨씬 더 깊었다. 로프트는 애니마를 계속 투영하여 길을 개척했다. 로프트의 마법이 발휘될수록 푸른빛에 물든 가시덩굴도 점점 더 그 범위가 확대되었다.

이제 로프트의 모습은 밖에서는 보이지도 않았다. 대신 푸른 빛깔의 가시덩굴이 점점 앞으로 퍼져나가면서 로프트가 지금 어디쯤 파헤쳐가고 있는지 짐작하게 해주었다.

10미터, 12미터, 14미터······.

로프트가 15미터 지점을 통과하는 순간, 맨 후미의 가시덩굴은 푸른빛을 잃고 다시 원래 색깔로 돌아왔다. 이것은 로프트의 애니마가 영향을 미치는 범위가 대략 15미터라는 뜻이었다.

로프트는 애니마를 유지하면서 길을 계속 열었다.

한데 가도 가도 끝이 보이지 않았다. 로프트의 가슴이 철 렁 내려앉았다.

'3층으로 올라가는 계단이 대체 언제 나오는 거야?'

로프트가 10미터를 더 전진했다.

그래도 목적지는 보이지 않았다. 온 사방이 다 가시덩굴 이라 지금 옳은 길로 가고 있는지도 알 수 없었다.

로프트는 겁이 덜컥 났다.

'으으으. 이러다 마나가 고갈되면 어떻게 하지? 가시덩 굴에 대한 통제를 잃으면? 아마도 이 가시덩굴들이 뱀떼처 럼 달려들어 나를 찌르겠지? 으으읏.'

한번 공포가 깃들자 방향감각도 잃었다.

'내가 지금 직진하고 있는 것이 맞나? 여기가 계속해서 복도라는 보장도 없잖아? 혹시 이곳 내부가 1층의 메인 홀 처럼 넓을 수도 있잖아? 혹시 내가 광활한 광장에서 뱅글 뱅글 돌고 있는 것 아냐? 어디야? 대체 어디가 출구냐고?'

로프트의 숨이 가빠져 왔다. 이마에선 구슬땀이 주르륵 흘렀다.

그 상태에서 로프트가 10미터를 더 전진했다.

여전히 출구는 보이지 않았다. 로프트의 호흡이 완전히 거칠어졌다.

"허억, 헉, 헉, 헉."

아직까지 마나는 충분했다. 지금까지 로프트가 헤쳐 온 거리가 약 50미터인데, 남은 마나로 100미터 이상 충분히 돌파가 가능했다.

'흔들리지 말자. 마음의 평정을 되찾아야 해. 로프트. 넌 할 수 있어. 어머니, 아버지. 할아버지, 온 마을 사람들이 다 내가 훌륭한 마법사가 될 거라 기대하고 있다고. 나는 그 기대를 저버리면 안 돼.'

로프트가 이를 악물었다. 그리곤 25미터를 더 걸었다.

Chapter 5

아직도 출구는 요원했다. 마나가 절반가량 소모되자 로프트는 겁이 덜컥 났다.

'헉! 이걸 어쩌지? 여기서 더 전진했다가는 되돌아 나올 수 없잖아? 처음 들어왔던 입구까지 되돌아 나가려면 지금 남은 마나를 다 쏟아부어야 한다고. 그런데 여기서 더 전진했는데 출구가 보이지 않는다면? 그럼 나는 입구 쪽으로 되돌아가지도 못하고 중간에 마나가 고갈되어 가시덩굴의 공격을 받을 거야.'

뱀처럼 스스로 움직이는 이 가시덩굴은 보기만 해도 심

장이 떨렸다. 가시 하나하나의 크기가 무려 로프트의 손가락 세 마디에 달했는데, 저기에 찔리면 큰일 날 것 같았다.

'어쩌지? 포기하고 입구로 되돌아가야 하나? 심판관님 말씀처럼 좀 더 실력을 키우고 도전해야 했나?'

아무래도 그게 현명한 선택일 것 같았다.

하지만 다른 생각도 들었다.

'만약 한 걸음 앞에 출구가 있다면? 혹은 10미터 앞이 출구라면? 그럼 출구 코앞에서 포기해버린 나는 천하의 바보가 되는 셈이다. 아아아.'

로프트는 이러지도 못하고 저러지도 못하고 똥 마려운 강아지처럼 제자리를 맴돌았다. 그렇게 그가 머뭇거리는 동안에도 마나는 계속 소모되었다. 애니마 유지에 들어가는 마나의 양은 그리 만만하지 않았다.

'안 돼. 이대로 머뭇거리다가는 입구로 돌아가지도 못하고 큰 상처를 입을 거야. 그럼 상처를 치유하느라 또 시간을 허비하게 된다고.'

결국 공포가 로프트를 이겼다.

"포기하고 되돌아가자. 일단 여기까지 와보았으니 되었어. 남들이 와보지 못한 곳까지 경험했으니 이것만 해도 성과라면 성과야. 다음번엔 좀 더 준비해서 도전하자. 이게 합리적인 결정이야."

로프트는 이런 말로 스스로 합리화했다.

180도 등을 돌려 입구로 나오는 동안 로프트의 마나는 빠르게 소모되었다. 중간에 방향까지 헷갈리는 바람에 로프트가 입구에 거의 도달할 즈음엔 마나가 똑 떨어져 버렸다.

"아, 안 돼."

로프트의 입에서 쇳소리가 나왔다.

마나가 고갈되자 그 즉시 애니마가 끊겼다. 통제를 잃은 가시덩굴이 벼락처럼 달려들어 로프트를 칭칭 휘감았다.

저 앞, 동기들의 웅성거리는 소리가 들렸다. 로프트는 찢어져라 고함을 질렀다.

"아아악! 도와주세요. 제발 저 좀 살려주세요. 끄아아악."

푸욱! 푹! 푹! 푹!

섬뜩한 가시가 로프트의 살갗을 뚫었다. 로프트는 두 손으로 머리를 감싸고 굼벵이처럼 몸을 말았다. 로프트의 온몸에서 피가 철철 흘렀다.

"아아아악. 제발. 제발."

로프트의 처절한 비명을 들으면서도 히번은 눈 하나 깜짝하지 않았다.

"이걸 어째."

"아아아."

도제생 후보들이 끔찍한 사태에 놀라 발만 동동 굴렀다.

아무도 돕지 않자 로프트는 결국 온몸으로 가시덩굴을 헤치기 시작했다. 그렇게 조금씩 기어오는 동안 로프트의 온몸은 가시에 찢기고 생살이 뜯겨나갔다. 로프트가 기어 간 자리는 온통 피범벅이 되었다.

히번은 여전히 도움의 손길을 내밀지 않았다.

'크으윽.'

로프트가 이를 악물었다.

약간의 시간이 흐르자 로프트의 마나가 조금씩 다시 차 올랐다. 로프트는 '여기서 죽을 수는 없다.'는 일념으로 마 나를 쥐어짜 가시덩굴과 애니마를 연결했다.

처음엔 잘되지 않았다.

하지만 간절한 노력 끝에 마침내 연결에 성공했다. 푸른 빛에 물든 가시덩굴이 로프트를 놓아주고 스르륵 물러났다.

"크허억."

로프트는 바닥을 기다시피 하면서 겨우 죽음의 구렁텅이 로부터 빠져나왔다. 찢기고 뜯겨 온몸이 넝마가 된 로프트 가 바닥에 얼굴을 처박고 울음을 터뜨렸다.

"크흐흐흑, 크흐흐흐흐흑."

로프트의 신체가 경련하듯 떨렸다.

히번은 오열하는 로프트를 달래주지 않았다. 오히려 보

란 듯이 표본으로 삼았다.

"잘 보아라. 이것이 만용의 결과니라. 용기와 만용은 종이 한 장 차이인데, 도전에 성공하면 용기고, 실패하면 만용이다. 시시퍼 마탑의 마법사가 되려는 자들은 이 사례를 똑똑히 기억해야 할 것이다."

"……."

도제생 후보들이 쥐 죽은 듯이 조용해졌다.

히번이 다시 주위를 둘러보았다.

"혹시 다음 도전자 없나?"

아무도 대답하지 못했다.

히번이 혀를 찼다.

"이런, 쯧쯧쯧쯧. 이번 기수는 이렇게도 용기 있는 사람이 없단 말인가?"

약 올리는 듯한 히번에 도발에 도제생 후보들이 어이가 없어 입만 딱 벌렸다.

"없으면 할 수 없지. 각자 연습을 더 하고, 그러다 용기가 생기면 다시 이곳으로 와라."

히번이 도제생 후보들을 돌려보내려고 할 때였다. 키가 훤칠하게 크고, 눈빛이 초록색이며, 금발머리를 등까지 늘어뜨린 미남자가 손을 들었다.

"심판관님, 제가 한 번 도전해보겠습니다."

도제생 후보들이 웅성거렸다.

"헉, 포이엠이다."

"탑 쓰리 포이엠?"

"맞아. 그 포이엠. 라인의 축복을 타고 태어난 엘프족 말이야."

히번이 가느다란 눈매를 더욱 가늘게 좁혀 포이엠을 바라보았다.

포이엠은 히번의 눈빛을 묵묵히 받아내었다.

히번의 손바닥을 위로 들어 가시덩굴을 가리켰다.

"좋아. 준비가 되면 바로 시작해."

"예."

포이엠이 가시덩굴 앞에 섰다.

히번의 가시덩굴은 마치 수천 마리 뱀 떼가 얽혀서 꿈틀거리는 것 같아 섬뜩했다. 포이엠의 등 뒤에서는 꿀꺽 꿀꺽 침 넘어가는 소리가 들렸다. 그러나 포이엠은 긴장하지 않고 차분하게 마법을 준비했다.

탑 쓰리답게 포이엠은 식물계 마법에도 능숙했다. 하지만 지금 그가 준비하는 것은 애니마가 아니라 차단계 라인 마법이었다.

Chapter 6

후웅!

마법이 발현되자 포이엠의 몸 주변으로 주홍빛 막이 형성되었다.

이 막의 정체는 차단 결계.

결계의 바깥쪽과 안쪽을 분리하여 다른 공간을 만들어내는 고난이도 마법이었다.

예를 들어서 결계 앞쪽에서 화살이 날아올 경우, 그 화살은 결계 내부로 파고들어 포이엠을 공격하지 못한다. 결계를 건너뛰어 포이엠의 등 뒤로 그냥 빠져나갈 뿐이다. 화살뿐 아니라 검이 날아들어도 마찬가지다. 창날이 파고들어도 결과는 똑같았다.

이러한 사기적인 특성 덕분에 차단계 라인 메이지들은 모든 물리적인 공격으로부터 자유로운 마법사, 즉 물리공격에 대한 이뮨(Immune: 면제자)으로 불리며 뭇사람들의 경외를 받아왔다. 무기에 무지막지한 양의 오러를 실어서 결계마저 통째로 부숴버릴 수준의 절대자가 아니라면 차단계 라인 메이지를 상대로 물리공격을 퍼붓는 것은 밑 빠진 꽃병에 물을 붓는 셈이었다.

특성이 사기적인 대신, 차단계 라인 메이지들은 정말 극소수였다. 시시퍼 마탑에서도 그 수가 얼마 되지 않을 정도로 키우기 어려운 마법사가 바로 이 계열에 해당했다.

이번 기수 도제생 후보들 가운데 라인 계열에 재능을 보인 사람은 총 9명.

하지만 이 9명 가운데 대부분은 손톱보다 더 작은 크기의 결계를 겨우 만들어 내었을 뿐이었다. 그들은 그것만으로도 A+이라는 후한 평가를 받았다.

포이엠은 논외였다.

똑같은 A+이지만, 포이엠의 A+과 나머지 8명의 A+은 격이 달랐다. 테스트를 받을 당시 포이엠은 지름 40센티미터의 결계를 구축하여 교관을 기함하게 만들었다.

그 정도만으로도 포이엠은 '라인의 축복을 받은 자'라는 칭송을 들었는데, 지금 포이엠은 놀랍게도 자신의 몸 전체를 결계로 감싸버렸다.

이건 단순한 후보를 뛰어넘어 도제생. 아니, 그 도제생마저 뛰어넘어 시시퍼 마탑의 진짜 라인 메이지 수준이었다. 격이 다른 포이엠의 실력에 동기들뿐 아니라 히번마저 화들짝 놀랐다.

'정말 놀랍구나. 저 정도 실력이라면 내 가시덩굴을 충분히 통과할 수 있겠다. 다만 지속시간이 얼마나 되느냐가 관건이겠지?'

히번이 관심 어린 눈빛으로 포이엠을 관찰했다.

온몸에 주홍빛 결계를 두른 포이엠이 가시덩굴 속으로 성큼 발을 내디뎠다.

츄라락!

가시덩굴이 당장 반응하여 포이엠을 공격했다.

헌데 웬걸?

주홍빛 결계를 찌른 뾰족한 가시가 결계 내부로 파고들지 못하고 엉뚱한 곳으로 가시 끝을 내밀었다. 또 다른 가시도 포이엠을 찌르지 못하고 엉뚱한 위치에서 튀어나왔다.

덕분에 포이엠은 전혀 상처를 입지 않았다. 그는 마치 히번의 가시덩굴이 실제가 아니라 환영이라도 되는 것처럼 아무런 방해도 받지 않고 복도를 걸어갔다.

도제생 후보들은 그 모습을 제대로 볼 수 없었다. 포이엠의 뒷모습이 무성한 가시덩굴에 가렸기 때문이었다.

하지만 히번은 포이엠을 똑똑히 보고 느꼈다.

'허어!'

히번이 진심으로 감탄했다.

'저 녀석의 결계는 안정적이면서도 마나 소모가 크지 않구나. 게다가 결계를 유지하면서 탐색 마법도 동시에 발휘 중이야.'

히번의 짐작이 옳았다. 포이엠은 차단결계를 유지하는 것과 동시에 탐색 마법으로 주변을 샅샅이 훑는 중이었다.

"저기구나."

얼마 지나지 않아 포이엠은 3층으로 올라가는 출구를 발견했다.

포이엠이 서둘러 발걸음을 옮기자 가시덩굴들이 더욱 매섭게 공격의 고삐를 조였다.

하지만 아무리 가시로 찌르고 칭칭 휘감아 봤자 차단결계 속의 포이엠을 공격하기란 불가능했다. 결국 포이엠은 15분이라는 짧은 시간 만에 2층을 통과하고 3층으로 올라가 버렸다.

"이거 어쩌면 역대 최단시간 돌파일지도 모르겠는걸."

히번이 무의식중에 이렇게 중얼거렸다.

도제생 후보들이 히번의 독백을 들었다.

"헉? 포이엠이 통과했나 봐."

"진짜? 벌써?"

"말도 안 돼."

다들 소스라치게 놀랐다. 특히 포이엠과 어깨를 견주던 후보들, 즉 탑 세븐에 꼽히던 이들이 입술을 꾹 다물었다.

전과목 A+을 자랑하는 천재소녀 리아로는 이글거리는 눈빛으로 가시덩굴을 노려보았다. 솔직히 리아로는 포이엠처럼 몸 전체에 차단 결계를 두르고 가시덩굴을 통과할 자신이 없었다. 식물계 애니마에는 나름 자신이 있었지만, 가시덩굴이 얼마나 깊은지 알 수 없는 상황에서 함부로 도전하기 어려웠다.

수인족 소년 부우는 더더욱 엄두를 내지 못했다.

'내가 부리는 동물들을 총동원해도 저 가시덩굴을 뚫을 자신이 없어. 그렇다면 식물계 애니마로 덩굴을 지배하는 수밖에 없겠지? 그런데 아직은 도전할 때가 아닌 것 같아. 하아아. 포이엠 형을 따라잡기는 힘들겠구나.'

자존심 강한 부우가 속으로 한숨을 삼켰다.

헤스티아도 나름 충격을 받았다. 그녀는 피나는 노력과 타고난 재능으로 우수한 성적을 받았다. 하지만 포이엠과 같은 괴물(?)을 눈앞에서 보자 힘이 쭉 빠졌다.

그래도 헤스티아는 포기하지 않았다.

'더 노력하자. 당분간 2층에서 머물면서 식물계 애니마를 좀 더 갈고 닦아야 해. 난 포이엠 님과 같은 천재가 아니야. 그러니까 무리하지 말고, 포이엠 님과 나를 비교하지도 말고, 한 걸음 한 걸음 내 길을 걸어야 해.'

이것이 헤스티아의 생각이었다. 한창 혈기왕성한 나이에 이런 생각을 하기란 쉽지 않은데, 헤스티아는 현명했다.

"또 도전할 사람 없나? 너희들 가운데 누군가는 벌써 3

층으로 올라갔다. 그런데 여기 남은 녀석들은 과감하게 한 번 도전해볼 용기도 없는 게야?"

히번의 비아냥거림이 불을 지폈다.

"제가 해보겠습니다."

이번엔 검은 머리카락의 청년이 손을 들었다.

"피트다."

"공격력 최강 피트야."

도제생 후보들이 그럴 줄 알았다는 듯이 고개를 주억거렸다.

피트는 공격 계열 워 메이지 수업에서 단연 압도적인 화력을 선보이며 단숨에 후보들 가운데 스타로 떠올랐다. '공격력 최강 피트'라는 별칭도 그때 붙여졌다.

히번이 손가락을 까딱였다.

"좋아. 앞에 나와서 도전해 봐라."

피트가 주먹을 꽉 쥐고 가시덩굴 앞에 섰다. 조금 전 포이엠과 달리 피트의 얼굴은 긴장한 기색이 역력했다.

Chapter 7

피트가 머뭇거리기만 할 뿐 덩굴에 뛰어들지 못하자 히

번이 재촉했다.

"뭐하나? 어서 시작해."

"이야아아압."

피트는 우렁찬 기합과 함께 손가락 4개로 사각형을 맺었다. 그 사각형으로부터 화염이 무시무시하게 쏟아져나가 가시덩쿨을 태웠다.

화르르르륵!

뜨거운 열기가 복도에 확 몰아쳤다.

"으윽."

도제생 후보들이 열기를 견디지 못하고 뒷걸음질쳤다.

피트는 정말 전력을 다해 화염을 내쏟았다. 복도 벽이 열기에 의해 마구 일그러지고 바닥이 흐물흐물해질 정도로 고온의 화염이었다.

피트는 그 강렬한 공격을 무려 4분이나 지속했다.

하지만 결과는 참혹했다.

"아!"

피트가 망연자실하여 입을 쩍 벌렸다.

그도 그럴 것이, 가시덩굴은 약 10센티미터 깊이까지만 타버렸을 뿐, 그 안쪽은 불에 그슬린 흔적도 없이 멀쩡했다. 게다가 약간의 시간이 흐르자 덩굴이 스르륵 자라나면서 10센티미터도 다시 회복했다. 이 가시덩굴이 마법 저항력이 높고 재생력도 뛰어나다는 히번의 말은 사실이었다.

피트가 고개를 푹 숙였다.

"죄송합니다. 저는 다음에 다시 도전하겠습니다."

포기를 선언하는 피트의 음성이 살짝 떨려서 나왔다.

히번이 그럴 줄 알았다는 듯 피식 웃었다.

"알겠다. 그럼 더 이상의 도전자는 없겠지?"

우연인지 아닌지, 히번의 가느다란 눈이 이탄을 향했다.

포이엠은 도전 성공.

로프트와 피트는 도전 실패.

나머지 리아로와 헤스티아, 부우는 도전 포기.

그렇다면 탑 세븐 가운데 남은 사람은 이탄뿐이었다. 도
제생 후보들의 시선도 모두 이탄에게 집중되었다.

'하아아.'

이탄이 속으로 한숨을 내쉬었다.

'튀지 않기로 결심했는데. 지금은 정말 튀고 싶지 않은데.'

이탄은 튀지 않을 방법이 뭐가 있을까를 고민했다. 당장
떠오르는 것은 '오늘 도전하지 말고 적당히 중간 순번으로
가시덩굴을 통과하자.'였다.

'문제는 내가 도저히 식물을 컨트롤할 자신이 없다는 점
이지. 아무리 애를 써도 식물계 애니마를 잘 모르겠어. 어
둠에 오염된 부정 세계의 식물이라면 또 모를까, 정상적인

식물은 도저히 내가 통제할 대상이 아니야. 하아아.'

결국 방법은 하나였다. 이탄이 2층을 통과하려면 식물 컨트롤이 아니라 우격다짐으로 저 가시덩굴을 뚫어버리는 수밖에 없었다.

'그런 방식이라면 어차피 튀는 것 아닌가? 히번 심판관의 의도대로 식물계 애니마를 가다듬어서 통과해야 튀지 않는 것이지, 무식하게 힘으로 뚫어버리면 어차피 사람들의 주목을 받을 수밖에 없잖아? 그러니까 내가 오늘 저 가시덩굴을 뚫건, 시간을 질질 끌다가 뚫건, 튀는 건 마찬가지라고. 에라 모르겠다.'

거듭 고민한 끝에 이탄이 결심을 굳혔다.

"제가 도전하겠습니다."

이탄은 힘없이 손을 들었다.

도제생 후보들이 또다시 쑥덕거렸다.

"오오오, 괴물의 등장이다."

"금속 괴물 이탄."

히번이 이탄을 향해 손가락을 까딱였다.

"도전은 언제든지 환영이다. 앞에 나와서 마음의 준비를 한 다음, 바로 도전해라."

동기들 뒤편에 서 있던 이탄이 앞으로 발걸음을 옮겼다. 동기들이 좌우로 쫙 갈라져서 이탄에게 길을 열어주었다.

이탄은 로프트나 피트처럼 긴장한 모습은 아니었다. 그렇다고 포이엠처럼 차분하지도 않았다. 그저 몇 차례 한숨을 내쉬고, 다소 곤혹스러운 표정을 지을 뿐이었다.

이탄이 자신 없는 것처럼 보이자 도제생 후보들이 당장 반응했다.

"뭐야? 통과할 자신이 없나 본데?"

"내 이럴 줄 알았어. 솔직히 말해서 이탄은 금속 괴물이지 식물 괴물은 아니잖아?"

"내 생각에도 통과하기 힘들 것 같아. 도전도 해보기 전에 저렇게 표정이 어두워서야 어떻게 성공하겠어?"

"맞아. 힘들어. 힘들어."

대중들의 의견은 이탄의 실패에 쏠렸다.

히번도 내심 실망했다.

'쯧쯧쯧. 괴물이라 불린다기에 내심 기대했건만, 어째 자신감이 없나 보구나. 하긴, 아무나 괴물이라 불릴 수는 없지. 마법의 세계는 워낙 오묘하여 조금 된다 싶다가도 깊이가 없으면 금세 실력이 들통 나게 마련이야. 쯧쯧.'

히번은 이탄에 대한 기대를 접었다. 하지만 곧 "어?" 소리를 내며 눈을 크게 떴다.

비단 히번뿐만이 아니었다. 이탄의 동기들도 모두 눈이 휘둥그레졌다.

"어라?"

"어어어?"

사람들이 놀란 이유는 간단했다. 지금까지 도전했던 사람들, 즉 로프트, 피트, 심지어 단번에 2층을 통과한 포이엠마저도 가시덩굴 앞에서는 일단 발걸음을 멈추고 마나를 잔뜩 끌어올렸다. 그 다음 마법을 완벽히 준비하여 도전을 시작했다.

이탄은 달랐다. 그는 처음 앞으로 걸어 나올 당시의 어두운 얼굴로 그대로, 걷는 속도에도 아무런 변화도 없이 가시덩굴로 직행했다. 마치 눈앞의 가시덩굴이 보이지도 않는 것처럼 거리낌이 없었다. 혹은 동네 마실을 나온 사람 같기도 하였다.

이탄이 무방비 상태로 가시덩굴에 진입하자 히번이 화들짝 놀랐다.

동기들도 기겁했다.

"뭐, 뭐야?"

뾰족한 가시덩굴이 이탄에게 와르륵 달려들었다.

그보다 한발 앞서 2층 건물 벽과 바닥이 터져나갔다. 심지어 천장도 폭발했다. 벽과 바닥, 그리고 천장에서 튀어나온 철근 수백 다발이 뱀처럼 가시덩굴을 휘감아 제압했다.

우득, 우드득, 뿌드드득.

가시덩굴과 철근이 뒤엉키면서 나무 으스러지는 소리와
철근 꺾이는 소리가 동시에 들렸다.

Chapter 8

철근은 단지 이탄의 주변에서만 튀어나온 것이 아니었
다. 이탄이 막 발을 디딘 복도 이쪽 편에서 시작하여 복도
저 끝까지, 2층 복도 전체의 철근들이 동시에 전부 튕겨져
나와 가시덩굴 숲을 통째로 덮쳤다.

가시덩굴이 미친 듯이 저항했다. 이 영리한 식물은 철근
사이로 가시를 내밀어 어떻게든 이탄을 직접 공격하려 들
었다.

그러자 철근도 세 갈래, 네 갈래로 쩍쩍 갈라지며 덩굴을
붙잡았다. 때로는 철근이 평평하게 펴지면서 가시덩굴 다
발 전체를 납작하게 짓눌러 버리기도 했다.

쪽수로는 철근이 불리했다. 가시덩굴은 무려 수만 가닥
이 넘었으나, 철근은 고작 수백 가닥에 불과했다. 아무리
철근이 갈라져서 분화하고 넓게 펼쳐져서 막는다고 해도
가시덩굴 전체를 억제할 수는 없었다. 어떻게든 철근의 방
해를 따돌린 가시덩굴 몇 가닥이 이탄에게 달려들었다.

"앗!"

"위험해."

도제생 후보들이 자신도 모르게 소리를 질렀다.

포이엠이 통과할 때와는 달리, 도제생들은 이탄과 가시덩굴의 싸움을 훤히 들여다보았다. 철근이 복도에 깔린 가시덩굴 군락 전체를 납작하게 짓눌러 바닥과 벽에 밀착시켜 버렸기 때문이었다.

덕분에 모든 사람들은 복도 저편까지 뻥 뚫린 풍경을 여과 없이 들여다볼 수 있었다. 이탄과 가시덩굴의 싸움도 날 것 그대로 관람 가능했다.

츄라락.

가시덩굴 몇 가닥이 이탄을 휘감았다. 뾰족한 가시가 이탄의 살을 찢어발길 듯 사납게 달려들었다.

콰득!

이탄이 가시를 손으로 붙잡아 그대로 잡아 뜯었다.

고래힘줄보다 더 질긴 것이 히번의 가시덩굴이었다. 뛰어난 워 메이지가 히번의 마법을 만난다면, 강력한 화염 마법으로 가시덩굴을 태워버리는 것은 충분히 가능할 법했다. 혹은 얼음 마법으로 가시덩굴을 얼려버리는 것도 물론 가능했다.

하지만 힘으로 가시덩굴을 잡아 뜯는다?

이건 쉽지 않았다. 히번의 가시덩굴은 그만큼 질겼다.

우드득, 뿌드드득.

그 질긴 덩굴이 이탄의 손짓 한방에 머리카락 잡아 뜯기 듯 와드득 뜯겨나갔다. 그다음 복도 바닥에 아무렇게나 버려졌다.

"이럴 수가. 커헉!"

히번은 놀라다 못해 입에 거품을 물었다. 이탄이 가시덩굴을 우드득 우드득 뜯어낼 때마다 히번의 애니마가 강한 타격을 받았다. 이대로 계속 쇼크를 받았다가는 히번의 마나홀에 치명적인 상처가 생길 정도였다.

"크헉. 크허억. 우웨에에엑."

마침내 히번이 핏덩이를 토했다.

이탄은 히번이 비명을 지르건 말건 신경 쓰지 않았다. 그저 반쯤 허물어진 복도를 일정한 속도로 걸어가면서 자신에게 덤벼드는 덩굴들을 묵묵히 뜯어버릴 뿐이었다.

6분.

이탄이 가시덩굴 군락에 진입하여 복도 끝에 도착할 때까지 걸린 시간은 고작 6분이었다.

포이엠이 2층을 통과하는데 걸린 시간이 15분.

이것도 '역대급 성과'라고 찬사를 받았다.

한데 이탄은 그 절반도 되지 않는 짧은 시간에 3층으로 올라가 버린 것이다.

놀랄 일은 단지 통과시간 단축만이 아니었다. 통과 방법
도 격차가 컸다.

포이엠은 히번이 설치한 장애물을 말 그대로 '통과'만
한 셈이었다.

이탄은 달랐다. 이탄은 가시덩굴을 짓누르고, 파괴하고,
짓밟아버렸으며, 끝내는 가시덩굴을 소환한 마법사 히번을
기절까지 시켰다.

"어헉? 심판관님께서 쓰러지셨어."

이탄이 3층으로 올라가고 한참 뒤, 도제생 후보들 가운
데 한 명이 질린 표정으로 이렇게 뇌까렸다.

그 날 이후 이탄에게 붙은 '괴물'이라는 별칭은 더더욱
확고해졌다.

아니, 그 정도를 넘어서 도제생 후보들 사이에서는 조심
스럽게 탑 세븐이나 탑 쓰리가 아니라 '원탑(One Top)'이
라는 단어가 떠돌기 시작했다.

물론 이 단어는 이탄을 지칭하는 말이었다.

마탑 2층이 식물이라면 3층은 동물이었다.

드넓은 방 안, 이탄은 난감한 듯 오른손 검지로 관자놀이
를 긁었다.

"쩌업."

이탄의 코앞에는 괴수 한 쌍이 거대한 날개를 퍼덕이고 있었다.

머리는 독수리에 몸통과 발은 사자, 꼬리는 뱀인 괴수들의 정체는 다름 아닌 그리핀(Griffin)이었다.

하늘을 나는 날짐승들 가운데 드래곤과 와이번(Wyvern)을 제외하면 최강자라 불리는 존재.

뛰어난 마법사가 아니라면 감히 길들여볼 엄두도 내지 못하는 하늘의 제왕.

그 그리핀 한 쌍이 이탄 앞에서 부리를 딱 벌리고 날개를 퍼덕거리며 적개심을 드러내었다.

끼야아아악.

끼야아악.

그리핀들의 부리 사이로 시뻘건 혀가 날름거렸다. 그 모습이 무척 사나워 보였다.

다행히 그리핀들의 목과 발에는 굵은 쇠사슬이 채워져 있었다. 하지만 이 괴수들의 힘이 어찌나 세었던지 그들이 날개를 한 번 퍼덕거릴 때마다 쇠사슬이 끊어질 것처럼 삐꺽삐꺽 소음을 토했다.

이탄이 바닥에 눈길을 돌렸다.

애니마로 그리핀 한 쌍을 길들여라. 그 다음 그리핀들의 족쇄를 풀고 등에 올라타서 방을 크게 한 바퀴 돌면 된다. 이때 한 마리만 타면 실패다. 반드시 두 마리의 등 위에서 이리저리 옮겨 다니면서 두 마리를 동시에 컨트롤해야 4층으로 올라가는 문이 열릴 것이다.

그리핀 앞쪽 바닥에는 이런 안내문이 적혀 있었다.

'부끄러움이 많은가? 4층의 심판관은 얼굴도 내비치지 않고 통과 조건만 적어놓았네?'

이탄이 주변을 휙 둘러보았다. 이탄보다 한발 앞서 3층으로 올라온 포이엠은 어디에서도 모습이 보이지 않았다.

'벌써 통과해서 4층으로 올라갔나? 아니면 자신이 없어서 실력을 더 연마하는 중일까?'

아무래도 포이엠은 전자일 것 같았다. 포이엠이 이미 이곳을 통과했다고 생각하자 이탄의 경쟁심이 은근히 발동했다.

이탄은 뒤도 한 번 돌아보았다.

방 저편, 문이 2개 보였다. 그중 하나는 도서관으로 통하는 문이었다. 다른 하나는 마법 연습실로 연결되었다.

'도전할 자신이 없으면 저쪽으로 가서 동물계 애니마를 더 갈고 닦으라는 뜻이겠지?'

이탄이 손바닥을 탁탁 털었다. 그의 선택은 이미 정해져 있었다.

Chapter 9

"어차피 눈에 띄지 않고 조용히 지내기는 틀렸어. 이왕 이렇게 된 거 무식한 이미지가 좀 더해진다고 해서 나빠질 것도 없겠지. 내친김에 그냥 4층까지 쭉 올라가버리자."

이탄은 식물계 애니마뿐 아니라 동물계 애니마에도 젬병이었다. 아무리 노력해도 잡힐 듯 잡힐 듯 감이 잡히지 않았다.

하지만 이탄에게는 굳이 애니마가 필요 없었다.

"동물을 길들이는 방법이 굳이 애니마만 있는 것은 아니거든."

이탄이 그리핀들에게 성큼 다가섰다.

끼이야아악—.

그리핀 한 마리가 벼락처럼 목을 뻗어 이탄을 부리로 물었다.

그보다 한발 앞서 이탄이 손을 뻗었다. 이탄은 한 손으로 그리핀의 부리를 붙잡아 아래로 휙 당겼다.

놀랍게도 그 큰 그리핀이 이탄에게 쭉 딸려와 머리를 이탄의 허리 어림까지 숙였다. 그 상태에서 이탄이 손바닥으로 그리핀의 정수리를 내리쳤다.

빠각!

가볍게 손바닥으로 때린 것 같은데 그리핀의 눈알이 홰까닥 돌았다. 철벽보다 더 단단하다는 그리핀의 두개골은 순간적으로 쩍 벌어졌다가 다시 붙었다.

끼야앗?

깜짝 놀란 그리핀이 반사적으로 앞발을 들어 발톱으로 이탄을 할퀴었다.

턱.

이탄이 그리핀의 발을 왼손으로 붙잡았다. 그 다음 오른손으로 그리핀의 발톱을 뽑기 시작했다.

뿌드득!

듣기 끔찍한 소리와 함께 발톱 하나가 생으로 잡아 뽑혔다. 그리핀의 앞발에서 피가 철철 흘렀다.

끼이야아악!

그리핀이 미친 듯이 머리를 내저었다.

이탄은 묵묵히 그리핀의 두 번째 발톱을 잡아 뽑았다. 이어서 세 번째, 네 번째.

그리핀이 지랄발광을 하며 이탄을 부리로 쪼려 들었다.

이탄이 한 마디 했다.

"부리도 뽑아줄까? 그랬다가는 두개골까지 함께 뽑혀 나올 것 같은데?"

사람의 말을 알아듣기라도 한 것일까? 그리핀이 후다닥 고개를 뒤로 젖혀 이탄의 손이 닿지 않는 높이까지 피했다.

하지만 이탄의 손에 꽉 잡힌 앞발까지 빼낼 수는 없었다. 그리핀이 비록 괴력을 지닌 괴수라고 하지만 이탄의 손에서 발을 빼내기란 불가능했다. 유일한 방법은 그리핀 스스로 앞발을 잘라버리는 것인데, 안타깝게도 그리핀은 도마뱀이 꼬리를 자르는 식으로 앞발을 스스로 잘라버릴 수는 없었다.

이탄이 결국 그리핀의 다섯 번째 발톱을 뽑았다. 흥건하게 튄 피가 이탄의 의복과 바닥을 흠뻑 적셨다.

발톱을 뜯어낼 때 이탄은 일말의 표정 변화도 없었다. 그저 농부가 잡초를 뽑듯이 기계적으로 뜯어낼 뿐이었다.

이탄을 향한 그리핀의 눈동자가 심하게 흔들렸다.

이탄이 고개를 들어 그리핀과 눈을 마주쳤다.

"어디 보자. 이제 내 애니마가 좀 투영되었나?"

끼야악?

그리핀이 "이게 뭔 개소리냐?"는 듯이 이탄을 내려다보았다.

이탄이 고개를 끄덕였다.

"응. 알았어. 아직 투영되지 않았구나. 그럼 다른 쪽 발톱도 마저 좀 뽑고 다시 확인하자."

이탄이 그리핀의 또 다른 발을 붙잡았다.

끼야아아악? 끼약? 끼약.

그리핀이 미친 듯이 도리질을 했다.

"뭐가 이리 시끄러워? 확 성대를 찢어버릴까 보다."

이탄의 협박에 그리핀이 기겁했다.

이탄이 그리핀을 올려다보았다.

그리핀은 눈물이 그렁한 눈으로 애처롭게 이탄과 시선을 마주쳤다.

"뭐야? 내 애니마가 투영되었나? 눈빛이 왠지 좀 그럴듯해졌는데?"

그리핀이 빠르게 고개를 주억거렸다. 그 모습이 마치 "투영되었습니다. 주인님. 투영되었고말고요."라고 강하게 주장하는 느낌이었다.

이탄은 비로소 그리핀의 앞발을 놓아주었다.

"이제 너는 되었고. 그 다음은 네 차례인가?"

이탄이 두 번째 그리핀에게 다가갔다.

끼약?

깜짝 놀란 두 번째 그리핀이 반사적으로 부리를 뻗어 이탄을 쪼려 시도했다. 이탄은 오른손을 바깥쪽에서 안쪽으로 둥글게 휘둘렀다. 이탄의 손이 그린 궤적에 그리핀의 부리가 걸렸다.

까앙!

날카로운 금속음이 울렸다. 곧게 펴진 이탄의 중지가 그리핀의 딱딱한 부리를 뚫고 안으로 틀어박혔다.

꾸웨에엑?

두 번째 그리핀의 목에서 돼지 멱따는 소리가 울렸다.

이탄은 그리핀의 부리에 꽂은 중지를 슬쩍 잡아당겼다. 별로 힘을 준 것 같지도 않은데 그리핀의 머리가 휙 딸려왔다. 그 상태에서 이탄이 왼손을 슬쩍 들었다.

끼야악.

그리핀이 애처로운 울음을 토했다. 힐끔힐끔 이탄을 곁눈질하는 이 그리핀의 눈망울에도 물기가 그렁했다.

이탄이 들었던 손바닥으로 그리핀의 뺨을 툭툭 쳤다.

"잘하자. 괜히 신경 건드리지 말고, 내가 애니마를 투영하면 즉각 즉각 받아들이란 말이야."

두 번째 그리핀도 후다닥 고개를 끄덕였다.

이탄이 두 마리 그리핀을 묶은 쇠사슬을 툭 쳐서 끊었다. 열쇠로 쇠사슬을 푼 것이 아니라 그냥 힘으로 절단했다.

"자, 이제 한 바퀴 돌아야지."

이탄이 첫 번째 그리핀의 등에 올라탔다. 그 다음 두 번째 그리핀의 목에 걸린 쇠사슬을 손에 쥐고는 발로 신호를 보냈다.

Chapter 10

자존심이 상한 그리핀이 걸음을 떼는 대신 제자리에서 투레질을 했다. 그 즉시 이탄의 손이 그리핀의 등짝을 한 움큼 쥐어뜯었다.

끼야아아악?

깜짝 놀란 그리핀이 앞발을 높이 들고 이탄을 떨어뜨리려고 했다.

이탄이 그리핀의 목을 뒤에서 쥐고 으스스하게 뇌까렸다.

"애니마가 덜 투영되었나? 아니면 말귀를 알아듣지 못하는 돌대가리들인가? 아무래도 두개골을 쪼개서 뭐가 문제인지 뇌 좀 들여다봐야겠다. 여차하면 심판관님께서 또 다른 그리핀을 들여보내 주시겠지. 이런 돌대가리 그리핀 대신 영특한 놈으로 말이야."

끼얍.

그리핀이 입을 꾹 다물었다. 번쩍 들었던 앞발도 다시 얌전히 내렸다. 피로 칠갑된 바닥이 그리핀의 눈에 들어왔다. 발톱이 5개나 빠져 흉물스러워진 발도 그리핀의 눈에 밟혔다. 조금 전에 뜯긴 등짝이 욱신욱신 쑤셨다.

그리핀의 눈에서 눈물이 뚝뚝 떨어졌다.

"자, 출발."

이탄이 다시 신호를 보냈다.

발톱이 뽑힌 그리핀은 쩔뚝쩔뚝 발을 절면서 방 안을 크게 한 바퀴 돌기 시작했다. 그 옆에서 또 다른 그리핀도 얌전히 동행했다.

이탄은 중간에 그리핀의 등에서 일어나 두 번째 그리핀의 등으로 옮겨 탔다.

두 마리 그리핀은 순간적으로 이탄을 확 내팽개치고 반격할 마음을 먹었다. 물론 마음만 먹었을 뿐 실제로 실행에 옮기지는 못했다.

"쓸데없는 생각 하지 마. 죽는다."

이탄의 입에서 튀어나온 이 한 마디가 흉포한 그리핀들을 꽁꽁 얼어붙게 만들었다.

결국 이탄은 3층의 통과 조건도 단숨에 달성했다.

이탄이 4층으로 올라가버린 뒤, 텅 빈 3층에 조그만 소녀가 유령처럼 나타났다.

"으아아악, 안 돼. 으흐흐흑, 흐흐흐흐흐흑."

검은 머리카락의 소녀는 강제로 발톱이 뽑힌 그리핀에게 달려가 목을 끌어안고 펑펑 울었다.

그녀의 정체는 4층 심판관이자 동물계 애니마 메이지인 소냐였다. 소냐는 시시퍼 마탑의 999명 마법사들 가운데 공식 서열 899위에 위치했다.

마탑의 규칙상 심판관인 소냐가 통과시험에 직접 개입할 수는 없었다. 그래서 소냐는 자식과 같은 그리핀이 이탄의 손에 발톱이 뽑히고 살점이 뜯겨 나가도 이탄을 말리지 못했다. 두 마리 그리핀이 닭똥 같은 눈물을 뚝뚝 흘리며 굴욕적으로 방을 한 바퀴 돌 때도 부들부들 떨기만 할 뿐 앞에 나설 수 없었다.

"으흐흐흑. 미안해. 엄마가 미안해. 저런 무식한 잡놈에게 너희를 내주어서 정말 미안해. 많이 아팠지? 흐흐흐흑."

동물계 애니마 메이지인 소냐는 치료에 능숙하지는 않았다. 그래도 일단 어설픈 치료마법으로 그리핀의 상처 부위를 돌봐주었다. 그 다음 힐러계 워 메이지의 도움을 청하기 위해 부지런히 움직였다.

소냐의 속에서는 부글부글 열불이 끓어올랐다.

"이탄이라고 했지? 두고 보자. 시시퍼 마탑의 도제생으로 들어오기만 해봐라. 내가 두고두고 네놈을 괴롭혀 줄 것이야. 내 새끼들의 복수를 반드시 해줄 테다."

소녀가 뿌드득 이빨을 갈았다.

'드디어 여기까지 왔군.'

시시퍼 마탑 4층에 발을 디디면서 이탄은 살짝 긴장했다. 은화 반 닢 기사단의 여타 퀘스트와 달리 이번 '3개의 달' 작전은 무려 1년이 넘게 시간이 걸렸다. 그런데 이제 퀘스트의 끝이 보인다고 생각하자 이탄의 마음이 미묘하게 출렁거렸다.

마탑 4층은 탁 트인 백색의 공간이었다.

'이건 마치 간씨 세가의 가주 전용 연무 공간 같잖아?'

이탄은 얼핏 이런 생각을 했다.

물론 둘 사이에 차이점은 분명했다. 간씨 세가의 연무 공간과 달리 이곳 4층은 세상과 분리된 공간이 아니라 엄연한 현실 세계였다. 또한 허공 곳곳에 금, 은, 구리, 철과 같은 금속들이 둥둥 떠다니는 모습도 달랐다. 이 금속들은 모두 다 네모반듯한 큐브 형태였는데, 금속의 종류에 따라 큐브의 크기는 상이했다.

이탄이 4층에 올라오자 중년의 여마법사가 유령처럼 솟구쳤다. 여마법사는 하늘색 로브를 머리에 뒤집어쓰고 오른손에 기다란 스태프를 든 모습이었다.

"혹시 씨에나 님이십니까?"

이탄이 공손하게 물었다.

여마법사는 대답 대신 당황한 듯 이탄의 얼굴과 복부를 번갈아가며 바라보았다.

"아 저…… 혹시 모레툼의……?"

여마법사가 조심스레 모레툼이라는 단어를 입에 담았다.

이탄이 순순히 정체를 밝혔다.

"맞습니다. 모레툼에서 온 이탄이라고 합니다. 혹시 씨에나 님 맞으신지요?"

"네에. 제가 씨에나이긴 한데요, 솔직히 조금 의외네요. 스승님께 모레툼 교단의 유능한 성기사님이 지원을 오실 것이라고 들었거든요. 그래서 저는 수염이 나고 건장한 체격의 중년 기사를 상상했거든요. 그런데……."

씨에나가 이탄의 볼록한 배를 또다시 곁눈질했다.

'아 씨. 이 여자 뭐야?'

이탄이 언짢게 손으로 배를 가렸다.

"풉."

그 모습이 웃겼는지 씨에나가 웃음을 뿜었다. 그 다음 당황하여 손으로 부채질을 했다.

"아유우. 죄송해요. 제가 성기사님을 비웃으려는 의도는 아니었어요. 귀한 손님을 모셔놓고 제가 뭐하는 짓인지. 정말 죄송합니다."

"험험."

이탄이 헛기침을 몇 번 흘렸다.

거듭 죄송하다고 말한 뒤, 씨에나가 정식으로 인사했다.

"그나저나 이렇게 직접 만나 뵙게 되어서 반갑습니다. 저는 시시퍼 마탑의 씨에나입니다."

"저는 모레툼 교단의 이탄이라고 합니다."

이탄도 왼손 주먹 위에 오른손을 덮어 모레툼 교단식의 인사를 건넸다.

"그나저나 피사노교의 첩자가 마탑에 몇 명이나 침투해 있습니까?"

이탄이 본격적인 이야기를 꺼냈다.

씨에나가 포옥 한숨을 내쉬었다.

마탑의 코어에 접속하다

Chapter 1

이탄이 피사노교의 첩자에 대해서 묻자 씨에나의 얼굴에는 짙은 그늘이 드리웠다.

"죄송하지만 저희도 파악하지 못했어요. 999명의 마법사들 가운데 최소한 한 명 이상의 첩자 침투했다는 사실만 깨달았죠."

"그렇군요. 한데 씨에나 님께서도 아시다시피 피사노교의 행사는 워낙 음험하고 은밀하여 어둠의 그림자를 찾아내기가 여간 어려운 것이 아닙니다. 저도 교단의 명을 받고 이 자리에 왔으나, 피사노교의 그림자를 100퍼센트 찾아낸다고 자신하지는 못합니다."

이탄이 미리 실패할 경우를 대비하여 말을 늘어놓았다.

씨에나는 선뜻 고개를 끄덕였다.

"네. 그 점은 저도 이해해요. 성기사님께서는 그저 최선만 다해주세요. 나머지는 저희 시시퍼 마탑의 몫이죠."

"알겠습니다. 그럼 바로 시작을 하시죠."

이탄이 씨에나를 재촉했다.

씨에나는 손가락으로 허공에 뜬 금속 큐브들을 가리켰다.

"저 큐브들의 개수는 총 100개에요. 그리고 조금 전까지만 해도 큐브가 아니라 둥그런 구체였지요. 그런데 포이엠이 100개의 구체를 동시에 큐브로 바꿨어요."

"흐음. 역시 포이엠은 이미 4층을 통과했군요. 하면 제가 뭘 하면 됩니까?"

"100개의 금속 큐브를 동시에 원기둥 형태로 바꾸면 됩니다. 그럼 이탄 님께서는 이곳 4층을 통과하실 수 있죠."

이탄이 고개를 갸웃했다.

"네? 제가 여기에 온 목적은 4층 통과가 아닌데요."

"물론 이탄 님의 목적은 그게 아니시죠. 하지만 일단 통과 절차를 밟아야 5층으로 올라가는 문이 열린답니다. 그리고 5층 계단에 마탑의 코어어 접속할 수 있는 단자가 있고요."

"그런가요? 뭔가 복잡하군요."

이탄은 이런 복잡한 절차를 밟는 것이 이해가 되지 않았다.

'시시퍼 마탑 입장에서는 한시라도 빨리 피사노교의 첩자를 잡아야 하는 것 아냐? 그렇다면 미리 5층 문을 열어놓고 나를 기다리지, 이렇게 시간을 낭비하는 게 말이 돼?'

이런 의문을 짐작이라도 한 것처럼 씨에나가 설명을 덧붙였다.

"이탄 님께서 의혹을 품으실 것 같네요. 하지만 이해해 주세요. 제가 비록 고체계 애니마 메이지이자 마탑의 정식 마법사이기는 하지만, 층을 올라가는 문을 제 마음대로 열고 닫을 수는 없답니다. 그런 일을 임의로 했다가는 즉시 마탑의 코어를 통해 제가 한 행동이 보고될 거랍니다. 그런데 만약 피사노교의 악종이 보고를 받는 위치에 있다면 큰일이거든요."

씨에나의 설명은 그럴듯했다. 하지만 여전히 이탄은 마법사들의 이 답답한 행동이 이해가 되지 않았다.

"아, 그러시군요."

이탄은 건성으로 대답하고는 손가락을 딱 튕겼다.

샤라랑~.

그 즉시 100개의 금속 큐브가 미끈한 원통으로 모양을 바꾸었다.

씨에나가 감탄을 금치 못했다.

"햐아! 제가 이탄 님에 대해서 소문을 듣기는 했지만, 이렇게 눈으로 보니까 정말 놀랍네요. 마나도 전혀 끌어올리지 않은 상태에서 어떻게 아무런 준비도 없이 그렇게 애니마를 투명하시나요? 혹시 모레툼 교단에서 나와서 우리 시시퍼 마탑에 들어오실 생각은 없으신가요?"

"씨에나 님. 그런 이야기는 나중에 하시죠. 우선은 코어부터 먼저 접속하시고요."

이탄이 냉정하게 씨에나의 수다를 잘랐다.

'핏.'

씨에나는 입술을 삐쭉거린 다음, 5층으로 올라가는 문을 개방했다.

쿠르릉 소리와 함께 문이 열렸다. 이탄과 씨에나는 서둘러 계단을 뛰어올라 갔다.

시시퍼 마탑 4층과 5층 사이, 대리석으로 만들어진 계단 중간쯤에 반투명한 유리관 다발들이 튀어나와 있는 모습이 보였다.

이탄은 이 다발을 2층과 3층, 4층 계단에서도 목격했었다.

"어? 이게 코어입니까?"

"아니요. 이건 코어가 아니랍니다. 하지만 코어로 연결되는 단자, 즉 터미널이죠."

이탄이 따지듯 물었다.

"씨에나 님, 저는 이것과 똑같은 단자들을 아래층에서도 봤는데요. 만약 각 층의 계단마다 이 단자가 있다면, 굳이 제가 4층을 통과할 이유가 있습니까? 씨에나 님이 그냥 4층 올라오는 길목에서 저를 기다리시면 더 빨랐을 것 아닙니까?"

씨에나가 차분하게 이탄의 오해를 풀어주었다.

"이탄 성기사님, 죄송해요. 하지만 마탑의 규칙상 저희 심판관들은 도제생 후보들에게 그 어떤 혜택이나 방해를 하지 못하게 되어 있거든요. 제가 만약 이탄 님을 맞으러 아래층 계단까지 내려가 있었다면, 그 즉시 마탑의 규칙을 어긴 것이 되어 자동으로 보고가 올라간답니다. 그럼 제가 징계를 받게 되는데, 저는 그 징계가 무서운 것이 아니라 피사노교의 첩자가 제 행동을 수상하게 여길까 봐 조심스러웠어요."

"알겠습니다. 씨에나 님의 설명을 듣고 보니 이해가 되네요. 그럼 이제 제가 무엇을 어떻게 하면 됩니까?"

말은 이렇게 했지만 이탄은 여전히 시시퍼 마탑의 마법사들을 이해하기 어려웠다.

'상황이 급박하다면서 뭘 그렇게 규범에 얽매이지? 마법

사들은 정말 이해하기 힘들어.'

이탄은 속으로 이렇게 중얼거렸다.

그 사이 씨에나가 손가락으로 유리다발을 지목했다.

"저 다발에 검지를 대보세요."

"여기에 말입니까?"

이탄이 씨에나가 시키는 대로 행동했다.

슈콰콰콰콰아—.

이탄의 검지가 유리다발에 접촉한 순간, 이탄의 머릿속으로 희한한 풍경들이 한꺼번에 밀려들었다.

이건 마치 이탄이 처음 피사노교의 네트워크에 접속할 때와 유사했다. 이탄의 뇌 속으로 시시퍼 마탑 구석구석의 모든 영상들이 촤라락 흘러들어왔다. 마탑의 온갖 정보들도 물밀 듯이 유입되었다.

"으윽."

이탄이 감전이라도 당한 사람처럼 이빨을 악물었다.

씨에나가 황급히 설명을 이었다.

"앗! 초보자는 이렇게 빨리 코어에 접속되지 않는데, 이탄 님은 정말 특이하시네요. 지금 깜짝 놀라셨겠지만 마음을 차분하게 가라앉히시고 제 말을 새겨들으세요. 시시퍼 마탑의 코어는 지금 이탄 님께 마탑의 모든 정보들을 보여주고 있을 겁니다."

"으읏. 으으읏."

"그 정보 안에는 저희 시시퍼 마탑의 모든 마법사들, 심지어 탑주님과 부탑주님, 그리고 열두 지파장님들의 거처들까지 속속들이 포함되어 있습니다. 마탑의 그 누구도 마탑 코어의 관찰을 회피할 수는 없거든요."

이탄이 간신히 입을 열어 물었다.

"크윽. 관찰이라고 하셨습니까? 그건 혹시 마탑이 코어를 이용해서 소속 마법사들을 실시간으로 감시한다는 뜻입니까?"

"감시라고 할 수는 없고요. 마법사 개개인의 능력이 워낙 출중하다 보니 우리 한 사람 한 사람이 혹시 나쁜 마음을 먹고 세상에 나가 분탕질이라도 치면 큰일이거든요. 그래서 마탑의 선조들은 코어에 이런 기능을 넣었답니다."

씨에나의 설명을 듣는 와중에도 이탄은 계속 감전이 되는 듯한 느낌을 받았다. 실제로 유리다발과 이탄의 검지 사이에서 푸른 불똥이 마구 튀었다.

Chapter 2

이탄이 씨에나를 거듭 재촉했다.

"크으으. 그래서 제가 이제부터 뭘 하면 됩니까?"

"999명의 마법사들을 싹 다 훑어주세요. 그 다음 성기사님의 권능으로 수상한 자를 파악해 주세요."

"예에에? 아니, 제가 신도 아니고, 그냥 훑어보는 것만으로 어떻게 피사노교의 첩자를 가려낸단 말입니까?"

이탄이 황당함을 감추지 못했다.

그러자 오히려 씨에나가 더 당황했다.

"성기사님, 그게 무슨 말씀이세요? 신관이나 성기사는 마교의 악마들과 상극 아닌가요? 그냥 척 보는 것만으로도 악의 기척을 감지하는 게 당연하지 않나요?"

"커헉."

이탄은 기가 딱 막혔다.

그래도 어쩔 수 없었다. 이왕에 일이 여기까지 진행되었으니 뭐든 해봐야 했다. 만약 건지는 것이 없다면 이탄은 지난 1년간 헛고생만 한 셈이었다. 물론 그 고생 덕분에 만금제어의 권능을 깨우치고 금속 애니마 메이지가 되기는 했지만 말이다.

"이이익."

이탄이 온 신경을 코어에 집중했다.

지금 이 순간에도 오만가지 영상들이 이탄의 뇌 속으로 밀려들었다. 이탄은 뛰어난 정신력으로 그 영상들을 하나

하나 구별하여 살폈다.

영상 속에는 999명의 마법사들이 낱낱이 들어 있었다. 마법사들 밑에서 수학하는 도제생들 수천 명도 일일이 구별되었다.

몇몇 익숙한 얼굴들이 이탄의 눈에 들어왔다.

예를 들어서 학장 아시프.

이탄의 첫 교관이었던 나툴.

이탄으로 하여금 만금제어에 눈을 뜨게 만들어준 솔리틀.

이탄과 맞부딪쳤다가 된통 당한 탱커계 교관 하인리히.

역시 이탄에게 큰 상처를 입은 식물계 애니마 메이지 히번.

발톱 빠진 그리핀을 끌어안고 펑펑 울고 있는 동물계 애니마 메이지 소냐.

이들에 이어서 난생처음 보는 마법사들도 이탄의 뇌에 차례로 틀어박혔다. 이탄은 그 한 명 한 명을 빠르게 훑었다.

이렇게 열심히 탐색을 하면서도 이탄의 뇌리 한 편에서는 부정적인 생각이 떠올랐다.

'쳇. 이런다고 뭐가 되겠어? 내가 신의 눈을 가진 것도 아니고, 이렇게 쓱 훑어본다고 어떻게 썩은 사과를 구별해

내느냐고? 999명 가운데 누가 피사노교 사람인지 어떻게 알아?'

스캔을 계속할수록 부정적인 생각은 더욱 자라났다. 이탄이 고개를 절레절레 저었다.

'안 돼. 안 돼. 이건 100퍼센트 시간 낭비야.'

이탄이 결국 첩자 색출을 포기하고 접속을 끊으려고 할 때였다.

'어랍쇼? 아닌데? 뭔가 되는데?'

이탄의 뇌리에 특이한 점이 포착되었다. 이탄의 뇌로 빠르게 전송되는 영상들 가운데 하나가 눈에 확 들어왔다.

이탄이 읽은 영상 중 하나.

얼굴에 주근깨가 많고 수수해 보이는 여마법사가 마나 수련실에 홀로 앉아서 명상 중이었다. 여마법사의 나이는 대략 40대에서 50대 사이로 보였다. 수련복 위에 하늘색 로브를 걸친 것으로 보아 도제생이 아니라 시시퍼 마탑의 정식 마법사 가운데 한 명이 분명했다. 이 여마법사는 언뜻 보기에는 전혀 이상할 것이 없었다.

하지만 이탄의 뇌는 여마법사의 혈관 깊숙한 곳에 단단히 봉인된 검은 드래곤의 피, 즉 피사노 일족 특유의 스파이럴 적혈구를 발견해 내었다.

'이걸 알려야 하나?'

순간적으로 이탄이 망설였다.

3개의 달 퀘스트를 완료하려면 이 여마법사를 색출해 내어야 했다.

하지만 다른 관점에서 보면 이탄은 은화 반 닢 기사단과 피사노교에 양다리를 걸친 상황이었다. 저 여마법사가 피사노교에서 어떤 위치인지는 모르겠으나 함부로 정체를 발설하는 것이 조금 찜찜했다.

'일단은 좀 더 지켜보자.'

이탄은 여마법사에 대한 폭로를 잠시 보류하고 좀 더 영상들을 살폈다.

이탄의 표정이 심각해지자 씨에나는 입을 꾹 다물고 이탄을 방해하지 않으려 애썼다.

슈콰콰콰콰아아아아—.

좀 더 많은 영상들이 이탄의 뇌로 밀려들었다.

이 가운데는 마탑 내부의 현재 영상도 있었지만, 코어에 저장된 과거의 영상들도 다수 포함되었다.

이탄은 방대한 데이터를 훑어서 특이한 점들을 탐색했다.

'어라? 여기에 또 있네?'

놀랍게도 피사노교가 심어 놓은 첩자는 한 명만이 아니었다. 나이가 지긋해 보이는 또 다른 여마법사가 이탄의 눈에 띄었다.

조금 전의 여마법사가 40대의 나이로 보인다면, 이번에 포착된 여마법사는 대략 70대는 됨직했다.

비록 두 사람은 나이 차이가 나지만 한 가지 공통점을 지녔다. 둘 다 혈관 속 깊숙한 곳에 검은 드래곤의 피가 봉인되었다는 점.

'이 노파는 좀 더 고위층인가? 나이 때문인지 조금 전 주근깨 여마법사보다 분위기가 더 그럴싸한데?'

이탄이 지켜보는 가운데 늙은 여마법사가 마법서적을 한 장 한 장 넘겼다. 테이블 위의 찻잔에선 김이 모락모락 올라왔다.

이탄은 일단 이 두 번째 첩자도 머릿속에만 담아두었다. 그 다음 마탑의 나머지 부분을 훑었다.

'어엉? 또 있네.'

마침내 세 번째 첩자가 이탄에게 발각되었다. 베이지색 로브를 입고 열심히 마법실험을 하고 있는 중년 남성의 혈관 속에서도 스파이럴 적혈구가 보였다. 앞의 두 여마법사와 달리 이 세 번째 첩자는 대머리에 뻐드렁니가 툭 튀어나온 남성이었다.

'이 세 번째 첩자도 나이가 제법 들어 보이는구나. 그런데도 아직까지 정식 마법사가 되지 못하고 도제생 신분이란 말인가? 아니면 일부러 승급하지 않고 도제생에 머무르

는 중? 혹시 특별한 이유가 있을까?'

대머리 중년인이 입고 있는 베이지색 로브는 도제생 특유의 복장이었다. 이탄이 고개를 갸웃했다.

씨에나가 조심스레 물었다.

"성기사님, 혹시 뭔가를 발견하셨나요?"

이탄은 대답이 없었다.

씨에나도 입을 꾹 다물었다.

Chapter 3

이탄은 영상을 끝까지 훑었다. 앞의 3명 외에 추가로 발견된 첩자는 없었다. 일단 이탄은 여기에서 접속을 끊었다.

"후우우."

이탄의 입에서 긴 한숨이 새어 나왔다.

"발견하셨나요?"

씨에나가 다시금 이탄을 다그쳤다.

이탄은 천천히 고개를 끄덕였다.

"네. 발견한 것 같습니다."

"정말요? 역시 성기사들은 마교와 상극이군요. 그래서 누구인가요? 대체 어떤 놈이 피사노교의 첩자죠?"

씨에나의 얼굴이 환하게 밝아졌다.

이탄은 마음속으로 준비해놓은 답을 꺼내놓았다.

"일단 제 신성력에 포착된 첩자는 2명입니다."

"헉? 2명이라고요? 그게 누군데요?"

이탄이 손가락을 하나 세웠다.

"첫 번째 포착된 인물은 중년의 남성입니다. 영상 속에서 그는 베이지색 로브를 입고 마법실험 중이었습니다. 그런데 머리카락이 한 올도 없고 뻐드렁니가 눈에 띄었습니다."

"그래요? 도제생의 수가 수천 명이다 보니 정확하게 누군지는 모르겠네요. 어쨌거나 도제생인 것은 분명해요. 특징이 대머리에 뻐드렁니라고 하셨죠?"

씨에나가 거듭 확인했다.

이탄이 두 번째 손가락을 펼쳤다.

"이어서 제가 발견한 두 번째 인물은 하늘색 로브를 입은 여마법사였습니다."

"네에? 여마법사요?"

씨에나는 남자 마법사들 중에 피사노교의 첩자가 있을 것이라고 짐작했다. 그래서 이탄의 입에서 여마법사라는 말이 튀어나오자 깜짝 놀랐다.

"그게 누구죠? 어떻게 생겼나요?"

씨에나의 질문에 이탄이 천천히 대답했다.

"나이는 40대 후반, 아니면 50대 초반 정도로 보였습니다. 얼굴은 평범했고요. 지금 수련실에서 명상 중인 것 같은데요."

"그것만으로는 잘 모르겠네요. 혹시 다른 특징은 없나요?"

"얼굴에 유난히 주근깨가 많더군요. 머리카락은 곱슬곱슬하고 약간 주홍빛에 가까운 갈색이었나?"

이탄이 중년 여마법사의 특징을 읊었다.

짚이는 바가 있는지 씨에나가 눈을 동그랗게 떴다.

"헉! 주근깨라고요? 갈색 곱슬머리에 주근깨를 지닌 중년의 여마법사? 그거 확실해요?"

씨에나의 반응은 이탄이 흠칫할 정도로 격렬했다. 이탄이 눈매를 살짝 좁혀 물었다.

"인상착의는 확실합니다. 혹시 잘 아는 사람입니까?"

씨에나는 이탄의 질문에 대답하지 못했다. 대신 손으로 머리를 짚고 휘청거렸다.

"아아아. 설마 힐다 언니가 피사노교의 첩자였어?"

"힐다?"

이탄이 반문했다.

"아닐 거야. 힐다 언니일 리 없어. 아닐 거야. 아니야."

씨에나는 대답은 없이 입술만 달싹거렸다. 그러다 이탄을 무섭게 노려보며 따져 물었다.

"주근깨에 갈색 곱슬머리 여마법사가 확실한가요? 그냥 아무나 찍은 것은 아니겠죠?"

씨에나의 의지가 일어나기 무섭게 그녀의 등 뒤에서 금속 물질들이 위협적으로 떠올랐다.

이탄이 안색을 딱딱하게 굳혔다.

"지금 뭐하자는 겁니까? 한번 해보자는 뜻입니까?"

"앗!"

이탄의 경고에 씨에나가 정신을 차렸다. 씨에나의 등 뒤에 떠올랐던 금속들이 다시 바닥에 내려앉았다.

"죄송해요. 성기사님을 의심하거나 추궁하려는 의도는 없었어요. 다만 제가 너무 놀라서 반응이 날카로웠네요. 정말 죄송합니다."

"씨에나 님의 마음은 이해하겠습니다. 그런데 혹시 그 여마법사 말입니다, 잘 아는 사람입니까?"

이탄의 물음에 씨에나는 힘없이 머리를 가로저었다.

"제가 잘 아는 사람이냐고요? 아닐 거예요. 그 언니가 피사노교의 첩자일 리 없어요. 얼마나 착하고 마음씨가 고운 언니인데요. 개미 한 마리 죽이지 못하는 그 마음 약한 언니가 마교의 인물이라니. 그건 말도 안 돼요. 아마도 성기사님께서 비슷하게 생긴 다른 사람을 착각한 걸 거예요."

"씨에나 님."

"이탄 성기사님. 성기사님께서 지금 제게 무슨 말을 할 것인지 알거든요. 그래도 제게 조금만 생각을 정리할 시간을 주세요. 아! 맞다. 대머리에 삐드렁니 도제생이 마교의 첩자라고 하셨죠? 일단 그놈부터 잡아서 족쳐야겠어요."

"씨에나 님."

이탄이 씨에나의 어깨를 꽉 잡았다.

"꺄악."

이탄의 악력이 어찌나 세었던지 씨에나는 어깨가 으스러지는 줄 알았다.

이탄이 황급히 손을 떼었다.

"아프셨다면 죄송합니다. 하지만 피사노교의 첩자를 색출하려면 대대적으로 동시에 덮쳐야 합니다. 대머리 첩자 한 명만 먼저 처리하려 들다가는 나머지 다른 한 명은 놓친다고 봐야 합니다."

"아아아."

씨에나가 두 손으로 얼굴을 가리고 제자리에 주저앉았다.

"씨에나 님. 정신 똑바로 차리십시오. 이번 퀘스트는 씨에나 님의 스승님께서 저희 모레툼 교단의 교황성하께 손수 요청하신 일 아닙니까? 그래서 제가 이곳에 파견된 것이고요. 그런데 개인적인 감정에 휘둘려서 큰일을 망칠 셈입니까? 이럴 거면 뭐 하러 저를 시시퍼 마탑으로 초대했습니까?"

"아아아아."

이탄의 지적이 날카로운 비수가 되어 씨에나의 폐부를 찔렀다. 씨에나는 오열이라도 하듯이 신음을 내뱉었다.

"하! 그만합시다. 여기서 때려치우죠."

이탄이 등을 확 돌렸다.

Chapter 4

씨에나가 황급히 일어나 이탄의 소매를 잡았다.

"이탄 성기사님."

이탄이 씨에나의 손을 확 뿌리쳤다.

"제가 할 일은 여기까지인 것 같습니다. 나머지는 시시퍼 마탑에서 알아서 처리하십시오."

"아니에요. 이렇게 그냥 성기사님을 보내드리면 제 스승님께서 앞으로 무슨 낯으로 비크 교황님을 뵙겠어요? 제가 잘못했어요. 개인적인 감정을 앞세울 것이 아니라 우선 힐다 언니를 직접 체포하고 봐야겠어요. 그 다음 힐다 언니가 진짜로 우리를 속인 것인지 자세히 취조해 볼래요."

이탄이 다른 관점에서 물었다.

"그 힐다라는 분과 무척 친하셨나 봅니다."

"맞아요. 친했지요. 이 삭막한 마탑에서 힐다 언니와 저는 친자매처럼 애틋하게 서로를 챙겼거든요. 심지어 저희는 마탑에 도제생으로 들어온 시점도 같아요. 40년 전에 저는 마탑에 입문하여 고체계 애니마 메이지를 스승님으로 모셨고, 언니는 유동계 애니마 메이지를 섬겼답니다."

씨에나가 처연하게 답했다.

이탄이 들은 바에 따르면, 시시퍼 마탑은 매 20년마다 문호를 개방하여 제자들을 모집한다고 했다. 씨에나가 40년 전에 이곳에 들어와 도제생이 되었다면 그녀는 이탄보다 두 기수 위의 선배였다. 그리고 힐다라는 피사노교의 마녀도 그 무렵에 침투한 것이 분명했다.

'힐다는 과연 누구의 혈족일까? 네트워크에 이름이 보이지 않는 것을 보니 싸마니야의 혈족은 분명히 아닌데.'

이탄이 곰곰이 생각에 잠겼다.

대머리에 뻐드렁니를 지닌 도제생.

주근깨가 많고 갈색 곱슬머리의 중년 여마법사.

씨에나는 이상 2명의 용의자에 대해 스승에게 아뢰었다. 씨에나의 스승은 다름 아닌 고체계 마법 지파의 지파장이자 시시퍼 마탑 서열 6위인 쎄숨이었다.

몇 달 전 쎄숨이 이탄의 특별승급을 막은 이유도 바로 여기에 있었다.

모종의 사건을 통해 쎄숨은 시시퍼 마탑 내부에 피사노교의 첩자가 침투해 있다고 확신했다. 그 후 쎄숨은 모레툼 교단의 성기사를 몰래 불러들여 마탑의 마법사 999명을 모두 조사할 계획을 세웠다.

다른 마법사들의 의심을 사지 않고 일을 진행하려면 이탄이 특별승급을 하면 곤란했다. 하여 쎄숨은 아시프 학장의 건의를 무산시키고 이탄을 원래 자리로 돌려보냈다.

그 노력이 마침내 빛을 발했다.

"그래? 내부에 침투한 악종들이 2명이나 된다고?"

쎄숨이 구불구불한 마법지팡이를 짚고 벌떡 일어섰다. 아담한 체형의 쎄숨 주변에 금속 구체 4개가 함께 떠올라 위성처럼 주변을 빙글빙글 공전했다. 쎄숨이 씨에나를 똑바로 쳐다보았다.

"가자. 내가 라웅고 부탑주님을 모셔올 것이니 너는 힐다의 주변을 꽁꽁 에워싸라. 또한 카날이라는 도제생도 놓치면 안 된다."

명을 내리는 쎄숨의 두 눈이 살기로 번들거렸다.

이곳 시시퍼 마탑에는 마교, 즉 피사노교를 증오하는 마법사들이 제법 많았다. 쎄숨은 그 가운데서도 으뜸으로 손꼽힐 만큼 피사노교를 미워했다.

오래 전 흑 진영과 백 진영이 큰 전쟁을 벌였을 때 쎄숨의 부모형제가 모두 피사노교의 악종들 손에 처참하게 죽은 탓이었다. 게다가 20년쯤 전에는 쎄숨이 정말 아끼던 여제자도 피사노교의 음모에 휘말려 처참한 죽음을 맞았다.

그 후로 쎄숨은 피사노교, 혹은 마교라는 단어만 들어도 피가 거꾸로 솟았다.

"힐다, 고 앙큼한 년. 생글생글 웃으면서 착한 척은 다 하더니 뒤로는 호박씨를 제대로 깠구나. 고년이 바로 마교의 마녀였어."

쎄숨이 독하게 욕을 퍼부었다.

씨에나가 황급히 스승을 만류했다.

"스승님. 아직 확정된 것은 아닙니다. 혹시라도 이탄 성기사님의 판단이 잘못되었을 수도 있으니 확실하게 밝혀지기 전에는 힐다 언니에게 손을 과하게 쓰지는 말아주십시오. 부탁드립니다."

"흐응. 알았다. 나도 무고한 사람을 함부로 때려잡고 싶지는 않구나. 하지만 만약 힐다가 마교의 마녀라는 사실이 밝혀진다면, 내 장담한다. 고년은 결코 쉽게 죽지 못할 게야."

쎄숨의 주먹에서 뿌드드득 소리가 들렸다.

씨에나는 발만 동동 굴렀다.

'제발 아니기를. 힐다 언니가 마교의 인물이 아니기를. 아아아.'

쎄숨은 먹이를 덮치는 암표범처럼 신속하게 움직였다. 그녀는 우선 자신을 따르는 고체계 지파의 마법사 가운데 무려 40명을 선발하여 힐다와 카날의 주변을 꽁꽁 에워쌌다. 이어서 라웅고 부탑주를 직접 모시고 힐다부터 급습했다.

콰앙!

힐다가 수련 중인 마나 수련실 문이 터져나갔다.

"힐다."

쎄숨이 쩌렁쩌렁 울리는 음성으로 힐다의 이름을 불렀다.

"엇? 쎄숨 님."

힐다는 흠칫 놀라 쎄숨을 향해 무릎을 꿇으려고 했다. 그러다 쎄숨의 뒤에 굳은 표정으로 서 있는 라웅고와 씨에나를 보게 되었다. 특히 씨에나의 눈물 그렁그렁한 눈동자를 목격한 순간 힐다의 가슴이 철렁 내려앉았다.

'정체가 발각되었구나.'

힐다의 판단은 벼락처럼 신속했다.

'제기랄. 라웅고 부탑주까지 이 자리에 나타났다면 내가 아무리 발뺌을 해도 소용없을 게다. 그런데 저들이 어찌 내 정체를 알아냈지? 검은 드래곤의 피는 분명 혈관 깊숙한 곳에 봉인했고, 위대하신 캄사 님의 은총으로 어둠의 힘은 모두 감춰졌을 텐데?'

힐다는 일단 탈출을 결심했다. 그 자리에서 일어나 쎄숨을 향해 무릎을 꿇는 것과 동시에 퓨퓩!

힐다의 몸이 마나 수련실에서 사라졌다.

"흥. 내 이럴 줄 알았지."

쎄숨이 기다렸다는 듯이 손바닥을 뻗었다.

콰르르르—.

그 즉시 주변 공간이 허물어졌다. 힐다가 머물던 마나 수련실 전체가 쎄숨의 마나역장에 뒤덮이면서 모든 마법이 되감기고 공간좌표가 일그러졌다. 상대방의 공간이동 마법을 무력화시키는 데에는 이만한 대응법도 없었다.

한데 이번에는 쎄숨의 마나역장이 통하지 않았다.

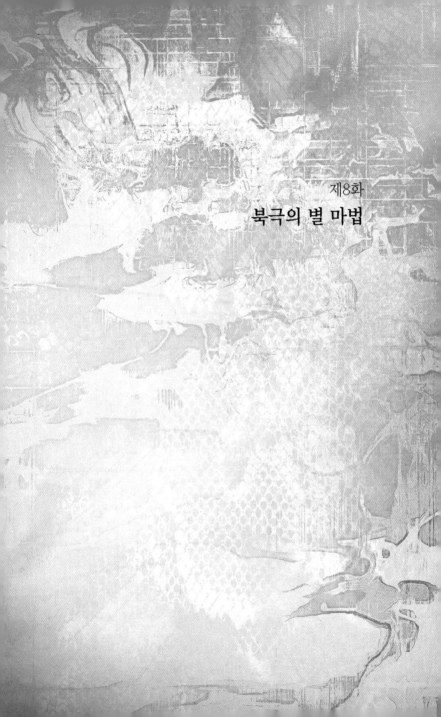

제8화
북극의 별 마법

Chapter 1

쎄숨의 마나역장이 실패로 돌아갔다.

이유는 간단했다. 힐다가 사용한 탈출기가 공간이동이 아니기 때문이었다. 힐다는 탈출을 결심한 즉시 봉인해 놓았던 검은 드래곤의 피를 다시 끌어올렸다. 그리곤 자신의 피를 매개체로 삼아 현세계가 아닌 부정 차원에 진입했다.

물론 힐다의 수준으로는 부정 차원을 자유롭게 오가는 것은 불가능했다. 그녀는 단지 미리 받아놓은 감사의 축복을 사용하여 현 세계에 살짝 걸쳐진 부정 차원으로 진입한 다음, 미리 준비된 출구로 뛰쳐나갔을 뿐이다.

그 출구는 시시퍼 마탑 외부로 연결되었다.

삐이이이잉—, 삐이이이잉—, 삐이이이잉—.

시시퍼 마탑의 영역 안에서 부정한 힘이 사용되자 시끄럽게 경고음이 울렸다. 마탑의 코어가 즉각 반응하여 하늘색 차단막을 두 겹으로 둘렀다.

"이익."

힐다는 한 번 더 캄사의 축복을 사용했다.

40년 전 힐다가 시시퍼 마탑에 잠입할 때 캄사는 그녀에게 세 번의 축복을 내려주었다. 그런데 벌써 두 번을 써버린 것이다.

캄사의 축복 덕분에 현 세계에 부정 차원이 살짝 겹쳤다. 힐다는 그 부정 차원 속으로 뛰어들었다가 곧바로 출구로 뛰쳐나왔다.

공간이동으로는 절대 돌파할 수 없고, 힘으로 뚫기는 더더욱 어렵다는 하늘색 차단막이 캄사의 축복 한 방에 그대로 무용지물이 되었다. 두 겹의 차단막을 단숨에 돌파한 뒤, 힐다는 전력을 다해 도주했다.

그때였다.

[어딜 가려고?]

힐다의 뇌리에 천둥이 울렸다.

마탑의 부탑주 라웅고의 목소리였다.

라웅고의 의지가 부여된 순간, 힐다의 앞쪽 숲속이 거대하게 들고 일어났다. 온 숲의 나무들이 라웅고의 명을 받들어 가지를 거미줄처럼 뻗었다. 억센 뿌리를 땅 밖으로 드러내어 쿵쿵 걸어 나왔다.

쿠르르르.

나무 옆에서 나뒹굴던 암석과 바위들이 데굴데굴 굴러서 하나로 조합되더니 거대한 암석 거인의 모습으로 일어섰다.

부웅—.

키가 10미터가 넘는 암석 거인이 거대한 주먹을 휘둘러 힐다를 공격했다.

"이이익."

힐다는 똑똑한 여인이었다.

'여기서 어쭙잖은 마법으로 드잡이질을 하다가는 시시퍼 마탑의 추격대에 붙잡힐 게다.'

이렇게 판단한 힐다는 그 즉시 감사가 부여한 세 번째 축복을 사용했다. 힐다의 몸뚱어리가 또다시 부정 차원으로 진입하였다.

이번에 힐다는 부정 차원 안에서 꽤 오래 머물렀다. 곧바로 출구로 뛰쳐나왔다가는 라웅고의 광역 마법에 또다시 붙잡힐 거라고 생각해서였다.

물론 이게 그리 쉬운 일은 아니었다.

세상의 모든 규범과 법칙을 거부하는 것이 부정 차원이었다. 흑 진영의 모든 흑마법사와 흑주술사들은 음차원이나 부정 차원, 혹은 그릇된 차원의 힘을 끌어다 사용한다. 이때 자칫하다가 이들 세 가지 차원의 힘에 너무 취해서 온몸이 풍덩 빠지면 현재 세상에서는 그대로 소멸을 당할 위험이 존재했다.

지금 힐다도 그 위험을 겪었다.

'끄아아아악.'

힐다가 입을 쩍 벌려 소리 없는 아우성을 쳤다. 부정 차원 속에서 불과 10초를 머무르자 힐다의 온몸이 붕괴하기 시작한 것이다.

여인이던 힐다의 사타구니에서 갑자기 사내의 성기가 돋아났다. 사람이던 힐다의 머리에서 양의 뿔이 자랐다. 멀쩡하던 팔 한 짝이 스르륵 사라지려고 했다.

'헉? 어디야? 어디가 출구야?'

힐다는 소스라치게 놀라 출구부터 찾았다.

안타깝게도 출구가 눈에 잘 띄지 않았다.

원래 힐다는 부정 차원에 진입하자마자 출구로 뛰쳐나가야 했다.

그런데 그게 불가능했다. 힐다가 라옹고의 광역 마법의 범위를 벗어나기 위해서는 부정 차원 속에서 최대한 오래 머물러서 먼 곳으로 이동해야만 했다. 그래야 그녀의 안전이 보장될 터였다.

힐다는 두려움을 꾹 참으며 부정 차원 속에서 무려 10초를 버텼다.

그랬더니 어느새 출구가 닫히려고 했다.

'으허헉? 안 돼. 이러다 현실 세계로 뛰쳐나가지 못하면 나는 촛농처럼 녹아서 부정 차원의 일부가 되어버릴 게다.'

기겁을 한 힐다가 미친 듯이 손을 더듬어 출구를 찾았다.

다행히 10초 만에 출구가 없어지지는 않았다.

'끄응차.'

힐다는 겨우 발견한 출구로 머리를 들이밀었다. 그 다음 갓난아이가 어미의 속에서 튀어나오는 것처럼 어깨를 먼저 빼내고 이어서 복부와 엉덩이, 마지막으로 두 다리를 끄집어내었다.

"허억, 허억, 허어억.

죽다 살아난 힐다가 거칠게 숨을 몰아쉬었다. 그녀의 온몸은 진땀으로 흠뻑 젖었다.

"여기가 어디지?"

힐다가 지친 눈으로 주변을 둘러보았다.

시야가 닿는 곳 그 어디에서도 시시퍼 마탑은 보이지 않았다. 구름을 뚫고 하늘 꼭대기까지 치솟은 그 거대한 마탑이 보이지 않는다는 것은, 그녀가 마탑으로부터 엄청 멀리 떨어진 곳까지 날아왔다는 소리였다.

"으으으. 이 정도면 라웅고 부탑주나 쎄숨 지파장의 손아귀에서 충분히 벗어났겠지. 하아아, 하아아. 겨우 살았다."

힐다가 땅바닥에 뒤통수를 대고 겨우 숨을 돌렸다.

피사노 캄사의 축복 덕분에 저 무시무시한 마법사들의 손에서 살아남은 것은 다행이었다.

하지만 탈출을 하느라 부작용도 컸다. 부정 차원 속에서 단 10초를 머무른 대가는 실로 참혹했다. 여성이던 힐다의 사타구니에 남성의 성기가 생성된 것이 그 첫 번째 부작용이요, 힐다의 왼쪽 이마에 조그맣게 뿔이 돋은 것이 두 번째 부작용이었다.

다행히 힐다의 팔은 없어지지 않았다.

"끄으으읏. 내가 이 따위 괴물이 되다니, 이게 모두 다 시시퍼 마탑 연놈들의 탓이다. 두고 보자. 내가 반드시 복수할 테다."

힐다가 시뻘건 눈으로 복수를 다짐했다.

Chapter 2

힐다가 감사의 축복을 사용하여 겨우 탈출에 성공하는 동안, 이탄은 카날의 체포에 가담했다.

이탄이 힐다 대신 감사를 선택한 이유는 두 가지였다.

'첫째, 시시퍼 마탑의 고위마법사들은 카날보다 힐다를 더 중요하게 생각할 거야. 괜히 고위마법사들 사이에 얼쩡거려서 좋을 건 없어.'

이탄은 이렇게 판단했다.

옳은 판단이었다. 시시퍼 마탑의 서열 2위인 라웅고 부탑주도, 그리고 서열 6위인 쎄숨도 모두 힐다를 우선적으로 노렸다.

이탄은 그걸 피해 카날을 선택하였다.

'둘째, 피사노교의 첩자라면 분명 보통 인물은 아니야. 교에서도 능력이 출중한 사도들이 첩자로 파견되겠지. 그런 능력자가 왜 아직 마법사가 되지 못하고 도제생에 머무르고 있지? 대체 무슨 꿍꿍이야?'

이탄은 카날의 꿍꿍이가 궁금했다. 이탄이 힐다를 포기하고 카날 체포에 가담한 두 번째 이유는 바로 이것이었다.

콰앙!

카날의 실험실 문짝이 요란하게 박살 났다. 시시퍼 마탑의 마법사들이 스태프와 완드를 곤두세우고 카날을 덮쳤다.

"뭡니까?"

한창 마법 실험 중이던 카날이 흠칫 놀랐다.

카날도 힐다만큼이나 반응이 빨랐다.

퓨퓨퓩!

삼각뿔 모양의 유리병을 들고 있던 카날의 몸뚱어리가 그 자리에서 꺼지듯이 사라졌다.

"공간이동?"

"흥. 어림없다."

8명의 마법사들이 서로 힘을 합쳐 주변에 마나역장을 깔았다. 쎄숨이 혼자서 해낸 일을, 일반 마법사들은 8명이 힘을 합쳐서야 겨우 구현해내었다. 그런데도 이 마나역장은 쎄숨의 마나역장보다 위력이 한참 약했다.

어쨌거나 마나역장은 마나역장이었다. 마법사들은 자신들의 마나역장에 휘말려 카날의 공간이동이 무효화 될 것이라 확신했다.

그 예상이 깨졌다.

카날은 공간이동으로 탈출을 시도한 것이 아니었다. 그는 힐다와 마찬가지로 감사의 축복을 사용했다.

카날의 혈관 깊숙한 곳에 봉인되어 있던 검은 드래곤의 피가 매개체가 되었다. 부정 차원이 현실 세계 안으로 살짝 밀려들어 오면서 부정 차원으로 통하는 문이 열렸다. 카날은 곧바로 부정 차원에 뛰어들었다.

시시퍼 마탑의 마법사들은 부정 차원의 겹침 현상을 알아보지 못했다.

단지 시시퍼 마탑의 코어가 부정한 기운의 침투 사실을 알아내고는 요란하게 경고음을 울려댔을 뿐이다.

이탄은 달랐다.

'응? 이건 부정 차원이잖아?'

이탄은 카날이 소환한 부정 차원을 곧바로 인지했다. 그리고 반사적으로 카날의 뒤를 쫓아 부정 차원에 뛰어들었다.

"뭐, 뭐야? 이 미친놈."

대머리 카날이 기겁했다.

검은 드래곤의 혈족이 아닌 이상, 정상인은 부정 차원 속에서 결코 버티지 못한다. 세상의 모든 규범과 법칙을 거부하는 그 흉험한 차원 속에서 단 0.1초도 머물 수 없다.

이탄도 부정 차원의 거센 저항을 받았다.

만약 이탄이 봉인된 힘을 해제한다면 그 즉시 부정 차원으로부터 열렬한 환영을 받을 것이다. 이탄의 만자비문은 부정 차원을 지탱하는 근간, 즉 부정 차원의 인과율이나 다름없으니까 말이다.

하지만 이탄은 봉인을 풀지 않았다. 오히려 온몸에 신성력을 두르고 부정한 기운에 정면으로 맞섰다.

쩌저적! 쩌적!

당장 이탄의 신성력에 금이 갔다.

신성력으로 겨우 감춰 놓았던 목 주변의 흉터도 곧바로 드러났다. (진)마력순환로 속을 흐르는 올바른 마나는 당장에라도 끊어질 듯이 뒤흔들렸다.

"큽."

이탄의 잇새에서 신음이 새어나왔다.

그 사이 카날이 부정 차원의 출구로 뛰쳐나갔다.

"이놈."

이탄이 악착같이 따라붙어 카날의 어깨를 붙잡았다. 덕분에 둘이 함께 출구로 점프하는 모양새가 되었다.

우당탕.

카날과 이탄이 도착한 곳은 시시퍼 마탑 외부였다. 하지만 아직까지 하늘색 차단막은 벗어나지 못했다.

"이런 미친 새끼."

부우욱―, 우두두둑.

카날의 근육이 철갑처럼 우람하게 부풀었다. 대머리인

카날에게 근육질이 더해지자 그 위압감이 상당했다. 카날은 엄청나게 부푼 근섬유 한 다발 한 다발에 어둠의 힘을 실어 이탄을 후려쳤다.

이것은 괴력난신.

신의 힘을 빌려 인간 육신의 한계를 뛰어넘는 피사노교 특유의 비법이 발휘되었다.

"흥."

이탄도 카날을 향해 마주 주먹을 휘둘렀다.

꽈앙!

주먹과 주먹이 부딪쳤는데 금속 철벽이 깨지는 소리가 울렸다.

"끄악? 어, 어떻게?"

카날이 피범벅이 된 오른손을 왼손으로 움켜잡았다. 카날의 두 눈이 불신으로 흔들렸다.

이탄은 대답하지 않았다. 대신 손을 길게 뻗어 카날의 대머리를 붙잡으려고 들었다.

"이크!"

카날이 반사적으로 목을 뒤로 틀었다. 그 바람에 카날의 머리가 뚫리지는 않았다. 대신 이탄의 손가락 끝에 걸려 카날의 귀가 부우욱 찢어졌다.

"크아악."

피투성이가 된 카날이 한 번 더 캄사의 축복을 사용했다. 카날의 몸뚱어리가 현실 세계를 떠나서 부정 차원으로 접어들었다.

이탄이 카날의 뒤를 쫓아 부정 차원 속으로 뛰어들었다. 그 악착같은 추격에 카날이 치를 떨었다.

"끄아아. 이런 지독한 놈."

카날이 괴성과 함께 부정 차원의 출구로 뛰쳐나왔다. 이탄이 그런 카날을 뒤에서 덮쳐 허리를 끌어안고 땅바닥에 나뒹굴었다.

Chapter 3

흑마법을 선호하는 싸마니아의 혈족들과 달리 카날은 마법보다는 직접적인 전투를 선호하는 편이었다. 반사적으로 몸을 튼 카날이 팔꿈치로 이탄의 등짝을 내리찍었다.

이탄도 마법보다는 직접적인 전투가 더 익숙했다.

'혹시 모르니까 내 얼굴은 최대한 감춰야지.'

이렇게 판단한 이탄은 카날과 뒤엉킨 상태에서 발가락에 힘을 주고 땅을 박찼다. 발끝부터 시작해서 다리, 척추, 목뼈, 그리고 이탄의 정수리가 일직선상에 놓였다. 이탄은 그

추진력을 두개골에 실어 그대로 카날의 안면을 정수리로 들이받았다.

원래 이탄은 박치기를 선호하지 않았다. 특히 머리를 뒤로 당겼다가 이마로 들이받는 행동은 절대 삼갔다.

혹시라도 머리통이 목에서 똑 떨어져 나가 듀라한이라는 사실이 들통 날까 우려해서였다.

하지만 이렇게 정수리로 들이받으면 머리통이 몸에서 분리될 걱정이 없었다.

우지끈!

뼈 으스러지는 소리와 함께 카날의 안면이 움푹 꺼졌다. 동시에 카날의 팔꿈치가 이탄의 척추를 내리찍었다.

붉은 금속, 즉 적양갑주가 봉인된 상태에서도 이탄의 몸은 튼튼하기 이를 데 없었다. 원래 듀라한의 신체는 오러가 실린 검으로 베어도 잘 갈라지지 않는 편이었다. 카날이 제아무리 무투파 전사라고 해도 이탄의 등짝을 뚫기란 쉽지 않았다.

반면 이탄의 정수리는 카날의 코뼈를 완전히 짓뭉개고, 이어서 상대의 안면 두개골까지 함몰시키며 안으로 파고들어 카날의 전두엽 부분을 으깨놓았다.

"끄어―."

카날의 입에서 숨넘어가는 소리가 흘렀다.

하지만 역시 피사노교의 혈족은 끈질겼다. 뇌가 뭉개져서 의식을 잃은 상태에서도 카날은 이탄을 향해 마지막 반격을 퍼부었다. 엄청난 근육질 몸으로 이탄을 꽉 끌어안은 상태에서 마나 드레인(Mana Drain: 마나 고갈)을 펼친 것이다.

쭈와악—.

이탄의 (진)마력순환로 속 마나가 빠르게 소멸되었다. 마치 저수지 밑바닥에 구멍이 뚫려서 저장된 물이 지하로 빨려 내려가는 것처럼 이탄이 애써 모은 마나가 사라져갔다.

"아, 안 돼."

이탄이 당황했다.

솔직히 이탄의 입장에서 이 정도 마나는 있어도 그만 없어도 그만이었다. 이탄의 복부에 똘똘 뭉쳐있는 음차원 자체가 어마어마한 에너지원이기 때문이었다.

한데 이탄의 습관이 문제였다. 모레툼 교단의 신관 생활을 하면서 배인 습관상, 이탄은 눈곱만큼의 손해도 용납하지 못했다.

이탄은 카날의 마나 드레인 공격을 회피하기 위해서 (진)마력순환로 속 마나를 체내 깊숙한 곳으로 옮겨놓았다. 동시에 봉인을 풀고 음차원의 마나를 다시 (진)마력순환로 속으로 불러내었다.

사중첩의 (진)마력순환로 속을 제대로 순환하기에는 이 탄의 마나 보유량이 정말 형편없이 부족했다. 이탄이 사중 첩 순환로 속 마나의 유속을 100퍼센트 가속하자 미약한 양의 마나는 눈 깜짝할 사이에 체내 깊숙한 곳으로 흘러가 버렸다.

대신 복부에서 풀려나온 음차원의 마나가 이탄의 사중첩 (진)마력순환로 속으로 흘러들어와 순환로를 빵빵하게 채 워야 했다.

그런데 그렇게 곧바로 음차원의 마나가 채워지지는 않았 다. 이탄이 음차원을 워낙 단단히 봉인해 놓은 탓이었다. 이런 이유 때문에 음차원의 마나가 넓은 순환로 속을 다시 채우는데 시간이 좀 걸렸다.

기존의 올바른 마나는 이미 저 깊은 곳으로 사라져 버렸 다. 반면 이탄이 끌어올린 음차원의 마나는 (진)마력순환로 를 채우는데 시간이 좀 걸릴 듯했다.

덕분에 (진)마력순환로 내부가 진공 상태처럼 변했다. 이 것이 해괴한 흡입 현상을 만들어 내었다.

순간적으로 텅 비어버린 이탄의 (진)마력순환로 안으로 음 차원의 마나 대신 만자비문의 권능이 먼저 기어 올라왔다.

그 만자비문의 권능이 펌프질을 하듯이 음차원의 마나를 (진)마력순환로 속으로 끌어들이려 들었다.

이탄의 복부에 단단히 뭉쳐있는 음차원 덩어리가 조금씩 마나를 흘려보내 만자비문의 펌프질에 호응하려 했다.

그보다 한발 앞서, 엉뚱한 마나가 만자비문의 펌프질에 먼저 딸려왔다.

쭈와악!

이탄과 가까운 곳.

이탄과 몸을 바짝 밀착한 카날의 몸속에도 음차원의 마나가 존재했다.

고진공 속으로 공기가 쫙 빨려드는 것처럼, 나무뿌리의 모세관 속으로 지하수가 쭈욱 빨려 올라오는 것처럼, 카날의 마나가 이탄의 (진)마력순환로 속 흡입력을 견디지 못하고 그대로 빨려 들어왔다.

쭈와악, 쭈와악, 쭈와아악—.

단 세 호흡 만에.

아니, 단 세 번의 펌프질 만에 카날이 보유했던 마나 전체가 이탄에게 흡수당했다.

17개월쯤 전, 이탄은 싸마니야 혈족 가운데 코투의 마나를 약 5퍼센트 정도를 흡수한 적이 있었다.

하지만 그것은 공기 중에 흩어진 마나 가운데 일부를 회수한 정도에 불과했다. 지금처럼 상대방의 모든 마나를 단 한 방울도 흘리지 않고 몽땅 갈취해보기는 또 처음이었다.

뇌가 뭉그러진 상태에서도 카날이 의식을 번쩍 차렸다.

"크헉? 이, 이건 북극……."

카날은 공포와 절망, 의문과 경악이 뒤범벅된 눈빛으로 이탄을 올려다보았다.

이탄은 그것도 모르고 숨을 깊게 들이마셨다.

"후우우읍."

이탄의 들숨 한 방에 카날의 마나뿐 아니라 생명력, 심지어 혼백과 심령까지 모조리 빨아들이는 결과를 초래했다.

쪼르륵, 쪼르르륵, 쪼르르르륵.

카날의 피폐해진 몸뚱어리 깊숙한 곳으로부터 해괴한 소리가 들렸다. 마치 투명한 악마가 카날의 몸속에 투명한 빨대를 꽂고 상대의 마나를 마지막 한 방울까지 흡입하는 듯한 소리였다.

"끄억, 이건 저주……받은…… 북……극……의……."

카날이 띄엄띄엄 무언가를 내뱉으려다 고개를 툭 떨궜다.

그는 이탄에 의해 마지막 생기 한 방울까지 흡착을 당한 끝에 온몸이 말라비틀어졌다. 그러다 결국 카날의 몸뚱어리가 한 줌의 먼지로 산화했다.

카날이 죽은 자리엔 피사노교도를 상징하는 두툼한 링과 해골 반지만이 덩그러니 남았다. 이탄은 카날의 유품에는 손도 대지 않았다. 그저 다른 생각에 골똘히 잠겼을 뿐이었다.

'죽은 카날이 마지막으로 내뱉으려던 단어가 뭐지?'

이탄은 끝까지 듣지 못했지만, 그 단어는 바로 '북극성', 혹은 '북극의 별'이었다.

Chapter 4

북극성.

혹은 북극의 별.

이것은 피사노교의 혈족들 사이에서도 공포, 혹은 저주의 대명사로 통하는 마법이었다. 오로지 만자비문을 통해서만 계승된다는 이 전설의 마법은 상대방의 마나와 생명력, 심지어 혼백과 심령까지 모조리 흡수하여 자신의 원동력으로 삼는다는 점이 특징이었다.

만약 피사노교에서 이 마법을 깨닫는 자가 탄생할 기미가 보이면, 그 즉시 모든 피사노교도들이 달려들어 그자를 척살하곤 하였다.

왜냐하면 한번 북극의 별에 맛을 들린 마인은 주변 모든 동료들의 마나와 생명력을 갈취하여 점점 더 강해지려고 들기 때문이다.

실제로 피사노교의 오랜 역사 속에서 교단이 가장 큰 위험에 처했던 적은 단 두 번이었다. 이 두 번 모두 백 진영과 전쟁에서 패배해서 피사노교가 위험했던 게 아니었다. 북극의 별 마법을 연마한 마인이 탄생하면서 피사노교 스스로 자멸할 뻔했던 경우였다.

이탄은 우연히, 정말 우연히 그 위험천만한 비법을 깨우쳤다.

이탄이 북극의 별을 마음속으로 되새길 때였다. 멀리서 누군가 날아오는 기척이 들렸다.

"응?"

이탄이 퍼뜩 정신을 차렸다. 저 멀리 하늘색 차단막을 뚫고 시시퍼 마탑의 마법사들이 날아오는 모습이 보였다.

"이런. 내가 지금 어디다 정신을 팔고 있는 거야?"

이탄은 우선 음차원의 마나부터 황급히 봉인했다. 그 다음 체내 깊숙이 숨겨놓았던 올바른 마나를 다시 (진)마력순환로 속으로 불러들였다.

신성력도 잔뜩 일으켜 피부 위에 한 겹 코팅했다. 흉터가 드러난 목 부위는 흰색 로브를 여며서 가렸다.

슈웅! 슈웅! 슈웅!

벼락처럼 내리꽂힌 시시퍼 마탑의 마법사들이 이탄을 둘러쌌다.

"어떻게 된 거지?"

"마교의 악종은 어디로 갔어?"

마법사들이 이탄에게 따져 물었다. 하늘색 로브를 입은 마법사들은 흰색 로브—도제생 후보를 의미하는 복장—를 입은 이탄에게 다짜고짜 말부터 놓았다.

이탄이 눈을 찌푸렸다.

'여기서 어리바리하게 대응하면 나만 곤란해질 뿐이지?'

이렇게 판단한 이탄은 되레 성을 내었다.

"지금 그걸 나에게 묻는 겁니까? 다들 그놈을 놓치고서?"

"뭐야? 도제생도 아닌 후보 따위가 어디서 감히 성질을 부려? 엉?"

마법사 가운데 한 명이 이탄에게 화를 버럭 내었다. 그 마법사는 곧장 완드를 들어 이탄을 혼내주려고 들었다.

이탄도 얌전히 고개를 숙이지 않았다.

후오옹! 후오옹!

이탄의 두 주먹으로부터 신성력이 폭발적으로 쏟아졌다. 방패의 가호가 즉시 발휘되어 상대를 공격할 준비를 마쳤다.

"으응?"

이탄을 혼내주려던 마법사가 눈을 동그랗게 떴다.

쎄숨의 제자가 황급히 중재에 나섰다.

"잠깐. 그 완드부터 내려놓으세요. 나중에 지파장님께 크게 혼나고 싶지 않으시다면 당장 그 완드부터 치우라고요."

쎄숨의 이름이 언급되자 이탄을 공격하려던 마법사가 움찔했다. 그는 머뭇거리다가 결국 완드를 아래로 내렸다.

쎄숨의 제자는 이탄도 진정시켰다.

"제발 화를 가라앉히세요. 지금 우리끼리 내분을 일으킬 때가 아닙니다."

이탄이 끌어올렸던 신성력을 다시 풀었다. 이탄의 손 주변에 형성되었던 빛의 방패가 스르륵 자취를 감추었다.

쎄숨의 제자가 마법사들을 대표해서 이탄에게 몇 가지를 물었다.

"조금 전 마교의 악종이 한 줌의 핏물로 변하는 듯한 광경을 보았습니다. 제가 본 것이 맞습니까?"

"핏물? 먼지 아니었나?"

옆에서 또 다른 마법사가 끼어들었다.

쎄숨의 제자가 그 마법사를 매섭게 노려보았다.

"읍. 미안. 미안."

마법사는 찔끔하여 입을 다물었다.

쎄숨의 제자가 다시 이탄에게 시선을 돌렸다.

"마교의 악종이 어떻게 된 겁니까? 저희들 눈에는 핏물이나 먼지로 변한 것처럼 보였는데요."

"마법사님께서 제대로 보셨습니다. 그 악종은 저와 싸우다가 한 줌의 핏물로 변해서 공기 중에 흩어졌습니다. 그리곤 유품들 몇 개만 남겨놓았지요. 저는 그 악종이 저와 싸우다 죽은 것인지, 아니면 마교의 사악한 수법으로 도망친 것인지 판단이 서지 않습니다."

이탄이 카날의 귀 한 쪽을 흔들며 이렇게 주장했다. 또한 이탄은 손가락으로 카날의 유품들도 가리켰다.

쩨숨의 제자가 심각하게 되물었다.

"도대체 어떤 수법을 쓰셨기에 그 악종이 핏물로 변했습니까? 아니, 그 전에 대체 어떻게 그 악종을 따라잡으신 겁니까?"

이탄은 진실과 거짓을 적당히 버무려서 둘러대었다.

"제가 사용한 공격수법은 지둔의 가호입니다. 원래는 수백 미터 영역을 뒤덮을 수 있는 수법인데, 그걸 작게 압축하여 적의 가슴팍에 때려 박았습니다. 그랬더니 그 악종이 산화하듯이 사라져 버렸습니다."

다행히 쩨숨의 제자는 그 말을 믿어주었다.

"아! 지둔의 가호. 오래 전 스승님께 그 가호에 대해서 들은 적이 있습니다. 성채를 허물어뜨릴 위력을 지녔다지요? 그 정도로 강력한 공격을 가슴팍 집중적으로 얻어맞았다면 마교의 악종이 정말로 산화했을 수도 있겠군요."

그러다 무슨 생각을 떠올렸는지 쎄숨의 제자가 이탄을 날카롭게 추궁했다.

"하면 그 악종을 어떻게 따라잡으신 겁니까? 공간이동을 하신 것은 분명 아닐 텐데요."

이건 이탄이 미리 예상했던 질문이었다. 카날이 마탑에서 벗어날 당시, 마법사들은 카날의 탈출을 막기 위해 마나역장을 깔았다. 그 마나역장 속에서 공간이동 마법은 구현이 불가능했다.

"저는 공간이동을 할 줄 모릅니다."

이탄은 일단 솔직한 대답으로 시간을 벌었다. 그 다음 빠르게 머리를 굴려 임기응변을 발휘했다.

"다만 제가 하사받은 권능 가운데 적의 혼령을 결박하는 수법이 있습니다."

"혼령을 결박한다고요?"

"그렇습니다. 저는 마교의 악종이 혹시 도망칠까 걱정하여 그자의 혼령에 몰래 밧줄을 결박해 놓았습니다. 그런데 그것 때문인지 영문도 모르고 이곳까지 딸려왔습니다."

이탄이 적당히 둘러대었다. 그러자 쎄숨의 제자는 누가 시키지 않았는데도 알아서 이탄이 겪은 상황을 정리하였다.

"오호라! 다시 말해서 특별한 영적 밧줄로 상대의 혼령을 결박했다가 그 혼령이 도망을 치니까 함께 이곳까지 딸려왔다는 말씀이시군요. 제 말이 맞습니까?"

이탄이 냉큼 맞장구를 쳤다.

"네. 저도 얼떨떨하여 확신할 수는 없지만, 마법사님의 추측이 맞는 것 같습니다. 역시 판단력이 뛰어나십니다."

쎄숨의 제자가 다른 마법사들을 둘러보았다.

마법사들끼리 머리를 맞대고 뭐라고 수군거렸다. 이탄의 말이 마법적으로 타당한지 검토하는 모양이었다.

이탄은 침착하게 마법사들이 결론을 내리기를 기다렸다.

물론 겉으로만 침착해 보일 뿐, 이탄은 마음속으로 최악의 상황도 각오했다.

Chapter 5

'여차하면 이자들을 다 때려잡고 도망쳐야 할지도 모르겠구나. 혹시 내가 카날의 마나를 갈취하는 장면을 이들이 보았을 수도 있잖아? 그나저나 그게 무슨 현상이었을까? 카날의 마나와 생명력을 내가 어떻게 흡수했더라?'

이탄은 머릿속으로 북극의 별 마법을 펼치던 순간을 되

짚어 보았다. 기억을 더듬어 보니 두 가지 요소가 이탄의 주목을 끌었다.

첫째, (진)마력순환로의 내부가 마치 대나무 속처럼 텅 비어버린 진공 현상.

둘째, 음차원의 마나를 끌어당기는 만자비문의 흡입력.

이 두 가지 현상이 더해지자 상대방의 마나가 이탄의 몸 속으로 흡입되었다.

실제로 이탄은 자신의 (진)마력순환로 속으로 흘러들어 온 카날의 마나와 생명력을 느낄 수 있었다. 비록 이탄이 지닌 음차원 전체에 비하면 아무것도 아닌 양이지만, 이건 분명히 카날의 마나였다.

'오호라! 이런 식으로 음차원의 마나를 빼앗을 수도 있었단 말이지? 이거 신기한데?'

이탄은 북극의 별이라는 마법에 대해서 전혀 무지했다. 북극의 별이 얼마나 무서운 권능이며, 이것이 피사노교도들에게 얼마나 큰 공포를 주는 힘인지도 깨닫지 못했다. 그저 이탄은 새로운 권능을 얻어서 기분이 좋을 따름이었다.

'만금제어의 권능도 손에 넣었겠다, 상대방의 마나를 흡수할 수 있는 권능도 새로 깨달았겠다. 그러고 보면 이번 퀘스트에 1년이라는 시간을 쓴 보람이 있네. 그냥 시간만 허비한 것은 아니야. 하하하.'

이탄이 속으로 웃을 때였다. 라웅고와 쎄숨이 공간을 뛰어넘어 이탄 앞에 불쑥 나타났다.

"부탑주님."

"지파장님."

"스승님."

쑥덕거리던 마법사들이 그 자리에 무너지듯 주저앉아 머리를 숙였다.

쎄숨이 주변을 휙 둘러본 뒤 제자를 가까이 불렀다.

"이게 어찌 된 일이냐? 카날이라는 그 도제생은 어디로 갔어?"

"송구합니다, 스승님. 아무래도 그 악종은 죽거나 도망친 것 같습니다."

"뭐어? 이게 무슨 소리야? 죽으면 죽은 것이고, 도망치면 도망친 게지, 죽거나 도망친 건 또 뭐야?"

쎄숨이 날카롭게 쏘아붙였다.

쎄숨의 제자가 이탄에게 구원을 요청했다.

이탄은 자신이 카날과 주고받았던 공방을 다시 한 번 설명했다.

쎄숨이 두개골을 관통하는 듯한 눈빛으로 이탄을 바라보았다. 이탄은 쎄숨의 송곳 같은 눈빛보다 라웅고의 무덤덤한 눈이 더 무서웠다.

'아, 젠장. 이런 괴물들을 피하려고 내가 카날을 뒤쫓은 거잖아. 그런데 왜 이런 최고위 마법사들이 여기에 나타나서 나를 압박하고 지랄들이야? 힐다는 어떻게 했는데? 벌써 잡은 거야?'

이탄은 속으로 욕을 퍼부으면서도 라웅고와 쎄숨에게 설명을 늘어놓았다.

주저리주저리 이어지던 이탄의 설명이 끝나자 쎄숨이 라웅고를 돌아보았다.

"부탑주님, 어떻습니까? 이 젊은이의 말이 진실입니까?"

'헉?'

이탄이 소스라치게 놀랐다.

'설마 말을 듣는 것만으로도 진실과 거짓을 판별할 수 있다는 말인가? 간파의 가호라도 가진 거야?'

라웅고가 고개를 갸웃했다.

"신성력 때문인지 판별이 쉽지 않네요. 인간의 언어는 진실과 거짓이 쉽게 구별되는데, 이 젊은이의 입에서 흘러나오는 말에는 내가 알 수 없는 힘이 실려 있군요. 그 때문에 판별이 애매합니다."

"설마 이 젊은이가 부탑주님의 앱솔루트 사이트로도 파악이 되지 않을 정도란 말입니까?"

쎄숨이 깜짝 놀랐다.

라웅고의 앱솔루트 사이트(Absolute Sight: 절대 시야)는 오로지 용인에게만 허락된 권능이었다. 인과율에 구속되는 모든 존재는 앱솔루트 사이트를 피할 수 없는 법. 라웅고는 이 권능을 사용하여 정확한 판별을 내리기로 유명했다.

그런데 그 앱솔루트 사이트가 이탄에게는 통하지 않았다.

라웅고가 고개를 절레절레 가로저었다.

"허허허. 지파장님께서는 저를 너무 높게 평가하시는군요. 제 능력에는 분명히 한계가 있습니다."

"네?"

"오죽했으면 힐다나 카날 같은 자들이 우리 시시퍼 마탑에 수십 년 이상 잠입한 사실도 발견하지 못했겠습니까? 특히 저는 힐다를 수차례나 만나본 적이 있습니다만, 그녀가 피사노교의 첩자라는 사실은 오늘 처음 깨달았습니다. 만약 제 권능이 절대적이었다면 이미 예전에 힐다의 정체를 밝혔겠지요."

"아!"

쎄숨이 송구하다는 표정을 지었다. 그녀는 조금 전 이탄을 추궁하다가 부탑주의 권위만 훼손한 셈이었다. 그것도 마탑의 마법사들이 지켜보는 앞에서 말이다.

라웅고가 허허롭게 웃었다.

"허허허. 지금 그게 대수는 아니겠지요. 이 젊은이의 도움으로 피사노교의 악종을 2명이나 발견했지 않습니까? 그런데 그만 우리의 능력 부족으로 악종 가운데 한 명은 놓쳤고, 다른 한 명은 죽었는지 살았는지도 불분명합니다. 모두 다 제가 부족한 탓입니다."

라웅고가 자책했다.

쎄숨이 펄쩍 뛰었다.

"아닙니다. 그것이 어찌 부탑주님의 잘못이겠습니까? 이 늙은이야말로 정말 면목이 없습니다."

두 사람이 대화를 주고받는 동안, 씨에나가 카날의 유품을 챙겨 스승에게 보여주었다.

"스승님."

"이게 무어냐?"

"악종이 남긴 물건들입니다. 이 해골반지는 정체는 잘 모르겠으나, 팔뚝에 착용하는 이 링은 피사노교도를 상징하는 물건이 분명합니다."

"맞다. 오랜 옛날 마교와 싸울 당시 나는 이와 같은 흉험한 물건들을 본 적이 있느니라. 그런데 이 링은 마교도들이 죽기 전에는 절대 몸에서 떨어지지 않는 물건이라 들었는데?"

쎄숨이 이렇게 중얼거리며 라웅고에게 시선을 돌렸다.

라웅고가 맞장구를 쳤다.

"지파장님의 말씀이 맞습니다. 저 링은 일판 팔에 착용하면 피부 속으로 흡수되어 눈에 보이지 않으며, 그 어떤 신성력으로도 탐색이 되지 않고, 착용자가 죽은 이후에나 비로소 몸에서 떨어져 나오는 마물이라고 알고 있습니다. 그런데 저 링이 바닥에 나뒹군다는 것은, 그 카날이라는 자가 죽었다는 뜻이겠군요."

"끄으음. 그 악종 놈을 생포했어야 했거늘."

쎄숨이 분한 듯 발을 굴렀다.

라웅고가 쎄숨을 달래주었다.

"그래도 둘 다 놓친 것보다는 한 놈이라도 주살한 것이 낫겠지요."

"그야 그렇지만, 그 한 놈도 우리 손으로 주살한 것은 아니지 않습니까? 이 늙은이가 정말 면목이 없습니다."

쎄숨의 말에 라웅고가 이탄을 돌아보았다.

"우리가 하지 않았어도 무슨 상관입니까? 피사노교의 악마를 해치우기만 하면 그만이지. 굳이 우리가 공을 탐할 필요는 없습니다. 최소한 저는 그리 생각합니다. 그나저나 이 젊은이에게 우리 시시퍼 마탑이 큰 빚을 졌군요."

라웅고의 웃음기 가득한 눈이 이탄의 속을 들여다보듯이 직시했다.

이탄은 라웅고의 눈빛이 무척 부담스러웠다.

'젠장. 일이 마무리가 되었으면 나 좀 빨리 보내주지. 그렇게 부리부리한 눈으로 나를 살펴보지 말고.'

다행히 라웅고는 이탄을 붙잡지 않았다.

시시퍼 마탑에서 벌어진 소동은 일단 이렇게 마무리가 되었다.

〈다음 권에 계속〉

환생왕

요도 / 김남재 신무협 장편소설

ORIENTAL FANTASY STORY & ADVENTURE

정체를 알 수 없는 세력들에 의해
비참한 최후를 맞이한
천룡성(天龍城)의 후계자 천무진.
그런 그에게 찾아온 또 한 번의 삶.
그리고 그를 돕기 위해 나타난 여인 백아린.

"이번엔…… 당하지 않는다."

이젠 되돌려 줄 차례다.
새로운 용이 강호를 뒤흔든다!

dream books
드림북스

『마법군주』 발렌 작가의 신작!

『정령의 펜던트』

"정령사는 말이지, 되고 싶다고 해서 되는 게 아니야.
그냥 그렇게 태어나는 거지.
날 때부터 정해진 운명 같은 거라고."

dream books
드림북스

『제왕록』, 『무림에 가다』 시리즈의 작가 박정수
그가 거침없는 현대 판타지로 돌아왔다!

『신화의 전장』

주먹을 믿지 마라.
우리가 살아가는 이 땅에 인간을 벗어난 자들이 존재한다.

dream
books
드림북스